내 인생의
위로

위로가 필요치 않은 인생이 있다면 얼마나 좋을까? 위로가
필요하다는 것은 이미 결핍과 문제에 직면해있다는 뜻이다.
내 인생에서 그 위로가 절실했던 때가 있었다. 그것도 상당
히 오랜 시간 동안. 살다 보면 인생이 내 맘 같지 않고, 내 생
각과 한참 동떨어질 때가 있다.

내 인생의
위로

김종회 외 56인

작가
교실

내 인생의 **위로**

초판 1쇄 인쇄 | 2022년 12월 05일
초판 1쇄 발행 | 2022년 12월 13일

지은이 | 김종회 외 56인
펴낸이 | 김용길
펴낸곳 | 작가교실
출판등록 | 제 2018-000061호 (2018. 11. 17)

주소 | 서울시 동작구 양녕로 25라길 36, 103호
전화 | (02) 334-9107
팩스 | (02) 334-9108
이메일 | book365@hanmail.net

인쇄 | 하정문화사

ⓒ 2022, 김종회 외 56인
ISBN 979-11-91838-11-4 03810

위로에서 사랑이 시작된다

　얼마 전 가을, 이태원에서 수많은 아까운 청춘이 허무하게 지던 날 온 국민은 남은 가족을 위로했고, 국민 서로의 슬픈 마음도 위로해야만 했다.

　위로는 마음을 여는 일이고 서로를 사랑하는 감정이다.

　일생을 사는 동안 위로를 해야 할 일도 많겠지만 위로를 받아야 할 일도 많을 것이다. 그중에서도 도저히 잊지 못할 아름다운 '위로' 경험 하나쯤은 누구나 간직하고 있을 것이다.

　추억 속에 간직한 위로를 아련히 떠올리면, 인생이 한결 더 부드러워지고 그 사람에 대한 고마움을 다시 한번 느끼게 된다.

　위로를 나누는 것도 무게와 종류가 다양할 것이다. 가벼운 한마디 말로부터 따뜻한 손을 내밀어 주는 위로, 뜨겁게 포옹해주는 위로, 실질적으로 도움을 주는 위로를 우리는 평생 잊지 못할 것이다.

　현대는 위로가 필요한 시대이다. '옆에서 나를 끝까지 지켜주는 사랑하는 사람들의 위로'에서부터 나의 '꿈을 되살려 준 인연에서 시작된 잊을 수 없는 위로', 이 모든 사연이 '한줄 한줄에 담겨있는 우리의 삶'이다.

　지난 5월에 창설된 한국디지털문인협회 회원 57명이 잊지 못할 위로의 순간을 핸드폰으로 글을 써서 모았다.

펜으로 원고지에 쓰던 작가들이나 컴퓨터 앞에서 독수리 타법으로 편지를 쓰던 초보 작가들도 이번에는 핸드폰으로 써서 모은 아름다운 추억의 한 토막을 구슬처럼 엮어 2022년도 두 번째 문집을 탄생시켰다. 57인의 집필 회원 중에는 원로 문인을 비롯해 평생 전문직에만 종사해온 사회 지도자들도 있다. 그들의 감동적인 순간이 생생하게 우리를 다시 감동 시킨다. 또한 평소 가슴에 담아온 이야기가 무지개처럼 다채롭고 맛깔스럽다.

위로를 받은 모든 사연이 내가 겪은 것처럼 마음을 흐뭇하게 하고 미소 짓게도 한다. 가정에서부터 희비가 얽힌 사회생활에서 받은 여러 종류의 위로는 우리들 삶의 상처를 치유할 뿐 아니라 삶의 나침반이기도 하다. 또한 위로는 서로의 마음을 여는 일이기에 사랑의 시작임이 틀림없다

이 책은 지난 5월 협회 첫 번째 문집인 『내 인생의 선택』에 이어 회원들의 소중한 이야기를 이어서 담은 뜻깊은 문집이다.

먼 곳에서 어려움을 겪고 있는 이웃 나라 미얀마 문인 3명의 특별기고가 들어있어 우리에게 또 다른 위안을 준다.

이상우 (한국디지털문인협회 이사장)

위로, 험난한 시대에 깨어있는 정신

한국디지털문인협회의 공동문집 『위로』를 준비하던 때에, 청천벽력과도 같은 이태원 참사가 일어났다. 이 문명한 세상의 대명천지에 이 무슨 억장이 무너지는 일이란 말인가. 세월호 참사의 기억이 아직 채 가시지도 않은 마당에. 매일 무슨 큰일이 없다고 해도 틀리지 않을 만큼 이 시대는 험난하고 험악하기 이를 데 없는 함정들이 도사리고 있는 듯하다. 일찍이 "험악한 시대를 깨어있는 정신으로 살았다"고 한 것은 『실락원』을 쓴 존 밀턴이다. 그야말로 깨어있는 정신으로 꽃다운 나이에 유명幽明을 달리한 넋들을 추도하며, 유가족들을 위로해야 할 책임이 우리 국민 모두에게 있다.

프랑스 식민지 알제리 출신의 작가 알베르 카뮈는, 1957년 44세의 최연소의 나이로 노벨문학상을 받았다. 수상작은 익히 알려진 『이방인』. 이 작품은 한낱 성격 파탄자의 이야기로 끝날 소설을 부조리 철학의 문학적 서사로 격상시킨다. 카뮈가 쓴 전염병 재난 소설 『페스트』는 1940년대 알제리의 오랑 시市를 배경으로 페스트, 곧 흑사병의 공포와 일상적인 삶의 와해를 실감 나게 그리고 있다. 코로나19가 온 세계를 덮쳤을 때 많이 소환되던 문학작품이 이 소설이었다.

소설의 결미는 전염병이 잦아들고 평온을 되찾아 가면서, 이들 행위의 공과가 명백히 밝혀지는 데까지 이른다. 소설에 공익을 위해 자신의 희생을 두려워하지 않는 의사 '리유'가 있는 것처럼, 우리에게도 보이지 않는 곳에서 헌신을 다하는 파수꾼의 손길들이 있다. 오랜 역사 경험을 통해서, 그리고 우리 현실에서 여전히 목도 하는 바와 같이, 재난과 전염병을 이기는 힘은 우리 사회 내부에 있다. 헌신적 노력과 상식적 대응의 힘이 먼저 도저한 물결을 이루어야 한다.

온전하고 참된 위로, 절체절명의 상황에 처한 이들에게 따뜻한 손길을 내미는 위로는 멀리 높은 곳에 있지 않다. 우리는 모두 저마다의 고통과 숙제를 안고 산다. 걱정 없는 사람이 어디 있을까. 그래서 세상살이를 고해苦海라 하지 않던가. 악을 이기는 것이 그것을 선으로 덮는 것이라 하듯이, 다른 사람의 아픔을 위로하는 큰마음이 내 상처를 이기는 힘이 될 것이다. 그 근본은 사람을 소중하고 귀하게 여기는 마음이리라. 기실 이는 누구의 가슴 속에나 선물처럼 숨어 있는 보화다. 꼭 그래서인지는 모르겠으되, 카뮈는 「여름」이란 산문에서 "겨울 한복판에서 결국 나의 가슴 속에 불굴의 여름이 있음을 안다"고 했다.

한국디지털문인협회의 두 번째 문집 『위로』는 모두 57인의 '위로'에 관한 깊이 있는 생각을 담았다. 5부로 구성되어 각기 10편 내외의 글로 편집되었고, 특별 기고로 미얀마 필자의 글 3편이 첨부되었다. 각기의 글 한 편 한 편은 때로는 절박하고, 때로는 애틋하며, 또 때로는 정감 있는 사연들을 영롱한 구슬처럼 끌어안고 있다. 협회 공동 글쓰기의 성과이자 자랑이면서, 우리 시대의 어느 누가 읽어도 공감의 확산을 가져올 따뜻한 제재題材들로 편만하다. 이 문집의 출간이 있기까지 애쓰고 수고하신 분들께 이 자리를 빌려 깊은 감사의 말씀을 드린다.

2022. 12

김종회 (한국디지털문인협회 회장)

| 차례 |

제1부

위로가 필요한 세상 최선의 위로는

제2부

내가 옆에서 끝까지 지켜줄게요

제5부

한 줄, 한 줄에 담겨 있는 삶의 위로

특별기고

제1부

위로가 필요한 세상, 최선의 위로는

9박 10일간의 위로

1.

아직도 충격은 가시지 않았다. 이 여운은 아마도 오래오래 지속되리니, 길다면 긴 9박 10일간의 여행 아니었던가?

얼마 전 제주의 봄메님에게서 반가운 연락이 왔다. 농원을 비워줄 테니 놀러 오라는 전갈이었다. 불감청고소원不敢請固所願이라고, 이는 진정 원하던 바였다. 연전에 나는 잠시 그 농원을 방문한 적이 있는데, 농원으로 들어서는 순간 단박에 그 풍광에 홀리고 말았다. 그리고 돌아와서도 그곳에서의 체류를 늘 꿈꾸었으니, 아주 고맙고도 반가운 초청이었다.

60년 세월을 가까이 지낸 친구와 기차를 타고 청주 공항으로 달려갔다. 들뜬 심정에 가슴이 방망이질을 쳤다. 아, 이 친구와 얼마만의 긴 여행인가? 돌이켜보면, 대학교 3학년 여름방학 때 2박 3일의 일정으로 삽시도를 다녀온 이후 처음으로 함께하는 긴 여행 아니던가? 더더구나 비행기는 처음 함께 타는 일 아니던가?

2.

농장은 아주 한적한 곳에다 널찍하게 자리를 열었다. 차 소리가

제1부_위로가 필요한 세상, 최선의 위로는 17

들리지 않아서 고요하고, 주변이 컴컴해서 달빛이 밝은 곳이다. 별이 빛나는 곳이다. 야자수가 우뚝해서 이국의 풍광을 그려내는 곳이다. 추사의 그림 「세한도」와 고흐의 그림 「도비니의 정원」 같은 느낌을 동시에 품은 곳이다. 반듯하게 지어진 입구의 돌집이 마냥 정다운 곳이다. 심심치 않게 비행기가 날아가고, 떼를 지은 새들이 비상하며 합창하는 곳이다.

아침에 일어나 농원 안을 거닐자면, 수풀에서 이따금 꿩들이 푸드덕 날아갔다. 따끈한 가을볕을 받아 이제 막 노랗게 익어가는 감귤로 농장 안은 풍성했다. 감나무에는 감들이, 대추나무에는 대추들이 주렁주렁했다. 계절이 익어가기에, 소담스럽게 매달린 가을을 이것저것 땄다. 바구니가 금방 그득해졌다. 한가한 시공간을 더듬던 가을 나그네들은 어느새 마음 푸근한 농부가 되었다. 바닷바람을 타고 건너와 화산토 위에 뿌리내린 탐라의 사람이 되었다.

어디 그뿐 만이랴? 날마다 아침노을로 맞던 그 참신함과 싱그러움, 한낮이면 태양의 이동에 따라 점점 달라지던 반사 빛과 그림자들, 노을과 땅거미가 내려주던 그 장중하고도 거룩한 장면, 시시각각 넓이와 폭을 달리하던 바람결과 휘파람 소리, 비가 오면 비가 오는 대로 바뀌던 그 빛나던 색감들. 아침마다 나앉아 커피를 마시고, 기회가 되면 바로 옆에다 모닥불을 피우던 그 의자. 불멍에 빠져 해조음을 끌어올리던 시간들.

어느 한순간인들 감동이 아니던가? 어느 한 곳이나마 넉넉하고 호젓하지 않던가? 참말로 자연이 자아내는 미뉴에트요, 왈츠요, 세

레나데 아니던가? 라르고에 안단테·알레그로·비바체의 변화무쌍함
아니던가?

3.
한라산 둘레길은 좌우에 산죽을 거느리고, 애초부터 위세가 당
당했다. 구름 사이로 비집고 나온 햇살에 푸른 잎들이 눈부셨다. 탐
라는 가을을 맞이할 생각조차 잊은 듯했다. 우리는 그 푸름 속으로
자꾸 빨려 들어갔다.

길은 솔숲으로, 잡목림으로, 삼나무숲으로 이어지면서, 맑은 기
운을 마냥 쏟아냈다. 외줄기 길 위에서 우리는 절로 행복한 사람이
되었다. 소유하지 않는 만족과 눈 푸른 기쁨이 동시에 찾아왔다. 마
른 개울을 몇 개 건너고, 뭍에서는 볼 수 없던 나무들을 찾아냈다.
그리하여 후련한 대자유를 가슴이 먼저 누렸다. 산새들의 울음도
그치지 않았으며, 나뭇잎 한 장이 새로웠다. 꽃 한 송이가 고귀했다.

둘레길을 걷는 동안 발걸음은 무거울 리 없었다. 푸른 세상의 나
그네들은 매일매일 산자락을 더듬으며 자꾸 앞으로만 나아갔다. 웅
장한 건천의 모습은 늘 감탄을 불러왔다. 육지에서는 마주치기 힘
든 기기묘묘한 풍광이었으니, 우리는 그 모습에 홀려 때때로 자리
를 잡고 잠시잠시 쉬었다. 마음껏 구경했다. 그리고 다시 걸음을 내
디뎠다.

여가를 즐기는 사람들도 숱하게 지나쳤다. 남녀노소와 장삼이사
들을 위한 숲길에서 삼삼오오 짝을 이룬 사람들이었다. 휴양림 안

에도 사람들이 꽤 많았다. 곳곳의 평상에서 모두가 긴 호흡으로 자신의 하루를 누그러뜨리고 있었다. 뛰어다니는 아이들에게서 평온함과 생동감이 동시에 느껴졌다. 쭉쭉 뻗은 편백나무 사이로 아름드리 소나무가 어깨를 나란히 했다.

우리는 놀멍 쉬멍 걸었다. 느긋한 순간들이 끝없는 바람결로 스쳤고, 녹색으로 물들었다. 자벌레들은 그 큰 숲을 한 자 한 자 재어나가는 중이었다. 까마귀들도 연신 깍깍거렸다.

한마디로 숲은 반짝반짝 빛나고 있었다. 화창한 햇살을 받아 가며, 상쾌한 바람결에 몸을 내맡기고 있었다. 자세히 들여다보면, 나뭇잎에는 먼지 한 점 없었다. 아, 제주여! 탐나도다, 탐라여!

4.

제주도 사투리로 바다는 '바당'이라고 한다. 고내리의 바당 역시 맑고 푸르렀으니, 수평선이 먼저 시선을 끌었다. 이곳에서 우리는 나란히 앉아 오랫동안 바다를 지켜보았다. 갈매기들은 모두 어디로 갔을까? 청명한 하늘 아래로 푸른 물결만 넘실거렸다.

물가로 내려가 삿갓조개·고둥·거북손·소라 등을 땄다. 게도 잡았다. 이들은 나중에 라면을 끓일 때 넣었다. 돌아오는 길에 길가에서 해풍을 쐬며 자란 갓 몇 움큼을 뜯었다. 이 또한 갓김치를 담았는데, 예상대로 싸한 맛이 일품이었다.

우리는 돌고래가 출몰하는 일과리 해안도로를 찾기도 했다. 수월봉을 향해 절반쯤 달려갔을 때, 수면에서 돌고래들의 검은 지느

러미가 돌연 오르내렸다. 급히 차를 세우고 시선을 바다에 묶어두자, 제법 세찬 물결을 헤치고 모두 열 마리는 됨직한 돌고래들이 번갈아 뛰어올랐다. 녀석들의 유영은 대자연 속의 자유이자 방만이었다. 사람뿐만 아니라 파도들도 일제히 손뼉을 쳤다.

우리는 또 그 절을 찾아갔다. 이끼와 콩란·지네발란이 나무둥치와 바위들을 온통 뒤덮었으니, 별세계를 찾은 듯 낯설고도 멋들어진 모습은 여전했다. 유구한 세월의 더께가 조금씩 내려앉은 고요가 변함없이 무거웠다. 하늘로 향하는 입구인가? 피안으로 드는 문인가? 이끼가 잔뜩 낀 출입구 옆에서 작아도 큰 폭포 하나가 적막을 깼다. 영겁을 두드리는 노크 소리였다. 머릿속에 맑은 물살 한 줄기가 흘러들었다.

5.

그 옛날 친구와 나는 다섯 살의 나이로 이웃이 되어 만났다. 그후 우리는 긴 세월을 함께하면서 1박 2일의 여행만큼은 자주 다녔다. 이 친구가 아주 바빴으니, 2박의 여행은 꿈조차 꾸기 어려웠다. 해외 출장이 잦았던 탓에 입출국 날인 공간이 없어서, 유효기간 만료 훨씬 전에 여권을 갱신하던 친구 아니던가?

친구는 작년에 정년퇴임을 했고, 나 또한 맡았던 일에서 손을 떼야 할 날이 닥쳐왔다. 이제는 눈코 뜰 새 없이 바빴던 일상에서 벗어나야 할 즈음이다. 서로 손잡고 자유와 행복을 누릴, 그리하여 서로가 서로에게 더욱 간절한 날들이 돌아온 것이다.

9박 10일. 우리는 처음으로 이 긴 시간을 제주도 애월의 꿈속처럼 아름다운 농원에 머물면서, 기개통된 한라산 둘레길 제1구간에서 제9구간을 완주했다. 그리고 주변의 몇 군데를 더 기웃거렸다. 60년 세월 잘 살아왔다고 서로 위로하면서 열흘을 보냈으니, 말이 꼭 필요 없었다. 같은 시공간을 함께 누리는 것만으로도 행복했다.

그렇다면 정녕 옳지 않은가? 내가 좋아하는 일을 좋아하는 사람과 함께할 때 진정 행복하다는 말이.

중동고등학교와 성균관대학교 한문교육과를 졸업했다. 성균관대학교 대학원 한문학과에서 석사 및 박사학위(한국한문학 전공)를 취득하고, 현재 전주대학교 역사문화콘텐츠학과 교수로 재직 중이다.

가슴으로 만난 사람은 모두 꽃이다

이 삭 빛

먼저 내민 손보다 더 반가운 가슴으로 서로를 바라보면/ 별보다 고운 발걸음이 사람의 문 앞에서 사랑을 노크한다/ 인연이라는 만남으로 생의 시간을 차려놓고/ 산보다 큰 상처를 키 작은 단풍으로 어루만지면/ 가을은 나뭇잎 사이로 흐르는 사랑의 눈빛보다 더 강렬하다/ 사랑하고 싶어서 청춘은 이슬의 시간을 천년으로 닦아내고/ 사랑받고 싶어서 시인은 황금빛 시를 가슴으로 쏟아 붓는다

「가슴으로 만난 사람은 모두 꽃이다 中- 1연」

이 시는 내가 직접 쓴 '가슴으로 만난 사람은 모두 꽃이다'의 총 2연 중 1연이다. 찬바람이 감성을 터치해서일까? 왠지 누군가와 만나 손을 맞잡고 사랑에 빠지고 싶은 가을이다.

눈 깜짝할 사이 더위가 기승을 부리던 여름이 가버리고, 코로나 펜데믹이라는 감옥에 갇혔다가 가을이 와버린 탓일까? 아님 며칠 사이 먼저 와버린 바람 탓일까?

단풍이 다 물들기도 전에 이별 통고를 받은 여인처럼 가슴 한쪽이 아리고 쓰리다.

그래서 나는 무의식 속에서 '다 함께 아픈 상처를 사막에서 건져

내야 한다'고 2연에서 말한 걸까?

직접 쓴 글이지만 순간순간 다른 의미로 색다르게 다가오는 시의 잎사귀들… 나의 시(詩)지만 나인 내 자신도 글을 낳은 순간부터 독자이고 팬인 동시에 비평가이기도 하기에 시(詩)는 다양한 모습으로 살아 숨 쉬는 것만 같다.

시(詩) 속에는 시보다 더 큰 우주가 들어 있는 집안의 집, 침처럼 작은 시 구절에서 우리는 때로 삶을 깊이 들여다보고 집 안에 들어온 것처럼 따뜻한 사랑을 가슴으로 느끼기도 한다.

그러나 정작 우리는 사랑 따위에 신경 쓸 시간이 없다고, 상처받기 싫다고 거부한다. 우리에게 사랑이야말로 삶을 지탱하게 하는 기둥이란 걸 환기하며, 우리가 정작 투쟁해야 할 대상은 세계를 추동하는 시스템인 양, 그리고 현대인들에게 성취라는 미명아래 끝없는 자기 착취의 쳇바퀴 속에서 탈진해버린 우리에겐 사랑을 위한 에너지도, 시간도, 감정적 여유도 남아 있지 않다고 스스로 마음의 문을 닫아 버린다.

영혼을 잠식하는 불안과 외로움을 달래기 위해 손쉬운 대체물로 눈길을 돌릴지언정 실제 사랑에 빠지는 만용은 부리지 않는다.

손익분기점을 따지며 사랑마저 경영하려 드는 현대인들에게 사랑은 시작조차 불가능한 과업이며 포장인 셈이다.

사람은 누구나 만날 수 있지만/ 사랑은 가슴으로 만날 때 가장 숭고한 꽃이 된다/ 무소의 뿔처럼 혼자 가는 삶도 때로는 아름답지만/

사랑의 계단을 밟는 우리는 다 함께 아픈 상처를 사막에서 건져내
야 한다/ 그러기 위해서는 별처럼 지혜롭고/ 낙화처럼 떨어지는 햇
살 앞에서도 한 송이 꽃으로 승화돼야 한다/ 가슴으로 만난 사람은
모두가 가을처럼 깊고 붉은 한 송이 꽃이 된다

「가슴으로 만난 사람은 모두 꽃이다 中- 2연」

그래서 나는 혼자서 가는 사랑은 영양을 쫓는 사자처럼 능력 있
어 보여 가끔은 아름답게 보일 수도 있겠지만, 사랑의 계단을 밟고
살아가는 우리는 사랑 없이는 살아갈 수 없다고 반문한다.

그래서 시의 제목처럼 가슴으로 만난 사랑은 끝이 아니라 시작
을 꿈꾸게 한다. 열외로 두었던 사랑을 재발견하고 싶다는 용기를
불러준다. 사랑이란 어쩌면 타자 안에서 흙과 함께 씨앗으로 죽고
자 할 때, 결국 죽지 않고 새롭게 태어나는 꽃과 같이 피어나는 것
이리라.

기온이 떨어지는 시월에 외진 국도에서 로드킬 당한 노루나 뱀
을 볼 때가 있다. 찬피 동물도 온기를 찾아 낮 동안 데워진 길 위를
오르는 것이리라. 따뜻한 곳으로 향하는 건 살아있는 것들의 본능
인 셈이다.

그러나 그 길은 인간이 살아가는 길 위라는 것과 일맥상통한다.
죽음은 늘 살아가는 그 길 속에 존재한다. 결국 노루나 뱀은 그 순
간적인 유혹에 다른 길을 보지 못한다.

그래서 나는 '별처럼 지혜롭고 떨어지는 햇살 앞에서도 꽃으로

승화돼야 한다.'고 했다.

아프리카 초원의 실제 긴 주둥이에 커다랗고 둥근 귀를 가진 리카온 한 마리가 날카로운 이빨을 드러내며 영양 한 마리를 쫓는다.

시간이 지나자 리카온은 지쳐간다. 그때 다른 방향에서 뛰어오던 리카온 한 마리가 배턴을 이어받아 영양을 다시 추적한다.

영양은 혼자 뛰지만, 리카온은 혼자가 아니다. 한 마리가 지칠 때쯤이면 어김없이 다른 놈이 나타나 영양을 쫓는다. 그리고 대장의 명령이 떨어지면 한 놈이 뛰어가 정면에서 영양을 받는다. 쓰러진 영양에게 리카온 떼가 달려든다. 사냥은 성공이다.

혼자서 우아하게 가는 사자와 가장 빠르다는 치타도 영양을 무너뜨리지 못한다. 혼자 골방에서 하는 폐쇄된 사랑은 높은 곳에 빨리 도달할 수 있을 것 같지만, 찬피동물의 뱀처럼 사랑이 아닌 곳에 스스로 사랑의 도피처만 만들어 가는 것은 아닌지?

'이 가을 우리가 생각하는 진정한 사랑이 무엇일까?'를 생각하며 사랑하고픈 계절, 서로의 상처를 안아주며 그 유혹의 로드킬을 벗어나 리카온처럼 사랑의 집으로 함께 배턴을 이어받아 가슴으로 사랑을 노크하는 가을을 만들어 가는 것은 어떨까?

시인, 작가, 한국그린문학 발행인,
한국디지털문인협회 전북본부장장

가장 아름다운 섬 '그래도(島)'

김영희

가장 가보고 싶은 아름다운 섬 중에 이어도, 귀촉도, 그래도(島)가 있다. 상상의 섬 '그래도'를 생각하니 김승희 시인의 시「'그래도'라는 섬이 있다」가 기억난다. 벚꽃이 만개하던 어느 날, 전화기 너머에서 들리는 목소리는 매우 느리고 어눌했다.

"작가님, 인터뷰 요청드려요."

"네, 누구신데요?"

"김형환 교수의 1인 기업 교육을 마친 이진행인데요. 제가 50인을 인터뷰해서 감사에 관한 책을 쓰려는데, 시간 내주실 수 있나요?"

며칠 후 그와 만나기로 했다. 약속 장소에 나간 나는 자못 놀랐다. 그는 걷기, 말하기 등이 불편한 40대 지체장애인이었다. 그런 몸으로 대중교통을 이용해 약속 장소까지 왔다는 사실이 놀라웠다. 그가 내게 인터뷰를 요청했다는 자체가 감격이었다. 인터뷰 시간 내내 최선을 다해야겠다는 생각이 들었다.

인터뷰가 시작되었고, 불편한 몸으로 자신의 의사를 최선을 다해 표현하는 그의 모습은 감동적이었다. 선천성 뇌성마비라고 했다. 그런 그의 노력과 도전에 존경심이 들었다. 그는 다른 사람을 전혀 의식하지 않는 듯 웃음까지 머금으며 태연했다. 그런 용기는 어디서 오는 걸까? 혼자서는 한 발짝도 뗄 수 없는 중증의 장애로 휠체어에만 의지하던 그에게 어느 순간 깨달음이 왔다고 한다.

우선 휠체어 의존도를 줄여보기로 했다. 먼저 집에서 할 수 있는 가벼운 운동부터 시작했다. 수건을 이용해 몸통 운동을 하고, 페트병에 물을 담아 들어 올리기 등을 꾸준히 했다. 그 후 최대한 밖에 나가 사람들을 만났다. 힘들지만 발음 연습도 날마다 했다. 그는 그렇게 노력함으로써 인간관계 또한 보통 사람 못지않았다.

그런 힘의 원천은 초등학교 때부터 함께 등,하교를 시키며 온갖 수고를 마다하지 않는 부모님의 사랑과 헌신 덕이라고 했다. 그는 방송통신대학에서 법을 전공하기도 했다.

최근에 그에게 또 다른 희망의 빛이 서서히 발하기 시작했다. 3권째 책을 집필 중이고, 강연의 기회를 얻는가 하면 장애인 영화감독으로 활약하며 모 방송사 기간제 모니터링 직원으로도 다시 발탁되었다. 현실은 지독한 가난과 장애물의 그늘이 켜켜이 쌓여갔지만 결코 굴복할 수는 없었다.

걷기 시작 후 한시도 멈출 수 없는 이유를 몸으로 증명하며 타의 모범이 되고 있다. 그는 명강사가 되기 위해 오늘도 불편한 몸으로 '가갸거겨고교구규' 등의 발음을 수시로 연습한다고 했다. 그의 진솔하고 부지런한 노력 뒤에는 성실함을 인정하는 사람들의 응원의 힘도 크다. 이를테면 페이스북, 블로그 등 SNS 친구들이 보내는 응원의 박수는 큰 자극이라고 한다. 이 작가의 치열함과 인내, 감사 또

한 평범한 사람에게 큰 귀감이 아닐 수 없다.

비록 그의 육체는 장애일지언정 결코 마음 장애가 아님을 만천하에 표방한 셈이다. 건강한 신체를 타고났어도 마음 장애를 겪는 이가 생각보다 많다. 불굴의 의지로 견뎌내는 이 작가를 보며 육신 멀쩡한 나 자신이 부끄러워졌다. 이 작가와의 만남은 나 자신을 되돌아보는 성찰의 시간과도 같았다. 어떻게 살지에 대해 만감이 교차하는 시간이었다.

어려운 처지를 극복하고 세상 사람을 감동시키는 예는 생각보다 많다. 그들은 여의치 않은 조건에서도 자기만의 꿈과 목적을 향해 도전한다. 여건과 처지를 불평할 사이에 그들은 더 치열하게 살아낸다.

보고, 듣고, 말하지 못하는 장애인이었던 헬렌 켈러는 미국의 작가이자 사회 복지 사업가였다. 세계 최초로 대학 교육을 받은 장애인이었다. 갖은 노력 끝에 말하는 능력을 회복하고 하버드 대학에 입학하여 우등으로 졸업하는 등 훌륭한 사회인으로 성장한다. 헬렌 켈러는 많은 장애인에게 희망을 주었다. 그녀는 장애인들을 위한 교육, 사회복지시설의 개선을 위해 앞장섰고, 여성, 노동자 등 소외된 사람들의 인권을 위해 사회운동을 펼쳤다.

김승희 시인의 「'그래도' 라는 섬이 있다」가 생각났다.
가장 낮은 곳에 젖은 낙엽보다 더 낮은 곳에
'그래도'라는 섬이 있다.

(중략)

그래도라는 섬에서

그래도 부둥켜안고

그래도 손만 놓지 않는다면

언젠가 강을 다 건너 빛의 뗏목에 올라서리라.

어디엔가 걱정 근심 다 내려놓은 평화로운

그래도 거기에서 만날 수 있으리라.

'그럼에도 불구하고'라는 단어가 굴복하지 않는 의지라면 '그래도'는 가슴에서 붙들고 놓지 않는 꿈이라고 할 수 있다. 자신의 처지가 바닥이라 해도 힘차게 외치며 일어서는 인생은 경건하기까지 하다. 요즘처럼 팍팍한 세상, 이를 이겨내기 위한 아름다운 섬 '그래도(島)'를 상상하면 어떨까.

한국디지털문인협회 책글쓰기 분과위원장,
작가, 수필가, 칼럼리스트, 객원기자

거시적 위로를 경험하다

최 정 신

위로가 필요치 않은 인생이 있다면 얼마나 좋을까? 위로가 필요하다는 것은 이미 결핍과 문제에 직면해있다는 뜻이다. 내 인생에서 그 위로가 절실했던 때가 있었다. 그것도 상당히 오랜 시간 동안. 살다 보면 인생이 내 맘 같지 않고, 내 생각과 한참 동떨어질 때가 있다. 내겐 40대 10년간은 어떻게 손 쓸 수 없을 만큼 일이 꼬이고, 억울한 소리를 듣고, 막다른 길로 몰렸었다.

사망의 음침한 골짜기에서

경위는 이렇다. 너무 열심히 일한 남편이 오해와 공격을 받았다. '무슨 이권이 있기에 그렇게 열심히 하느냐'는 의심이 충만했다. 남편의 일은 경제적 이익과는 거리가 먼 비영리기구^{NGO}의 성격을 띠었다. 처음부터 등록하고 시작한 일도 아니었고, 13년이 지난 후에야 정식기관을 만들었다. 그래서 그전에는 주변에서 자원하는 사람들의 후원으로 이루어졌는데, 정작 당사자들은 문제가 없는데, 외부인들이 구설을 만들었다.

남편의 의사소통 방식이 지역 정서와 차이가 있고, 앞서 나간 면이 있었다. 처음부터 '참 터무니없다'고 생각한 문제가 5년간 소송과 공방과 비방으로 이어지면서 생명을 좌우하는 일이 되어버렸다. '사회적 매장', '인격 살인'이라는 단어가 늘 떠올랐고, 날마다 법적 문제와 정신적 압박으로 남편과 나는 살 소망을 잃었다. 우리를 지지해준 일부 사람들도 함께 스트레스를 받았다.

그런 상황에서 남편이 보여준 의연함은 거의 초인적이었다. 본인의 떳떳함도 있었겠지만, 상황해석이 남달랐고, 버티는 힘이 대단했다. 리더는 타고난 강심장이어야 하고, 대중의 판단에 설득당하는 것이 아니라, 대중을 설득해서 이끌고 가는 능력이 있어야 함을 실감했다.

나름 범생이었고 험한 말을 들어본 적 없는 나는 멀쩡한 사람을 순식간에 범죄자로 만들 수 있는 군중의 힘에 충격을 받았다. 그때 절감했던 교훈은 많은 사람이 그렇게 말한다 해서, 그것이 반드시 사실은 아니라는 것이다. 그리고 선동만으로 진실을 덮기엔 우리나라가 너무 민주적이고 법치 국가라는 것이었다.

그렇다고 법적 정의만으로 문제가 해결되는 건 아니었다. 피차 감정적 앙금은 끊임없이 또 다른 문제를 만들었다. 끝이 보이지 않는 싸움이 되었다. 그런 상황에도 남편과 나는 하던 사역을 멈추지 않았다. "사망의 음침한 골짜기를 다닐지라도 해를 두려워하지 않는다"는 다윗의 고백이 믿어졌다. 은연중에 훗날 이 일들이 큰 자산이 되고, 추억이 될 거라는 소망도 있었다. 나도 힘들었지만 당사자인 남편은 몇 배 더 힘든 상황이라 전폭적 지원을 해야 했다.

어떤 위로를 받았을까?

전쟁이 길어지면서 일상이 되었다. 100년 전쟁 중에도 사람들이 태어나고, 살고, 죽었듯이 우리도 점점 익숙해지고 그 일이 삶의 일부가 되었다. 사역은 사역대로 하면서, 경찰, 법원, 검찰의 조사도 대응하게 되었다. "그래, 죽을 때까지 이런 상황이라도 한 번 가보자"는 오기도 생겼다. 5년이 거의 될 즈음, 우리는 우연히 어떤 부부를 만나게 된다.

와이즈멘 모임에 초대받아 남편이 우리 사역을 소개했고, 지역 총재로 그 자리 참석한 한 분이 특별한 반응을 보이셨다. 후에 따로 뵙겠다는 말과 함께. 그리고 얼마 후 정말 그 신장로님 부부가 우리를 찾아왔다. 이야기인즉, 두 분이 몇 년 전부터 우리가 하는 이런 일을 하려고 백방 노력했으나 길이 열리지 않고, 방법을 못 찾겠다는 것이었다. 그래서 자신들을 도와달라는 요청이었다. 교육계에 오래 계신 두 분은 신앙적으로, 사회적으로, 가정적으로 나무랄 데 없는 삶을 사셨다. 그리고 받은 은혜를 절대 잊지 않는 신실함이 있었다. 우리보다 15년 정도 위 연배로 성숙한 인품과 인간관계에 풍부한 경험을 가지셨다. 당시 우리가 겪는 어려움과 소문 때문에 동역을 포기할 만도 했지만, 두 분은 남의 말보다 직접 겪어보고 판단하기로 하셨다.

이 부부와의 만남은 우리 사역의 획기적인 전기가 되었다. 두 분은 2년 정도 우리와 함께 해외 사역지를 다녀온 뒤 보다 적극적인 역할을 자처하셨다. 이 부분에서 남편의 판단은 정말 중요했다. 함께 하기보다 독립된 기관을 세워 서로 협력하자는 것이었다. 역할을 분담하되, 각자의 역량을 최대한 발휘할 수 있도록 별개의 조직을 갖도록 했다.

그동안 실무적인 모든 일을 남편과 내가 하고 있었다. 해외 통신, 국내 후원자 관리, 자금 관리, 국내 목회 등 많은 일을 해야 있었다. 그런데 서류정리며 회계정리가 우리의 은사와 거리가 멀었다. 게다가 전쟁까지 치르느라 심신도 바닥 상태였다. 법적 소송을 다 이기고, 결국 재산권을 분할해 새로운 건물을 건축하고 이전하느라 쉴 틈이 없었다. 게다가 새로 옮긴 곳에서의 사역은 거의 열 배로 커졌다. 그런데 일을 감당할 사람은 여전히 우리 부부 둘뿐이었다. 하늘 아버지께 날마다 하소연했다. "외롭습니다. 힘듭니다. 동역자가 필요합니다."

정말 하나님은 우리를 우리보다 더 잘 아셨다. 우리의 필요를 너무 잘 아셨다. 신총재님의 은사는 우리가 갖지 못한 재무관리며 사무적 역량이 탁월하셨다. 그리고 수많은 인적 네트워크를 선교회에 동원할 역량이 있었다. 그래서 지금 우리가 하는 Global DMC와 신총재님의 '오대양육대주선교회'가 One body, Two arms로 자리매김하였다. 우리는 '선교지의 정탐과 정보판단'이 주업무가 되었고 56선교회는 '국내 후원 발굴과 재정 관리'로 역할을 나눴다. 서로 잘할 수 있는 일을 하게 되니 큰 날개를 단 기분이었다.

말로 다 못할 위로를 받았다. 시간이 갈수록 56선교회의 가치가 커졌다. 가장 절박하고 힘들 때 붙여준 위로자이며, 가장 완벽한 동역자이기에 우리가 찾은 것이 아니라 저절로 보내주신 위로자였다. 올해로 만 10년이 넘었다. 앞으로도 함께 갈 길이 멀다. 56선교회가 없었더라면 지금처럼 Global DMC가 안정되게 사역하기 어려웠으리라.

물론 20년간 하나님께서 시시때때로 소소한 위로를 주셨다. 너무 절망했을 때, 새 떼를 통해서도 위로해 주셨고, 해외 사역에 진이 빠져 귀국할 때, 비즈니스 좌석으로 갑자기 바꿔주시기도 했다. 여러 손길로 대접해 주시고, 기도자들을 붙여 힘을 주셨다. 언젠가 기회가 되면 그 모든 분들을 초대해 제대로 감사하고 싶다. 여력이 없다는 구실로 제대로 인사하지 못한 것이 늘 맘 한쪽 구석에 걸려 있다. 이런 소망을 주셨으니 이뤄질 날이 있을 것 같다.

Global DMC 이사, 통역선교사

걱정하지 말아요, 그대

박 천 숙

얼마 전 6학년인 아이와 함께 소속된 오케스트라에서 강동아트 센터에서 공연하는 '강동 청소년 교향악 축제'에 참여할 좋은 기회가 생겼다.

모처럼 아이와 나란히 연주할 수 있다는 기대감으로 부풀어 있었는데 함께 하지 못해 아쉬움만 컸다. 지방에 갔다가 공연 시간이라도 맞추어 오려고 발을 동동 구르며 아슬하게 공연장에 도착하였다.

무대에 의젓이 서 있는 아이 모습을 보니 얼마나 가슴이 쿵쾅거리며 벅차올랐는지 모른다. 아이는 삼 남매 중 막내로 위로 누나가 둘 있다 보니 늘 응석을 부리고 어린애처럼 불안하기만 한 아들이다. 공연하는 모습을 지켜보는 내내 '우리 엄마도 나를 볼 때 이런 느낌이었을까?' 하는 마음으로 초등학교 시절 내 모습이 떠올려졌다.

이러저러한 생각으로 젖어 있는데 마침 엔딩 곡으로 '걱정말아요 그대'라는 이적의 노래를 연주하였다. "그대여, 아무 걱정하지 말아요, 우리 함께 노래합시다. 그대 아픈 기억들 모두… 지나간 것은 지나간 대로 그런 의미가 있죠."

그러고 보면 현대인들은 너무도 많은 근심을 안고 살아가는 건 아닐까?

나 역시 직장 일을 하면서 아이 셋을 기르는 내내 한시도 근심이 머릿속에서 떠난 적이 없었다. 하지만 혼자서 힐링할 수 있는 시간은 바로 음악과 함께하는 시간이다. 특히 악기를 연주하면서 몰입하는 시간은 잠시라도 현실에서 벗어날 수 있어 즐겁다.

나는 초등학교 3년 내내 관악부 소속으로 클라리넷을 친구들과 합주하며 대회도 나갔었다. 엄마는 늘그막에 얻은 막내딸이 클라리넷을 배우고 싶은 것을 알고, 악기며 유니폼까지 공연에 필요한 것을 적극적으로 지원해 주셨다. 대회에 참가했다가 돌아올 때나, 운동회에서 퍼레이드를 하며 행진하는 나에게 손을 흔들어 화답해 주던 엄마의 입가에는 미소가 가득하였다.

당시에는 스마트폰도 없던 시절이라 내가 지방 대학으로 학력고사를 보러 갈 때도 아무 말 없이 불공을 드린 시루떡을 들고 딸에게 부랴부랴 오셨다. 내가 이미 버스를 타고 가버린 후라 주지 못하여 너무나 속상했다면서, 시험 보고 돌아보는 나를 붙잡고 눈물을 글썽거렸다. 다행히 대학 합격 소식을 들으시고는 "잘했다. 잘했다."를 연발하시며 나를 얼싸안고 토닥여주던 엄마의 손길은 지금도 따스하게 느껴진다.

교향악 축제가 막바지로 무르익어 가고 공연을 잘 마치고 내려온 아이를 예전에 엄마가 그랬던 것처럼 꼭 안아 주었다. 아이도 싫지는 않은지 나에게 안기며 "나 잘했어?"라고 물었다. "그럼, 세상 어떤 공연보다도 가장 멋지던걸!" 하면서 엄지척을 해주었다. 공연 중 긴장을 많이 해서인지 벅찬 숨을 고르면서 땀을 흘리는 모습이 여간 뿌듯하고 만족스러운 표정이 아니었다.

연주하는 사람은 연주 실력을 뽐내기 위해 하는 것이 아니라 악기 소리와 연주하는 사람의 모습을 통해 누군가는 위로받기도 하고, 누군가에게는 마음의 힐링이 되고, 연주자 또한 감성이 풍부해져 몰입하는 순간 위로가 된다고 한다.

나 역시 어릴 때는 멋모르고 연주하던 클라리넷을 중년이 되어서 다시 연주하게 되어 지금은 아이와 함께 지역 주민을 위한 공연도 한다. 꾸준히 연습하다 보면 마음이 편해지며 또한 가슴 깊이 맺혀있던 응어리가 풀리는 마음의 위로가 찾아든다. 특히 클래식 음악은 어릴 때 성장하는 과정에서 정서적으로 안정감을 주고, 어른이 되어서는 자신을 물론 여러 사람에게 감동과 위로의 선율을 들려주는 것 같다.

아이와 함께 같은 곡을 연주하면서 연습하는 동안 많은 대화를 나누고, 대화 속에서 서로 위로를 하고 위로받을 수 있다는 것은 부모로서 누릴 수 있는 지상의 가장 큰 행복이 아닐까?

동서문학상 수상(2020), 다온작은도서관 운영위원장,
공저 : 『시산꽃 1집』, 『시산꽃 2집』

고급스러운 나의 위로

노 희 덕

　팔순인 나이에 오랫동안 살아왔던 서울 강동구에서 경기도 파주로 이사한다는 것은 정신적, 육체적으로 참으로 고된 가사노동이었다. 길동은 지하철과 전통 시장이 집에서 가까워 좋았는데, 파주로 이사 온 후 체육관과 수영장 등 새로운 환경에 적응하느라 바빴다. 그중에서도 무엇보다 아쉬운 것은 지난 3년 동안 매주 목요일에 다온작은도서관에 가서 '시산꽃'이라는 동아리 회원들과 함께 한상림 강사님에게 시와 글쓰기 수업을 더 이상 배울 수 없다는 것이다. 뒤늦게 시작한 공부지만, 지나온 내 인생을 되돌아보며 한 편의 시와 산문으로 하고 싶은 말들이 작품으로 나오고 책 속에 실린다는 것이 꿈만 같았다.

　이사 온 후 파주 생활에 점점 적응할 즈음, 어느 날 남편에게 치매기가 있는 것 같아 가까운 병원에 가보자고 했다. 워낙 고집이 센 사람이라 절대 내 말을 듣지 않았다. 그나마 비교적 딸의 말은 좀 듣는 편이라 딸을 앞세워 일산병원으로 갔다. 남편이 치매 검사를 하는 길에 나도 같이 상담하고 소변검사와 혈액검사를 받았다. 그런데 뜻하지 않게 혈액암이라는 판정을 받게 되었다.

　이 세상에 덜렁 홀로인 느낌이 들면서 주저앉고 말았다. 정밀검사를 받고 나서 2022. 4. 25일에 5일간 입원하여 치료받게 되었다. 입원 중에 제발 살려달라고 매달리고 싶었지만, "사즉생 생즉사死卽生 生卽死"인 자세로 침묵 속에서 그저 살고자 하면 죽고, 죽고자 하면 산다는 각오로 마음을 비웠다. 이미 2년 전에 발목 골절로 쇠를 심는 수술을 하고, 관절염까지 죽을 만큼의 고통 연속에서 또다시 혈액암이라니, 너무 힘겨워 웃음조차 잃어버렸다.

'하나님, 지금 제가 살아 숨 쉬고 있나요?' 눈을 감고서 현실을 잊다가 눈을 뜨면 정말 내가 살아 있는 것에 감사하는 마음을 갖게 되었다. 혈액암은 불치병이라고 하는데, 임상실험으로 먹은 약이 다행히 잘 맞아서 기적처럼 정상 수치에 올랐다. 그 무엇이건 담담히 받아들이는 것, 묵묵히 배우며 이런 고통의 시간에 위로는 어떤 걸까? 기운이 없어 누워 바깥을 내다보면 초록 나뭇잎들이 춤추듯 흔들리는 것을 보면서 생명력, 생동감들이 그토록 신비스러울 수가 없었다. 무력증에서 허우적거린 나에게 마음의 위로가 되는 건 하나도 없었다. 그리고 가끔 핸드폰으로 들려온 선생님의 시 한 편 한 편을 들으면서 기력을 되찾기 시작했다.

얼마 후 다시 나를 수영장으로 한 걸음 내딛게 하여 물속을 걷기 시작했다. 철저한 혼자의 몰입 속에서 그 조용함이 나 스스로 위로를 주는 시간이었다. 물론 사람의 따뜻함만은 못하지만 반짝 세일하듯 오히려 내가 스스로 일어나 할 수 있다는 것이 기적처럼 느껴졌다.

사는 동안 단 한번도 나를 위한 쉼과 휴식조차 갖지 못하고 살아온 나에게, 또한 나 자신을 고급스럽게 대접할 수 있는 건 오로지 글쓰기가 아닐까? 가족도 엄밀히 철저한 남일 진데 내가 아픈 동안 가족을 성가시게 하면 안 된다는 마음에 집안일 하나하나 아무 일 없던 것처럼 해내려고 애썼다.

열심히 약을 먹고 치료 중이지만 곧 건강을 되찾으리라는 항상 긍정적 마인드로 음식도 잘 먹으려 하고, 가끔 들려주는 한상림 강사님이 보내주는 글을 읽으면서 위로가 되어 용기를 얻게 되었다. 또한 추천해 주는 책을 읽거나 유튜브로 들으면서 나의 머리에서 눈을 뜨고 아직도 배움에 대한 열망은 놓고 싶지 않아 단톡방에서 소통하며 지낸다.

그리고 가끔 불안이 밀려오면 파주에서 강동까지 한달음에 달려가서 시산꽃 동인들을 만나 잠시 예전처럼 수업을 듣고 파주로 되돌아온다. 이런 나를 걱정하는 건 역시 남편이다. 중환자가 지금 제정신이냐면서 전화로 호통을 치는 참 이상한 날들이지만, 이렇게라도 하지 않으면 가슴이 답답해서 죽을 거 같다.

그저 오늘 살아있음에 감사하는 마음으로 죽는 날까지 내가 나를 위로할 수 있는 건 오로지 글쓰기다.

동화구연, 전래놀이지도사,
공저 : 『시산꽃 1집』, 『시산꽃 2집』

귀뚜라미

울음소리가 들렸다. 적막한 새벽에 누군가가 시끄럽게 우는 소리를 듣고, 침대에서 일어나 소리가 나는 곳을 향해 발걸음을 옮겼다. 한 걸음 한 걸음 조심스레 다가가 도착한 울음소리의 근원지는, 다름 아닌 화장실이었다.

탁, 불을 켜고 문을 열었다. 울음이 멈췄다. 울음소리의 주인이 귀뚜라미인 걸 알면서도 다시 탁, 불을 끄고 문을 닫았다. 잠시 망설이며 짧게 울던 울음소리가 나의 무반응에 안심한 듯 다시 크고 길게 퍼졌다. 이번에도 불을 켜면 울음소리를 멈출까 싶어 문밖에서 여러 번 불을 껐다 켜며 장난을 쳤다. 누가 보면 오밤중에 뭐하냐고 한소리 할 법도 한데, 허락도 없이 남의 집에 들어온 불청객 같은 귀뚜라미가 눈치 보며 우는 모습에 정감이 갔다. 밝게 불을 켜면 자신의 마음이 들킬까 두려워 목소리를 숨기고, 캄캄한 밤이면 들킬까 염려하지 않아도 되어 우는 모습이, 인간이나 곤충이나 크게 다를 바가 없다는 생각 때문이었다. 힘껏 우는 귀뚜라미 소리에서 마음이 뻥 뚫리는 듯 위로를 느끼기도 했다.

귀뚜라미는 자신의 영역을 과시하거나 암컷을 부를 때 울음소리를 낸다고 하던데, 오늘은 화장실에서 자신의 영역을 과시하기 위해 우는 것일지도 모른다. 엄연히 우리 집 화장실이지만, 힘든 내 마음을 대변해주는 것 같아 오늘 밤만큼은 귀뚜라미 영역을 침범하지 않기로 다짐하고 다시 침대로 돌아와 모로 누웠다.

그칠 줄 모르고 퍼지는 귀뚜라미의 울음을 자장가처럼 들으며 눈을 감았다. 실컷 울지도 못하고 속내를 털어놓지도 못한 채 술잔에 담긴 고독만 매일 기울여야 했던 부친의 젊은 시절이 떠올랐다. 이렇게 귀뚜라미에게서 위로를 느끼는 나는 위로받을 자격이 있을까. 부친이 눈을 감을 때까지 그 속마음을 온전히 들어본 적이 없는 철없는 딸이었다. '있을 때 잘해라.'라는 말을, 그저 선물을 내어주고 예쁜 말을 건네는 것이 전부인 것처럼 오해했다. 부친과의 영원한 이별 이후 깨달았다. 그의 마음을 오롯이 들어주는 것이야말로 다른 어떤 것보다 귀한 사랑이었다는 것을.

헝클어진 기억 사이에서 작년의 일들이 계속 떠올랐다. 부친을 생각하면 죄책감과 후회가 늘 사랑보다 앞선다. 10년 넘게 아프셨지만 이렇게 갑작스러운 몰락은 예상하지 못했었다. 억누를 수 없는 눈물이 밖으로 나올 때면 수습하느라 정신이 없었다. 시간이 지나면 나아질 거라는 믿음으로 시간의 흐름에 내맡겼다. 더 이상 나올 눈물이 없다고 느꼈을 때, 그 일로부터 1년이 지나있었다.

하지만 어느새 멈춘 귀뚜라미의 울음소리에 적막함이 짙어진 새벽의 공기가 내 눈물과 함께 베갯잇을 적셨다. 울음이 그쳐 끝난 게 아니라 잠시 멈춘 것이었다는 걸, 귀뚜라미가 다시 울기 시작할 때 깨달았다. 시간은 흐르지만 그 흐름에 함께할 수 없는 저마다의 아품이 존재한다. 회복하지 못한 아픔은 그칠 수 있는 것이 아니라 잠시 멈추기만 할 뿐, 우리 안에 남아 떠돌며 평생을 함께하게 되는 것이다.

지금, 이 순간에도 우리는 코로나19로 인해 각자의 몸을 웅크리고 숨기며 살아간다. 아프면 괜찮은지 다가가며 살피는 게 당연했던 일들이 과거의 유물이 된 것처럼, 타인의 아픔이 전염될까 더욱 견제한다. 상황 때문에 어쩔 수 없다고 이야기하는 저들의 모순을 나는 안다. 코로나19 이전에도 아픔을 대하는 사람들의 태도는 사실 다르지 않았다. 부친의 외로움을 옆에서 알아주지 못하고 형식적인 딸 노릇만 했던 나처럼, 타인의 아픔에 괜찮은지 물으면서 정작 깊은 속내까지 알기는 원하지 않았던 사람들의 모습도 떠오른다. 형식적인 위로보다, 마음 깊이 울리는 귀뚜라미의 울음에 마음이 더 끌리는 까닭이다.

작년에 부친 장례를 치른 이후 지인들에게 적지 않은 위로를 받았지만 사람에게서 위로를 받으면 눈물을 빨리 마무리 지어야 할 것 같다는 압박감을 느꼈다. 하지만 귀뚜라미는 그렇지 않다. 그가 우니까 나도 운다. 계속 우니까 나도 계속 울어도 된다는 안심이 든다. 새벽 내내 누적되어 있던 슬픔을 귀뚜라미 덕분에 쏟아내니 진정된 마음을 느낄 수 있었다.

까무룩 잠이 들려던 찰나에 핸드폰이 울렸다. 귀뚜라미가 집 안으로 들어와 잠을 잘 수 없다는 누군가의 문자였다. 불을 켜서 그 몸통을 찾아 기필코 밖으로 내보내야겠다는 의지도 행간에 담겨있었다.

　사람에게 해가 되지 않는 곤충인데도 귀뚜라미라는 이유 때문에 밖으로 내몰리는 상황이 딱했다. 오히려 선을 행하는 이들을 이용하는 이기심만 가득한 사람들을 사회의 테두리 밖으로 내보내야 하는 것 아닌가.

　핸드폰을 끄고 바로 잠이 들었다. 짧은 숙면을 마치고 어느새 밝아지는 아침의 기운을 느끼며 자리에서 일어났다. 오랜만에 꿈을 꾸지 않아 정신이 맑았다. 새벽을 울음으로 장식했던 귀뚜라미를 찾으러 화장실로 갔지만 흔적을 찾을 수 없었다. 귀뚜라미는 나처럼 홀로 밤을 이겨내는 누군가의 어둠을 위로하기 위해 다른 곳으로 열심히 뛰어가고 있는 것일까. 하루의 시작을 알리는 아침 햇살이 가득한 창밖을 바라봤다. 정직하게 흐르는 시간 속에서 아침이 다가왔지만, 자신만의 세계에서 멈춰버린 시간을 붙들고 후회와 죄책감과 슬픔을 느낄 누군가의 얼굴들이 보이는 듯하다. 그들도 마음 깊이 울리는 귀뚜라미의 울음소리를 듣고 시간이 흘러도 치유되지 않았을 어둠을 조금이라도 거두기 바란다.

한국디지털문인협회 회원, 독후감 공모전 다수 수상,
브런치 작가로 활동중.

그 여름날의 길

오영주

'청춘'이라는 단어가 주는 청량감은 마치 뜨거운 여름 햇볕 아래 드리워진 나무 그늘을 연상하게 한다. 가을의 열매를 맺기 위해 뜨거운 여름의 햇볕을 온몸으로 받으며 초록빛을 내뿜는 한 그루의 나무 같은 청춘. 그해의 나의 청춘도 그러했다.

2006년 어느 여름날. 나 역시 그 한 그루의 나무처럼 온몸으로 내리쬐는 햇볕을 받으며 뜨거운 아스팔트 위를 걷고 있었다. 17번째 면접이었다. 면접용으로 입고 있던 검은색 정장 안으로 구슬땀이 주르륵 흐르고 있었다.

나도 알고 있었다. 내가 아무리 일본어를 좋아하고, 또 잘한다고는 해도, 그들이 수십 년간 몸으로 익힌 모국어에 비할 수 없음을. 유학생 신분으로 그곳에 있는 것과 그 나라의 기업에서 월급을 받으며 있는 다는 것은 차원이 다른 일이라는 것을….

그날 본 면접은 어느 외국계 기업 반도체 회사였다. 그곳의 회계직을 뽑는 면접이었는데, 나의 전공과도 무관한 그곳을 도대체 무슨 믿음으로 면접을 보러 간 것인지….

면접관은 여느 일본 사람답게 매우 친절했다. 면접 과정만 보면 나는 당장이라도 채용될 것 같았다. 그렇게 벌써 16군데를 돌았다.

하지만, 이번에도 떨어질 것이 분명했다. 면접관은 애초에 내 전공과 직군과는 맞지 않는다고 생각했는지, 내 전공에 관한 내용만 호기심 어린 듯 질문했다. 이번에도 불합격이 분명했다.

면접실을 나와 건물 1층으로 내려갔다. 마루노우치의 화려하고 높은 빌딩 중 하나였다. 미래 세계에 온 것 같은 깔끔함과 적막함, 이런 곳에서 일한다는 것은 어떤 기분일까? 그렇게 나는 뜨겁게 달구어진 도심의 아스팔트 위를 걸었다.

지하철역으로 내려가니 에어컨의 냉기가 여기저기서 뿜어져 나왔다. 비로소 긴장감이 풀리기 시작했다. 어두운 지하를 뚫고 고요히 달리는 지하철 안은 출퇴근 시간이 아니라 그런지 매우 한적했다. 아무런 생각도 나지 않았다. 이번에는 될 것 같다는 생각도 나지 않았다. 팔짱을 낀 채 눈을 감고 있자니 지난 4년간이 주마등처럼 스쳐 지나갔다.

"신주쿠, 신주쿠" 한참을 지났는지, 어느덧 환승역에 도착했다.

신주쿠역에서 하차 후 밖으로 걸어 나와 세이부 신주쿠역으로 한참을 걸어갔다. 마루노우치의 수직의 깔끔한 미래 도시에서 현재로 타임슬립해 들어온 듯한 이곳은 금방이라도 모든 것을 삼켜버릴 것 같은 거대한 회색빛 도시였다. 짧게 올린 플레어스커트 교복을 입은 고등학생들, 바쁘게 걸어가는 하이힐을 신은 아가씨, 열차 시간에 늦지 않으려고 헐레벌떡 뛰어가는 정장의 아저씨… 제각각의 모습들이 한데 어우러져 회색빛 동경의 부도심 속에서 조화를 이루고 있었다. 신주쿠역에서 비교적 떨어져 있는 세이부 신주쿠역에 다다르면 조금 더 과거로 돌아간 듯, 낡은 역사 안에 노란색 전차들이 대기하고 있었다.

"딩딩딩딩~ 완행 혼카와고에, 혼카와고에행 열차가 도착합니다. 위험하오니, 뒤로 물러서 주십시오."

문이 열리고 완행 혼카와고에 열차에 몸을 실었다. 급행을 타면 더 빨리 갈 수 있음에도 불구하고 그날은 완행열차를 탔다. 역시 일본에서 타는 열차는 바깥에서 타는 열차라 좋다. 특히 나는 세이부 신주쿠선을 탈 때 앉을 자리가 있어도, 서서 창밖을 바라보는 것을 좋아했다. 이윽고 거대한 신주쿠의 회색 부도심은 사라지고 오솔길을 따라 난 기찻길과 아기자기한 집들이 눈에 들어왔다. 이 순간을 나는 가장 좋아했다.

덜컹 덜컹~ 덜컹 덜컹~

"사기노미야, 사기노미야. 내리실 문은 오른쪽입니다."

사기노미야역이었다. 내가 머물고 있던 집이 있던 곳… 나는 그 동네를 참 좋아했다. 도심에서 너무 멀지도, 너무 가깝지도 않은 그곳은 적당한 월세에 전원생활과 도시생활을 모두 누릴 수 있는 곳이었다.

터덜터덜 역 개찰구를 빠져나왔다. 자전거거치대에 집까지 타고 가야 할 자전거가 있었지만, 그날따라 걷고 싶었다. 이번 여름에 어디라도 취직이 정해지지 않으면, 졸업 후에 일본에 남지 못하게 될지도 모른다. 그런 생각을 하니 더 이상 이 길을 걸을 날도 얼마 남지 않아 보였다. 역 앞의 바리케이트가 내려왔다. 신호음과 함께 노란색 열차가 지나갔다. 바리케이트가 열리고, 철도를 건너 골목길을 들어서니 작고 낡은 가게들이 줄지어 있었다.

이윽고 조용한 주택가가 시작되었다. 자로 잰 듯 각져있는 주택들, 발코니에 널려있는 빨래들, 먼지 하나 없는 길가, 자전거에 아이를 앞뒤로 태우고 가는 젊은 엄마들, 공원에서 들리는 유창한 일본어로 떠드는 어린아이들의 목소리… 순간 울컥한 기분이 들었다. 눈물을 삼키며 고요한 주택가를 걷고 또 걸었다.

집 앞의 원예점이 보였다. 꽤 규모가 큰 원예점이었다. 원예점 안으로 들어가면 작은 정원도 있었고, 직접 키운 꽃들을 저렴한 가격에 판매하고 있었다. 이곳에서는 한국에서 보지 못했던 희귀한 외래종의 꽃들을 다양하게 만날 수 있었다. 매번 눈요기만 하다 큰마음을 먹고 예쁜 꽃들을 골라 보았다. 활짝 핀 복숭앗빛의 거베라와 하늘색과 보라색이 묘하게 섞인 왁스플라워였다. 점원은 이것들을 곱게 종이에 포장해 주었다.

꽃을 안고 집으로 들어와 긴 머그잔에 꽂아놓고 한참을 바라보았다. 어느덧 창가로 들어오던 여름의 햇살이 석양으로 바뀌어 긴 그림자를 만들었다. 뜨거운 여름날 실패로 얼룩진 청춘, 그리고 가슴속에 품고 있었던 모래주머니는 그날의 골목길과 꽃들의 위로로 한결 가벼워졌다.

지금도 가끔 그날의 그 골목길을 걷고 싶어질 때가 있다.

일러스트레이터, 미술쌤, 브런치 작가

그날의 밤 기차

정 선 모

짙은 안개가 나를 온통 둘러싸고 있었다.

가로등이 촘촘히 서 있는 서울 한복판에서 나는 길을 잃었다.

밤은 더할 수 없이 깜깜했고, 게다가 안개는 한치 앞도 분간할 수 없을 정도로 지독했다. 발 앞에 있는 것이 벼랑인지, 구렁인지 분간할 수도 없던 그 시절의 나는 틈만 나면 기차에 올랐다.

탈출하고 싶었다.

탱크가 한강대교를 건너고, 시민들이 잠든 시간에 세상이 뒤바뀌는 흉흉한 시절을 속수무책으로 지켜봐야 했던 당시의 나는 사는 것이 두려웠다. 인생에 대한 모든 해답을 책 속에서 찾아내려는 듯 도서관에서 붙박이 책장 같은 시간을 보내고 막 사회에 나온 터였다. 나름대로 정리한 인생의 의미는 도저히 넘을 수 없는 철벽같은 현실에 부딪혀 맥없이 소멸되는 듯했다. 암담했다. 내가 있는 자리를 벗어나면 뭔가 좀 보이려나 싶어 틈만 나면 기차를 타고 서울을 탈출했다.

내 의지와는 상관없이 중요한 결정을 내려야 했던 때였다. 그날도 부산 가는 밤 기차에 올랐다. 작은 가방 하나 든 채, 태어나서 한 번도 웃은 적이 없던 사람처럼 불 꺼진 창가 자리에 앉았다. 창문에 비친 내 모습은 24살 그 어여쁜 나이라고는 도저히 믿을 수 없을 정도로 음울했다. 낯선 내 모습을 또 다른 내가 응시하며 짙은 고립감을 느끼고 있을 때였다.

옆에서 어디까지 가느냐고 묻는 소리가 들렸다. 놀라서 돌아보니 언제 탔는지 한 아저씨가 내 옆 좌석에 앉아 있었다. 수원을 막 지날 때였다. 허름한 점퍼 차림의 아저씨는 40대 중반쯤 되어 보였다. 뜻밖의 불청객의 질문에 "부산이요." 하는 짤막한 대답을 하고는 더 이상 방해하지 말라는 뜻으로 다시 창밖으로 눈길을 돌렸다.

"부산? 나도 부산 가는데…. 부산 놀러가는 거예요? 아니면 누구 만나러?"

"……."

몇 번의 계속되는 질문에 답하지 않는데도 개의치 않고 그는 차츰 자신의 이야기를 하기 시작하였다. 기차 안의 승객은 거의 잠들었고, 작은 소리로 두런두런 말하는 그의 이야기가 처음엔 무척 성가셨다.

'그냥 날 좀 내버려 두세요. 혼자 있고 싶어 애써 틈을 내어 떠난 길이니까요. 그냥 아저씨 마음속으로 이야기하시고 제발 생각하는데 방해하지 말아주세요.'

소리라도 치고 싶은 심정이었다.

그런데 어느 순간부터 그분의 이야기가 귀에 들어오기 시작하였다. 일제강점기에 태어난 그는 8·15 광복 후의 혼란했던 시기를 겨우 버티어냈는데, 6·25 전쟁통에 그만 부모와 형제를 모두 잃고 고아가 되었다고 했다. 부산의 한 고아원에서 받아주어 몇 년을 지내면서 이다음에 성공하면 꼭 보답하리라 생각하였다고 한다. 일찌감치 결혼하여 하나 있는 아들이 대학에 들어갔고, 졸업할 때까지의 등록금과 가족이 생활할 수 있는 기반도 다 마련해놓았으니 이제 하고 싶은 일 하러 떠나는 길이라고 했다.

나도 모르게 창을 향하여 있던 고개가 조금씩 그분 쪽으로 돌아갔다. 성가셨던 마음은 언제부턴가 사라지고, 토씨 하나라도 놓칠세라 귀를 기울이고 있었다. 마르고 작은 몸집에 노동하며 살았던 흔적이 주름 잡힌 얼굴이나 거친 손에 고스란히 드러났다. 그분은 부산까지 가는 긴 시간 동안 자신의 일생을 잔잔하게 풀어놓았다. 한 번도 본 적이 없는 낯선 아가씨에게 신산했던 그간의 삶을, 얼마나 열심히 살아왔는지를, 평생 하고 싶었던 일을 결정하는데 동의해준 가족이 얼마나 고마운지를, 한시라도 빨리 고아원에 가고 싶어 이렇게 밤 기차를 탄 것을 조용조용한 말투로 누에고치가 실을 뽑아내듯 끊임없이 풀어내었다.

언제부터인가 나도 모르게 아저씨 눈을 쳐다보았다. 고생한 흔적이 느껴지지 않는 따뜻하고 맑은 눈빛이었다. 고아인 자신을 5년 동안 돌보아준 원장이 아직 그곳에 계신다는 말을 할 때는 반짝 빛나기도 했다. 새벽에 도착하면 깜짝 놀랄 거라며 빙그레 미소 짓는 그분을 보며 난 어떤 해답을 찾은 듯한 느낌이 들었다.

하고 싶은 일과 해야만 하는 일 사이에서 끊임없이 갈등하던 때였다. 원하는 것은 따로 있는데 가족은 나에게 해야 할 일을 끊임없이 요구했다. 내 삶의 주체가 되고 싶었고, 보다 의미 있는 삶을 살고 싶었던 나는 그 의미가 갈수록 불분명해져서 그렇게 혼란스럽고 힘들어했다는 것을 비로소 알게 되었다. 밤 기차에서 만난 아저씨는 내 삶의 주인은 곧 나라는 사실을 일깨워주었다. 고아들을 돌보는 일을 하고 싶어 그간의 힘든 시간도 즐겁게 버텨왔다며 가는 길에 쌀 열 가마를 주문할 거라며 환하게 웃는 그 모습이 마치 성자처럼 느껴졌다.

마침내 기차는 종착역에 도착했다. 부산역 광장에서 희붐하게 밝아오는 새벽빛을 등에 업고 인파 속으로 사라져가는 아저씨를 한참이나 지켜보았다. 참으로 가벼워 보이는 뒷모습이었다. 속옷만 챙겨 넣었을 낡은 가방 하나 달랑 들고, 그간의 삶의 무게를 밤 기차에 모두 부려놓고는 홀가분하게 자신이 원하는 삶을 향해 걸어가는 그 첫걸음을 지켜볼 수 있는 행운에 나는 감동했다. 그분 곁에 나 아닌 누구라도, 혹은 혼자였어도 그는 그렇게 밤새도록 자신이 살아온 이야기를 털어놓았을 것이라는 생각이 들었다.

부산에 오면 늘 찾던 바닷가로 가는 버스를 타는 대신 되돌아서서 서울행 기차표를 끊었다. 하고 싶은 일을 기어코 하기 위해서라면 해야만 하는 일을 피하지 않으리라. 그래, 어디 한번 맞붙어보자. 삶의 목표가 분명하다면 살아갈 힘이 생길 것이다. 세상 모든 짐 다 짊어진 듯 암울하고 무거웠던 걸음이 어느새 가벼워짐을 느껐다. 부산역 광장도 새벽안개가 자욱했지만, 숨을 못 쉴 정도로 답답하지 않다는 생각이 들었다.

그날의 밤 기차는 이후의 삶을 대하는 자세를 바로 세우게 했던 터닝 포인트였고, 어디서도 받을 수 없었던 크나큰 위로였다.

도서출판 SUN 대표, 수필가,
한국디지털문인협회 부회장, (사)한국액티브시니어협회 부회장.
수필집 : 『지휘자의 왼손』, 『바람의 선물』 외.

그냥 커피

정은경

"커피 한잔하러 와요~"

그녀는 늘 커피를 권한다.

오후엔 아이들 과외를 하는 그녀가 젤 좋아하는 시간은 다 출근시킨 오전, 그때다. 게다가 그녀의 집은 나의 농장 텃밭 바로 아래에 있어 아침에 밭에 들렀다가 차 마시기 딱 좋은 타임이다. 마당에 '정자가 하나쯤 있으면 좋겠다'는 나의 로망이 현재형으로 실현되어 있는 곳! 아송정이라는 정자에 앉아 커피 한잔하며 마당에 핀 온갖 꽃들을 눈에 담고, 가끔 대낮에도 뜬금없이 우는 장닭의 울음소리를 듣노라면 너와 나라는 경계가 잊혀진다.

커피는 그렇게 "언제 밥 한번 먹어요."보다는 더 가볍고 실현 가능성 높은 연결고리가 되는 것 같다.

언제더라? 흐드러지게 핀 벚꽃을 보고 아무런 감정 없는 나를 발견한 게….

내 기억 속에 남아있는 벚꽃은 4월 5일 식목일, 꽃이 가장 예쁘게 피던 날이다. 그즈음엔 늘 새 학기 시작하고 처음 있는 월례 고사 기간이다. 중3 때 난 그 동네에서 가장 벚꽃 길이 멋있는 집에서 자취를 하고 있었다. 안인지 밖인지 모르고, 세수도 않고, 시험공부에만 열중하다 따순 햇살에 잠깐 밖을 나가보면 아무 근심 없이 꽃놀이 나온 행렬들… 좀 비약적이지만 전쟁이라도 나서 내일 시험 안 쳤으면 좋겠다고. 왜 그리 시험에 목을 메고 달려들었는지…. 그렇게 살아온 삶의 연장선 위에서 또 벚꽃을 보며 화들짝!! 아직도 못 벗어난 인생의 아등바등을 보고야 말았다.

이리 살지 말자고, 꽃이 예쁜 줄도 알고, 계절이 바뀌는 줄도 알고, 사람이 깃드는 것도 알고 살아보자고 바늘구멍만큼의 호흡이라도 다른 향기를 맡아보자고.

몇 달간의 코로나19 사태로 전 세계가 돌아가는 상황을 보고 나니 내 가치관에도 조금씩 변화가 일었다. 오늘의 희생을 당연하게 여기고 성장을 위한 열망으로 바쁘게만 하루하루 보내던 나에게 멈춤을 선사했다. 그리고 주위를 돌아볼 수 있는 여유가 생겼다. 하루에도 사망란에 카운트 되는 엄청난 숫자를 보면서 '그저 파리목숨이구나', '삶과 죽음이 그리 멀리 있는 게 아니구나', '인간이 이토록 나약하구나'라는 생각이 들자 더 이상 하고 싶었던 것을 미루지 말자는 결심을 하게 됐다.

'나, 뭐가 하고 싶었더라?' 언뜻 생각나는 것 중 하나가 텃밭이었다. 지금 생각하니 참 잘한 것 같다. 숨 쉴 틈이라고 해야 하나. 내 머릿속 한켠에 늘 그 밭에 올라가는 길과 고랑과 싱싱한 채소들이 자리하고 있다. 하고 싶은 거 그냥 좀 해보자. 늘어지게 잠도 자보고, 아들 태워서 놀러 가듯 야구장까지 갔다가 근처 카페에서 해질 때까지 책도 보고, 핸드폰 멀리 두고 하루 정도 안 보기도 하고,

일하러 바쁘게 다닌 지방도 하루 이틀 여유를 두고 근처 여행도 하고, 그냥 그렇게.

뭐가 그리 힘들었을까? 곱씹어 생각해보니 목적 있는 만남, 그게 힘들었던 것 같다. 누구를 만나든 일과 연관된 목적 있는 만남에 지쳤다. 그런 만남에도 속없이 온 맘을 다 주고 시간과 돈과 노력을 쏟아내고 나면 남는 건 허탈한 마음뿐이었다. 또 그걸 이용하는 사람이 있어 속절없이 당한 나에게 실망하여 또 지쳐버린다. 그렇게 사람에게 데어 도망치듯 코로나 핑계로 땅에 묻혔다.

땅은 참 정직하다. 심은 만큼, 관심을 기울인 만큼 내어 주었다. 아니, 대부분은 내가 한 것이 10이라면 90은 햇살과 바람과 비가 다 키워냈다. 놀라울 정도로 풍성한 식탁이 여름 내내 이어졌다. 너 그렇게 아등바등 애쓰지 않아도 저절로 되는 것도 있다는 것을 땅이 조심스레 알려줬다. 그저 주어진 것에 감사도 이렇게 하는 거라고 보란 듯이 힘을 내줬다.

혼자 호미로 밭을 갈며 마음도 갈무리되어갈 무렵, 그녀가 커피를 권했다. 그저 아무런 이해 관계없이 사람이 좋아서, 커피 향이 좋아서, 파란 하늘을 같이 보는 게 좋아서, 시간을 내고 대화를 나눠보는 게 오랜만이었다.

나 다시 사람들과 예전처럼 관계할 수 있을까? 혼자만의 시간에 젖어 영영 초야에 유배 오듯 묻히고 싶었던 내게 그녀의 사심 없는 커피 한잔이 나를 깨우고 있다. 꿈길처럼 몽롱해져 있는 내게 카페인의 각성을 조금씩 흘려보내 주고 있다.

나도 누군가에게 이제 말하고 싶다.

그냥~ "같이 커피 한잔해요."

독서와 글쓰기 강사, 마음향상담센터 원장

그래요… 유현씨, 사표 쓰세요

문 유 현

어느 봄날 아침 출근하자마자 장관실에 불려갔다. 전날 있었던 위원회의 일을 두고 불편한 이야기가 길게 오고 갔다. 내 입에서 나와서는 안 될 소리가 불쑥 튀어나왔다. "무슨 잘못이 있다면 제가 책임지겠습니다." 분노로 가득한 장관의 얼굴이 더욱 붉어졌다. "책임지겠다고? 그래, 사표 쓰세요!" 이렇게 장관과의 갈등이 시작되었다.

그 해 봄날은 내게 유난히도 싱그럽고 화창했다. 국장으로 승진한 지 10년 만에 다시 실장으로 승진하였고, 우리나라 과학기술정책을 실무적으로 총괄하는 과학기술정책실장의 보직도 맡았다. '과학기술중심사회 구축'을 기치로 내건 새로운 정부가 막 출범했다.

'과학기술중심사회 구축'은 대통령이 직접 작명까지 하고 국정과제에 반영한, 대통령의 지대한 관심사였다. 이에 대한 실무 책임을 맡아 청사진을 그리고 추진하는 일이 너무 기쁘고, 하늘이 내게 준 축복으로 여겨졌다. 곧 민간 전문가 중심으로 '과학기술중심사회 구축 기획위원회'가 꾸려지고, 그 운영 실무도 내가 맡게 되었다. 하루를 48시간처럼 정신없이 바쁘게 보내야 했지만 매일 매일 이 즐거운 여정이었다.

그러나 그 봄날은 그리 오래가지 못했다. 기획위원회가 발족되고 1개월여 지났다. 전문가들의 적극적인 참여와 열띤 토론으로 모호하던 과학기술중심사회에 대한 정의와 개념을 정립하고, 이를 구축하기 위해 앞으로 나아갈 방향과 추진과제 등에 대한 밑그림을 구체화하던 무렵 중간보고 겸 점검하는 자리에 장관이 참석했다. 이 자리에서 장관은 과학기술중심사회에 대해 장관 나름의 개념과 생각을 피력했다. 그런데 장관 의견은 위원회 보고내용과 판이하게 달랐다. 실무 책임을 맡고 있던 내게 장관 의견은 이해하기 매우 어려웠고, 이를 청사진에 담기는 더욱 힘들게 느껴졌다. 위원장과 위원들의 표정에도 혼란과 당혹스러움이 역력했다. 하지만 아무도 의견을 피력하거나 이견을 제기하지 않았다. 잠시 긴 침묵이 흘렀다. 마지못해 내가 나서 그간 논의 과정이며 담긴 내용에 대해 좀더 자세하게 설명을 했다. 장관 의견에 동의하기보다 위원회 보고내용을 고집한 결과가 되었다. 이게 화근이었다. 장관의 불편한 심기를 건드린 것이다.

대학을 졸업하고 난 이후 내 삶은 매우 순탄했다. 이른 나이에 모두가 부러워하는 중앙부처 중견 공무원으로 사회 첫발을 내디뎠고, 동료들보다 앞서 승진도 거듭했다. 국비 해외 유학도 다녀오고, 외교관 신분의 특권도 누리며 온 가족과 미국 생활도 함께했다. 얼마 후면 차관의 자리도 기대할 수 있던 터였다. 직장동료와 지인들과도 관계가 원만하고 인정도 받고 있어 그간 공직생활에 아무런 어려움이 없었다. 이런 내게 처음 겪는 장관과의 갈등은 견디기가 매우 힘들었다. 매주 갖는 회의며, 수시로 보고하고 지시를 따라야 하는 입장에서 장관의 얼굴을 마주 대할 수밖에 없는 현실은 감내하기 여간 힘겨운 큰 고통이었다. 거의 매일 밤을 뒤척여야 했고, 심지어 평소 즐기던 격렬한 테니스 운동 중에도 생각은 떠나지 않고 계속 머릿속에 맴돌며 나를 괴롭혔다. 사표를 쓸 수도 없고, 그렇다고 버티려니 너무나 힘들었다. 하루하루가 몇 주, 몇 개월처럼 버겁고 길게만 느껴졌다.

그 당시 내 나이는 이제 갓 오십을 넘어섰고, 정년은 아직도 10년이나 남아 있었다. 아들은 아직 중학생이고, 딸은 고등학생으로 한창 대학입시에 몰두해야 했다. 직장을 삶의 전부로 26년 동안 열심히 일해 왔는데 이재에는 지극히 무지하고 무관심하여 내 집 마련 없이 전세로 살고 있었다. 아내에게는 장관과의 갈등에 대해 지나는 이야기로 운을 떼었을 뿐 해결방안 없이 상세하게 말할 수는 없었다. 그리고 고민에 고민을 거듭한 끝에 겨우 찾은 해답은 사표였다.

갈등이 불거지고 이렇게 4주 여 지났다. 이젠 더 이상 견딜 수도, 미룰 수도 없었다. 어느 날 퇴근 후 나는 죄지은 듯 힘없는 목소리로 아내에게 말했다. "나 사표 쓰고 싶어…" 그리고 장관과의 갈등을 처음으로 자세하게 말했다. 아내의 의견을 묻거나 바람직한 방안을 찾자는 게 아니었다. 사표를 쓸 수밖에 없는 내 나름의 변명과 함께 사표를 쓰겠다는 일방적인 통보였다. 그간 내게 심각한 문제가 있다는 건 아내도 인지하고 있었다. 하지만 자세한 내용은 처음으로 듣고 알게 되는 자리였다. 잠잠히 듣고만 있던 아내가 몇 가지 묻고 확인을 하더니 낮은 목소리로 짧게 말했다. "그래요… 유현씨, 사표 쓰세요…" 아무런 불평이나 원망도 하지 않았다. 그래서 내 마음은 더욱 시리고 아팠다.

불투명하고 불확실한 미래에 대해 특별한 대책이나 계획이 있어서가 아니었다. 불안이나 두려움, 걱정으로 말하면 아내에게 훨씬 더했을 것이다. 하지만 아내는 무엇보다 먼저 나의 건강을 걱정하였다. 그리고 나를 전적으로 신뢰하고, 믿고, 지지해 주었다. 새로운 세상을 향한 모험을 함께 하겠다는 무언의 다짐도 아내의 표정 속에 읽을 수 있었다. 힘들게 사표를 내고 다음 날, 이제까지 한 번도 나가지 않던 새벽기도에 처음으로 참석했다. 눈물이 펑펑 쏟아졌다. 아내도 함께 흐느껴 울고 있었다.

직장 상사와의 갈등은 어찌 내게 뿐이겠는가! 한참을 지나 사표를 내던진 일을 두고 무용담처럼 자랑스럽게 이야기하던 내게 아내가 말했다. 수많은 가장들은 이보다 더한 굴욕적이고 힘겹고 고통스러운 상황도 묵묵히 참고 견디고 버텨내고 있단다. 이유는 단 하나, 가장이라는 그 이유만으로. 이들이 진정 책임 있는 가장이고,

미더운 남편이고, 위대한 아빠란다. 부끄러웠다. 쓸쓸하지만 고개를 끄덕일 수밖에 없었다. 내 경우 정년이 법적으로 보장된 공직이 아니던가! 특별한 귀책사유가 없기에 강압적인 사표는 내지 않아도 되었다. 보직을 달리할 여지도 있었다. 얼마 후면 장관이 바뀔 가능성도 있다.

돌이켜보면 충분히 견디고 버틸 수 있었다. 몇 번이고 장관을 찾아 무례한 행동에 대해 사죄하고 용서를 구할 수도 있었다. 그러나 장관을 찾아 용서를 구한 것은 고작 한번이 전부였다. 내 얄팍한 자존심, 누구에게나 인정받아야 하고, 누구와도 갈등 없이 지내야 하는 성격 탓에 반은 자의로 사표를 던진 셈이다. 아내는 이런 내 자존심마저 살려주고 모난 성격도 존중해 주었다. 덕분에 공직을 떠난 이후 생소한 새로운 세상에서도 공직에서는 맛볼 수 없는, 흥미진진한 또 하나의 도전적인 삶을 즐기며 내 꿈을 펼쳐갈 수 있었다. 아내의 사랑, 그리고 온전한 신뢰와 믿음, 지지가 있었기에 가능했다.

아내는 나같이 고지식하고 융통성 없는 남편만으로도 힘겨운데, 가난한 가정의 7남매 맏며느리로 갖가지 집안 행사를 챙겨야 했고, 동생들 학비와 생활비마저 함께 책임져야 했다. 몇 년 전 결혼기념일에 아내는 그동안의 결혼생활을 기념하기 어려우니 정식으로 다시 청혼을 하고, 새로 장가를 오라고 했다. 아내의 이 말 가운데는 그간 나와 함께한 세월이 얼마나 길고 힘들었는지, 그 깊은 한숨과

하소연이 짙게 배어 있다. 남은 세월만은 즐겁고 행복하게 살고 싶다는 간절한 바람이고, 몸부림이기도 하다. 그래도 더 이상 못 살겠다 하지 않고 새로 장가를 오라고 한다. '앙코르 웨딩'으로 새 신랑이 되고, 아내를 행복하게 할 수만 있다면야!

"창희야, 고맙다. 미안해. 사랑해! 그리고 새 신랑 수업 열심히 할게요!"

과학기술부 과학기술정책실장, 대통령 과학기술비서관, 국가과학기술인력 개발원 원장, 경기테크노파크 원장, 카이스트 객원교수

제2부

내가 옆에서 끝까지 지켜줄게요

나를 깨운 한마디, 철옹성!

김 연 빈

1982년 4월 하순 어느 날 심야, 사위가 적막한 국망봉 산록의 한 병영. 한 사병이 어둠 속을 뚫어지게 응시하고 있다. 뭔가를 골똘히 생각하는 모습이지만 아무도 지켜보는 사람이 없다. 구름이 끼었는지 별도 보이지 않는다.

"오늘이 마감일인데…."

그때 '철옹성'이란 한 낱말이 섬광처럼 사병의 머리를 스쳐 간다.

"그래! 이거야! 바로 이거야!"

보초 근무를 마친 사병은 내무반에 돌아오자마자 종이에 뭔가를 써내려간다. 희미한 불빛 속에서 여섯 줄 두 절의 짧은 글이 완성되었다. 대대가 가사 응모작이다.

보병 8사단 10연대 3대대에서는 4월 초순 2주 동안 대대가 가사를 공모하고 있었다. 상금 1만 원, 대대장 표창, 포상휴가 3주.

역사는 작곡가 박 일병이 전년 가을 이 부대에 전입하면서 시작되었다. 박 일병은 고졸이지만 강원 최고의 명문고 출신답게 시도 쓰면서 다양한 분야에서 뛰어난 실천적 아이디어를 갖고 있었다. 김 상병과는 같은 내무반에서 같은 모포를 덮고 자는 각별한 전우였다. 부대생활에 익숙해지면서 대대를 상징하는 노래가 없다는 것을 알게 된 박 일병은 전입동기와 함께 대대가를 작사·작곡해서 대대본부에 제출했던 모양이다.

며칠 동안 낯선 군가가 병영에 울려 퍼졌다. 그리고 며칠 후 대대장 지시가 내려왔다. 이왕 대대가를 만들려면 제대로 만들어보라는 것이었다. 그래서 거액의 상금과 표창과 포상휴가가 부상으로 걸린 대대가 가사 공모가 시작되었던 것이다. 당시 상병 월급이 3,700원 정도였기 때문에 상금 1만 원은 1개 소대가 간단한 회식을 할 수 있을 정도로 큰돈이었다, 군대에서는. 무엇보다 사병들의 흥미를 끄는 것은 1주일의 포상휴가였다. 사병들에게 휴가는 어떤 포상보다도 매력적이다. 문장 좀 안다는 사병들이 대대가 가사 공모에 대거 참여했을 것은 보지 않아도 뻔한 일이었다.

여태껏 시 한 줄 써본 적 없는 김 상병도 포상휴가에 현혹되어 은밀하게 응모 대열에 합류했다. 대대가 가사는 문학적 재능을 요구하는 것이 아닐 것이었다. 대대의 분위기 쇄신과 단합을 도모하고 사기와 충정을 북돋우는 내용이면 충분할 것이었다. 대대가가 전해야 할 메시지를 생각하며, 나름대로 군가의 형태를 분석하고, 용기를 자극하는 생동적인 문구를 생각하며 일정에 맞춰 준비를 해나갔다. 온갖 문구와 단어를 조합해보고 새로운 생각을 짜내 보았다. 이어질 듯 말 듯 하면서 혼미한 상태로 3주의 시간이 흘러갔다. 그때 어둠 속에서 마감에 쫓기는 초조한 김 상병의 머리를 스쳐 간 것이 바로 '철옹성' 한 단어였다. 유레카! 철옹성이 자리를 잡자 따로따로 흩어져있던 낱말들이 서로 어울리며 꿈틀대었다.

> 목숨 바쳐 지켜온 조국의 산하 / 국망봉 높이 솟아 의기 드높다 /
> 천하무적 오뚜기 선봉에 서서 / 초전박살 다짐하는 필승의 건아 /
> 아~ 아 자랑스런 통일 3대대 / 붉은 마수 도전 앞에 철옹성이다
>
> 피땀 흘려 쌓아 올린 빛나는 전통 / 임전무퇴 그 기상 날로 새롭다
> / 부전상립 오뚜기 뜻을 이어서 / 횃불 높이 밝혀 든 상승의 용사 /
> 아~ 아 자랑스런 통일 3대대 / 자유평화 지키는 불침번이다

진인사대천명이다. 사실 1주일 포상휴가에 눈이 멀어 응모하기는 했지만 당선은 기대하지도 않았다. 뭔가 하나를 완성했다는 뿌듯한 성취감이 고단한 군생활에 활기를 줄 뿐이었다. 5월 8일 어버이날이었던 것 같다. '지금쯤 공모 결과가 나올 텐데' 하고 기다리고 있을 때, 대대 정훈장교가 내무반에 들어섰다. 정훈장교가 일선부대 내무반에 들어오는 일은 매우 드문 일이었다. '선정되었구나!' 하고 직감하는 순간 "김연빈 상병이 누구야?" 하고 누구에게랄 것도 없이 흥분된 소리로 외쳤다. 선정 소식을 얼른 알려주고 싶었을 것이다. "예! 상병 김연빈!"

나중에 들으니 십여 편의 응모작 중 최종후보로 두 편이 선정되었는데, 한 편은 문학성도 뛰어나고 완성도도 높았다고 한다. 그런

데 대대장이 "이 '철옹성'이란 말이 마음에 쏙 들어" 하면서 김 상병의 응모작이 최종적으로 선정되었다. 그래, '철옹성' 바로 그것이었다. 이심전심으로 '철옹성'의 깊은 의미를 인식한 지휘관의 뛰어난 통찰과 인문학적 소양은 좋은 대대가를 만들려는 김 상병의 고뇌에 대한 최고의 위로요, 성실한 군생활에 대한 최선의 격려였으며, 충직한 국가관에 대한 최대의 찬사요 예우였다.

마침 얼마 후에 열린 '1982 MBC 강변가요제'에서 박 일병이 입대 전에 작사·작곡한 '태양의 예언'이라는 곡을 들고 참가한 '천국의 이방인'이 대상을 차지하여, 박 일병이 작곡한 대대가의 품격을 더욱 높여 주었다. 8월 14일 광복절 전야에 박 일병의 고향 춘천의 한 어슴푸레한 음악다방에서 강원대와 강릉대 학생으로 구성된 '천국의 이방인'을 만나 처음으로 '태양의 예언'을 들었다. 나중에 대대장 표창이 주어졌다는 얘기는 들었지만, 표창장을 직접 받지는 못했고, 약속된 상금 1만 원도 받은 기억이 없다. 그래도 좋았다.

철옹성鐵瓮城은 중국 삼국시대(208년)에 오나라 황제 손권이 京口(현재蘇州鎮江)에 축조한 천혜의 요새이다. 그래서 철옹성은 쇠로 만든 성처럼 튼튼한 난공불락의 요새를 상징하며 일반적으로 방비가 견고함을 뜻한다. 북한 평안북도 영변군 영변읍에는 고구려 성곽인 영변 철옹성이 있고 평안남도 맹산군과 함경남도 영흥군 사이에도 철옹성이 있다고 한다.

철옹성에서 비롯된 대대가 몰입하면 이루어진다는 가사 당선은 김 상병의 잠자던 의식을 일깨웠다. '아, 나도 할 수 있구나! 내가 할 수 있는 일도 있구나!' 대입시험에 연이어 실패한 김 상병은 입대 전에 하급 국가공무원이 되었지만, 항상 대학에 진학하지 못한 열등감과 패배 의식에 싸여 있었다. 그런 김 상병이 환골탈태한 것이다. 지성이면 감천이고 궁하면 통한다는 것을 뼈저리게 체험한 김 상병의 의식과 행동은 능동적이고, 도전적이고, 창의적으로 바뀌었다.

포상휴가 귀대 후 곧 전출 간 1대대에서는 대대가 작사 경험과 당시 유행하던 '독도는 우리 땅'을 패러디하여 새로 편성된 소대의 소대가도 만들게 되었다. 이러한 자신감과 변화는 김 상병이 즐겁게 군생활을 마치게 하였음은 물론, 사회에 복귀해서도 활발하게 생활하게 된 원동력이 되었다.

철옹성 '통일 3대대가'는 이제 더 이상 들을 수 없게 되었다. 보병 8사단이 8기계화보병사단을 거쳐 2021년 제8기동사단으로 개편되며 3대대가 해체되었기 때문이다. '통일 3대대가'는 국망봉 산록에서 사라졌지만, '철옹성'이란 이름은 어느 부대인가의 이름으로 살아나기를 바란다. '철옹성', 육군 '철옹성부대', 의미 있고 멋지고 운치 있지 않은가?

도서출판 귀거래사 대표, 해양수산부 정년 퇴직(2019), (전)주일한국대사관 해양수산관, (사)한국바다수영협회 창립/ (전)전무이사(2005)

나를 위로하는 법

유 용 린

연초에 계획했던 올해의 목표를 다시 꺼내 들었다. 모두 다 해 낼 것이라는 처음의 자신감과는 달리 8월이 지난 현재까지도 진행 중인 게 제법 있다. '아직 남아 있는 4개월 동안 하면 되지'라는 마음이 조금은 위안되지만, 한편으로는 그동안 이런저런 이유로 미루고 있는 나를 되돌아보게 한다. 어찌 보면 절실함의 눈금보다 합리화의 눈금 쪽으로 한참 기울어져 있는 저울을 보고 있는 듯하다.

절실함. 이는 반복되는 복잡한 생각이 아니라 즉각적인 단순한 행동이다. 극한 상황에서의 망설임 없는 생존의 본능이고 나를 지키기 위한 최후의 선택인 것이다. 다른 생각을 할 여유조차도 없는 외통수의 상황이다. 한번 해 볼까 하는 객관식 선택이 아니라 할 수밖에 없는 주관식 필수인 것이다.

이런 절실함을 가지려면 적어도 내가 이것을 해야 하는 이유가 분명해야 된다. 남에게 보여 주기 위한 겉치레도 아니고, 시간이 남아서 그냥 재미 삼아 해보는 것도 아니라 정말 내가 원하고 꼭 해야만 하며 하지 않으면 안 되는 명분이 있어야 한다.

사이먼 사이넥Simon Sinek의 골든 서클Golden Circle 중의 Why (이 일을 왜 하는가?)에 해당하는 목적, 동기, 신념, 가치관, 비전, 존재 이유

등이 있어야 한다. 그런 다음에 How (어떻게 할 것인가?)에 해당하는 전략을 세우거나 방법이나 비즈니스 모델을 찾고, What (무엇을 할 것인가?)에 해당하는 행동을 통해 목표로 한 결과물인 제품이나 서비스를 만들어 내는 것이다.

절실함에 대응하는 강력한 적수는 합리화이다. 위키백과에서는 합리화를 이론이나 이치에 합당하게 한다는 뜻과 낭비적 요소나 비능률적 요소를 없애 더 능률적으로 체제를 개선한다는 뜻으로 설명한다. 심리학에서 말하는 합리화Rationalization는 부정적인 면이 있는 사건을 긍정적으로 포장하려고 하는 행동으로 감정적 상처나 실망거리를 회피하기 위해 구실을 만들어내는 심리적 기제를 뜻한다. 흔히 심리학 개념의 합리화는 사람들 사이에서 자기합리화라고 불리며 본인의 잘못된 행동이나 실패에 대해 정당화하는 것으로 알려져 있다.

「담덕의 경영학 노트」를 보면 '하고 싶지만 시간이 없어', '인맥이 있어야 뭘 하지', '이 나이에 뭘 할 수 있겠어', '왜 나에겐 걱정거리만 생기지', '난 실패자야', '사실 난 용기가 없어', '사람들이 날 화나게 해', '오랜 습관이라 버리기 어려워', '그건 내가 할 수 있는 일이 아니야', '맨정신으론 살 수 없는 세상이야', '가만있으면 중간이나 가지', '난 원래 그렇게 생겨먹었어', '상황이 협조를 안 해줘'와 같이 '쉽게 접하는 자기합리화 사례 13가지'를 소개하고 있다.

이런 합리화는 보통 자신이 믿고 있는 신념과 실제의 행동이 달라 상당한 불편함을 느끼게 될 때 나타나게 된다. '인지부조화

Cognitive dissonance 이론'에 따르면 이때 당사자는 신념과 행동의 불일치, 부조화로 인한 불편함을 해결하기 지금까지 취했던 행동을 버리고 신념대로 바꾼다고 한다. 자연스럽게 자신을 합리화하기 위한 이중 잣대가 만들어지는 것이다.

어떤 이유이든 절실함이 줄어들고 합리화가 늘어난 지금 초심으로 돌아가 다시금 마음을 추스르기 위한 뭔가가 필요해 보인다. 왔다 갔다 하고 있는 저울의 눈금을 적어도 절실함과 합리화의 양쪽 모두의 눈금이 밸런스를 이룰 수 있는 정도만큼이라도 말이다. 아니, 내 마음속에 똘똘 뭉쳐 있는 합리화의 무게를 조금만 내려놓자. 꼭 해내고 말겠다는 절실함 속에는 최선을 다하겠다는 열정과 노력이 숨어 있다. 내 강점인 미래지향적, 시각화Visualization, 최상화Maximization, 열정과 전략을 총동원하여 심기일전心機一轉 하자는 마음을 갖자. 나의 절실함은 무엇을 위한 것인지, 그 무엇을 어떻게 하면 되는지, 또 무엇을 해야 되는지 그리고 무엇을 하면 되는지에 대해 진지하게 생각해 보자.

국제코칭연맹 한국챕터 회원관리위원장
(사)한국코치협회 사업위원장
국민대학교 자동차공학전문대학원 겸임교수

내 어린 날의 정원

조 유 안

누구에게나 일상에서 벗어나 편안한 마음으로 시간을 보내고 싶은 장소가 있다. 나도 외롭거나 힘이 들 때면 찾아가 위안을 받는 곳이 있다. 마음속에 있어 언제라도 찾아갈 수 있는 그곳은 내가 태어나고 어린 시절을 보냈던 우리 집 정원이다.

마당 한가운데에 커다란 사철나무가 있고 그 주위로 채송화, 봉숭아, 분꽃, 백일홍 등 여러 종류의 꽃들이 잘 어우러져 정원은 늘 풍성하고 아름다웠다. 꽃밭 한구석에는 나만 알고 있는 개미굴이 있었다. 형제가 없던 나는 외롭거나 속상한 일이 있을 때면 개미들과 얘기하며 시간을 보냈다.

대여섯 살 무렵이라고 생각된다. 그때부터 나에게는 일요일을 기다리는 버릇이 생겼다. 아버지의 절친한 후배가 주말마다 놀러 오셨기 때문이다. 나는 눈썹이 짙고 웃을 때 한쪽에 덧니가 살짝 보이는 그 아저씨를 삼촌이라고 부르며 따랐다. 아이들을 무척 좋아하던 아저씨는 우리 집에 올 때마다 마술을 보여주어서 동네 아이들에게 인기가 이만저만이 아니었다. 아저씨가 오면 나는 으쓱해져서 친구들에게 알리러 다니기 바빴다. 아이들은 순식간에 우리 집으로 모여들었다.

우리는 눈을 반짝이며 툇마루에 나란히 앉아 눈앞에 펼쳐질 멋진 장면을 숨죽이며 기다렸다. 아저씨는 신문지를 태워 재를 손에다 넣고 살살 비비며 입으로 바람을 불었다. 그러면 신기하게도 탄재 대신에 조그만 색종이들이 하늘 가득 날아오르는 것이었다. 구름 한 점 없는 푸른 하늘에 색색의 종이들이 날아오르는 것을 보고 있으면 마치 동화 나라에 온 것 같은 착각이 들기도 했다.

또한, 가위로 두 동강 낸 실에다 콧기름을 쓰윽 쓱 바르면 실이 하나로 붙어 나오기도 했다. 끊임없이 쏟아져 나오는 여러 가지 마술 중에 내가 가장 좋아했던 것은 입으로 동전을 삼키고 그 동전을 내 귀에서 꺼내는 마술이었다.

한 번 더 보여 달라고 조르면 아저씨는 말없이 씨익 웃으며 주머니에서 하모니카를 꺼내 불기 시작했다. 그 중엔 우리가 아는 동요도 있었지만, 때로는 잘 알지 못하는 슬픈 느낌의 곡도 있었다. 그런 곡을 불 때면 아저씨는 눈을 지그시 감았고, 그 모습이 왠지 슬퍼 보여 우린 덩달아 진지해지곤 했다.

매주 오시던 아저씨가 언젠가부터 발길이 뜸해졌고 더 이상 마술 쇼도 하지 않았다. 아저씨가 심각한 표정으로 아버지와 이야기하고 돌아가던 날, 아저씨는 주머니에서 하모니카를 꺼내 내 손에 꼬옥 쥐여주고 나를 번쩍 들어 안았다. 가까이에서 본 아저씨는 매우 수척해 보였고 항상 깔끔하던 얼굴엔 까끌까끌한 수염이 나 있었다. 나는 그 수염 난 얼굴이 어쩐지 딴 사람처럼 낯설어 보여 아저씨가 대문을 열고 나갈 때까지 아무 말도 하지 못했다.

그 후 아저씨는 우리 집에 오지 않았다. 내가 어머니께 "왜 삼촌이 오지 않느냐?"고 물으면 그냥 "바쁘셔서" 하고 얼버무리셨다. 어느 날, 나는 두 분이 두런두런 얘기를 나누는 소리에 잠이 깨었다. 아저씨가 몸이 많이 나빠져서 먼 곳으로 요양하러 가게 되었다며 걱정하고 계셨다. 가슴이 쿵 하고 내려앉았다. 어린 마음에, 아저씨가 아프다는 것보다 다시 볼 수 없을지도 모른다는 사실이 더욱 슬펐다. 더는 일요일을 기다리지 않게 되었고 정원에서 개미들과 보내는 시간이 많아졌다.

결혼한 해 늦봄, 옛날 우리 집을 찾아간 적이 있다. 오랜 세월이 지나도 잊히지 않는 그곳을 언젠가 한 번은 꼭 찾아가 보고 싶었기 때문이다. 추억의 문이 열렸을 때, 어린 시절엔 크다고 생각했던 정원이 너무나 작은 것에 놀랐다. 정원에는 크고 힘 있게 보였던 사철나무만 피곤한 기색으로 서 있을 뿐 꽃은 한 송이도 피어 있지 않았다. 집은 거의 방치된 상태였고 할머니 한 분이 살고 계셨다.

그날 밤 나는 그 집을 찾아갔던 것을 후회했다. 마음속에 남아 나를 설레게 하던 추억이 단번에 무너져 버린 것 같은 아쉬움에 잠을 이룰 수 없었다. 그러나 나는 안다. 그 정원이 어린 시절과 똑같은 모습으로 내 앞에 있었다고 해도 그때만큼 크고 아름답게 느껴지지 않으리라는 것을.

그 집에 다녀온 후 추억이 깨질까 봐 두려워했던 것은 기우였다. 지금도 서랍 속에 간직되어있는 하모니카에는 하늘 가득 색종이를 날리며 웃고 있는 아저씨의 추억이 고스란히 남아 있듯이, 마음속 추억은 나이 들지 않는다. 고단한 현실을 피해 찾아갈 때면 언제나 위안을 주고 또 새로운 힘을 주는 그곳, 내 어린 날의 정원을 사랑한다.

한국외국어대학교 졸업. 2008년 에세이문학 등단, '수필낭송가'로 활동 중.
한국수필문학진흥회, 에세이문학작가회, 일현수필문학회 회원.
저서 :『비 오는 날엔 춤을』

내 인생의 위로, 내 삶의 나침판

목 남 희

미국에 도착한 다음 날 봉함엽서 3백 장을 한꺼번에 샀다. 당시 봉함엽서는 아파트 우체통에 넣어 두면 우편배달부가 가져가 1970년대 한국으로 보냈다.

나는 봉함엽서가 저렴하고 우체국을 안 가도 되기에 1년 치를 한꺼번에 샀다. 그러고는 시간만 생기면 편지를 시도 때도 없이 일기처럼 써서 어머니에게 부쳤다. 어머니도 나에게 일주일에 한 번씩은 꼭 답장을 주셨다.

일상 이야기, 친척들 결혼한 이야기, 동생들 학교 이야기 등이 주를 이루었다. 특별한 소식이 담기지는 않았지만, 어머니의 편지를 보고 또 보며 그리움을 달랬다. 내가 보낸 편지에 대한 회답은 언제나 꽉 찬 한 장이었다. 편지를 읽는 동안 어머니의 따뜻한 냄새를 느끼고 있었다.

한국에 돌아오기까지 처음 십 년은 거의 1주에 두세 번, 후반부 10년은 1주에 한 번 정도 편지와 엽서를 번갈아 가며 중요한 일은 전화로 많이 대처했다. 이상하게도 내가 미국에 있는 동안 항상 어머니하고만 우편을 주고받았다. 다른 형제하고는 거의 편지 왕래를 하지 않았다. 형제들 소식도 어머니의 편지를 통해서만 알았다. 어머니의 편지로 모든 것이 충족된 느낌이었다.

심리학자 칼 융(Carl Gustav Jung. 1875~1961)은 "어머니는 아이들에게는 글자 그대로의 어머니이지만, 성인에게는 안전과 피난처를 제공하는 항구를 상징한다."라고 말했다. 나는 새로운 꿈을 펼치기 위해 머나먼 미국까지 왔지만, 성공의 항구에 도달하기 전에 아늑하고 따스한 어머니의 가슴을 한없이 그리워하고 있었다.

어머니는 내가 보낸 편지를 한 장도 버리지 않고 20년 동안 간직하셔서 나를 놀라게 했다. 나는 옛날이야기가 알알이 담긴 사연들은 그 당시 나의 생활기록부였다. 타국에서의 어렵고 서러웠던 이야기가 고스란히 적혀 있다. 잊었던 그때의 외로움과 의식되지 않을 수 없었던 인종차별을 괴로워하는 대목에서는 나도 모르게 눈물이 마구 흘러 내렸다. 어머니의 자상하신 정에 눈물이 핑 돌았다. 나는 아직 그 엽서와 편지를 보물처럼 간직하고 있다.

반면에 딸인 나는 어머니가 보내주신 편지를 잘 모아두었다고 여겼는데 미국 집 정리하면서 분실하고 말았다. 독일의 소설가 장 파울(Jean Paul, 1763~1825)의 '꽃과 실 가시'에서 "열 자식이 있더라도, 자식에 대한 어버이 한 사람의 마음은 어버이에 대한 열 자식의 마음을 훨씬 능가한다."라고 했다. 아무리 애를 써도 부모님의 사랑과 정성을 따라갈 수 없다는 것을 새삼 느낀다.

어머니의 애틋한 정성은 그뿐만이 아니다. 어머니는 일곱 자식이 태어날 때 입었던 배냇저고리를 비롯한 자식이 아끼며 쓰던 물건도 버리지 않고 보관해 두었다가 90세가 되던 해에 모두 챙겨서 각자

주인에게 돌려주셨다. 자식들의 사진, 성적표, 표창장 등… 60년 이상을 보관하다 돌려주셨다.

다산 정약용(茶山 丁若鏞, 1762~1836)과 퇴계 이황(退溪 李滉, 1501~1570)도 자녀들에게 편지로 훈육하였다.

다산 선생은 유배지에 가서도 집에 있는 자녀들에게 쉴 새 없이 편지를 보내 공부를 독려했다. 다산 선생은 유배지에서 보낸 서찰을 통해 시를 짓게 하고 책을 읽는 법, 경학 하는 법, 벼슬하는 이가 지녀야 하는 마음가짐 등을 끊임없이 가르치고 격려하였다.

다산 선생은 두 아들에게 보낸 편지에서 다음과 같이 말했다.

"형제를 섬기는 것을 취하여 어른을 어른으로 섬기고, 아들 양육하는 것을 취하여 여러 사람을 부리게 되는데, 부부란 것은 서로 함께 이 덕을 닦아서 그 집안을 다스리는 것이요, 붕우朋友란 것은 서로 함께 이 도리를 익혀서 그 집 밖을 돕게 되는 것이다."

우리 부모님도 늘 '효'를 인간의 가장 기본적인 도리라고 강조하며, 형제간의 우애와 친구 사이의 우정을 매우 중요하게 여기며 스스로 모범을 보이셨다. 영국 시인이며 철학자인 에드워드 허버트(Edward Herbert, 1583~1648)도 "아버지 한 사람이 스승 백 명보다 낫다."라고 했다.

퇴계 선생도 평생을 통해 아들에게 613통, 손주에게 126통의 공부 편지를 보내 학습을 지도했다고 한다. 어머니는 미국에 있는 내게 600통 이상의 편지로 일상생활의 지혜와 평생의 가르침을 주신 것이다.

인간은 명령대로 움직이는 로봇과는 다르게 듣고, 보고, 느끼며 따라 하는 과정을 통해 알게 모르게 사물이나 상황을 인지하고, 그 기억 속에 경험을 저장하고 필요에 따라 반응한다.

배움이란 무엇인가? 배움이란 깨닫는 것이며, 깨달음이란 그릇된 바를 알게 되는 것이다. 그 그릇된 것을 평소 사용하는 말이나 행동에서부터 깨닫게 된다. 나는 어머니가 평소에 하신 말씀과 행동을 통해서 그런 깨달음을 얻었던 것 같다. 은연중에 배운 가르침을 통해서 두 아들을 키웠다.

어머니가 보내주신 600통의 편지로 타국에서의 외로움을 잘 이겨냈다. 어머니의 편지는 내 인생에 그 무엇과도 바꿀 수 없는 가장 큰 위로였으며 내 삶의 나침판이었다.

『평범한 가정의 특별한 자녀교육』의 저자
Queen 월간지 〈명가의 자녀교육〉 칼럼니스트
(전)단국대학 상경대 경영학부 교수

내가 가진 또 하나의 거울

백 지 안

TV 프로그램 금쪽이 상담소의 히로인 오은영 교수의 『화해』라는 책이 있다. 외면하는 마음에 대해 마주볼 수 있는 용기로서의 화해를 말하고 있다. 그 마음은 나의 여러 자아일 수 있고 부모의 마음, 또 다른 마음일 수도 있다. 나도 그 화해를 하지 못해 긴 세월을 웅크려 살고 있었다. 나에겐 비상구가 필요했다.

난 좀 새침한 성격이다. 어려서부터 그랬다. 좋고 싫음이 얼굴에 바로 나타나서 마음을 숨기거나 꾸미지도 못한다. 게다가 말도 많지 않고 다정하지도 않다. 시세말로 좀 밥맛인 부분이 있다. 그렇다고 원래 마음이 찬 사람은 아니다. 그저 표현력이 부족하고 남들한테 곰살맞게 대하지 못하는 성격이라고나 할까.

이런 성격으로 20대 중반까지 살아왔다. 그런데 친구들 중에서 제일 빨리 결혼을 했다. 날이면 날마다 고개를 돌리면 항상 내 옆에 있는 남자가 있어 변변한 데이트나 연애 기간도 없이 그렇게 되었다. 포장마차에서 한잔하고 그만 쫓아다니라고 바리바리 악을 쓰고 난 후, 그래도 떠나지 않으니 찐이다 싶어 결혼을 했다.

엄마가 될 계획도 준비도 없던 나는 그렇게 덜컥 엄마가 되었다. 아이들을 만나도 예뻐하지도 않았고, 표현도 덤덤하기만 한 내가 엄마가 되었으니 정말 큰일이었다. 그런데 내 아이를 볼 때마다 가슴에 무지개가 피어나는 것 같았다. 마음속으로는 나의 아이가 너무너무 사랑스럽고 예쁜데 그 표현을 하는 것이 쑥스러웠다. 그래서 여러 육아책을 뒤적이며 아이 키우기 공부만 했다. 마치 연애를 책으로 배우는 사람처럼 말이다. 아이를 어떻게 대해야 할지 몰라서 안고 그냥 그림책만 보여주었다. 아이가 잠들면 턱을 괴고 한참을 눈에서 꿀물 떨어지게 바라보면서도 막상 깨어나면 아이와 어떻게 놀아야 할지 무슨 말을 해야 할지 꿀 먹은 벙어리가 되기만 했다. 큰아이가 돌 무렵이 되어서야 겨우 내 얼굴의 표정 근육이 풀어지기 시작했다. 이런 생활을 계속하다 보니 어느덧 아이를 보면 더 잘 웃고 더 말도 스스럼없이 잘할 수 있게 되었다.

난 오남매의 맏이로, 엄하게 교육받았다. 어릴 때는 엄마에게 하고 싶은 말을 편히 못했다. 하도 억울하거나 답답해 말을 하면 말대답이라고 못을 박아 호통을 치는 통에 말할 엄두를 못 냈다. 꾹꾹 눌러 할 말을 삼키다 보니 항상 마음이 공허했다. 동네 잔칫날, 온 가족은 잔칫집에 가고 혼자 남아 집을 지키는 것 같은 쓸쓸함이 나를 따라다녔다.

나중에 아이 엄마가 된 다음 우리 엄마에게 왜 그렇게 나를 엄하게 대했냐고 물어보았다. 외할머니의 "자식을 속으로 사랑해야지 겉으로 대놓고 이뻐하면 자식을 버리게 된다."고 하는 말씀을 마음에 담고 맏이인 나에게 더 엄한 잣대를 두었다고 하셨다. 속마음은 안 그러셨다고 하셨다. 지금은 팔순이신 엄마를 보고 있노라면 끊임없이 여러 통로를 통해 인생을 배우고 성찰하시는 것 같다. 나 또한 일 년 전의 나와 오늘의 내가 다르다. 우리들에게 배움과 깨달음은 늘 진행 중이기 때문 이리라. 나이 육십을 바라보는 딸을 잔잔하게 챙기는 엄마를 보면서 지나간 시간에 대한 엄마의 아쉬움을 가슴으로 느낀다. 내가 아이를 키울 때도 항상 "아이들은 잘못 없어. 다 어른의 잘못이야. 아이들이 잘못을 할 원인을 제공해서도 안 되고, 아이들을 방치해서도 안 된다."고 말씀하셨다.

　나에겐 남동생 둘과 나이 차이가 많이 나는 여동생 둘이 있다. 예전에는 남아 선호 때문에 아들을 대하는 방식이 딸을 대하는 것과는 좀 달랐다. 아들들은 아들이라 귀하게 대하셨고 아래의 여동생 둘은 엄마가 더 나이 들어 낳으셨기 때문인지 내리사랑을 그냥 표현하셨다. 스물하나의 젊은 엄마는 육아가 낯설어서 첫 아이인 내가 버거웠고 아이들을 키워가며 배워 가셨을 것이다. 어쨌든 엄마를 계모로 상상하며 자라면서 누구에게도 잘 마음을 열지 못하는 차가운 성격이 되어간 것이다. 그랬던 내가 아이 엄마가 되자 내 안에 꽁꽁 얼어있던 사랑들이 녹아 흐르기 시작했다. 오랫동안 잠자고 있던 화해가 드디어 나를 향해, 또 우리 엄마를 향해 이루어졌다. 아니 지금과는 달리 살아야 한다는 삶의 위로로 다가오기 시작했다.

　사랑은 받는 것보다 사랑을 주면서 나의 행복이 커지는 것을 알게 되었다. 내 아이가 소중하니 이웃의 모든 아이들도 다 소중해 보였다. 아이의 일거수일투족에 웃게 되고 나도 모르게 애정 표현을 잘하는 사람이 되어 갔다. 이제 나는 아들 둘, 딸 하나, 세 아이의 엄마가 되었다.

결혼한 지 한참 지나서 대학 후배를 만났는데 "언니 인상이 많이 달라졌어! 얼굴이 따뜻하고 편안해 보여" 이러는 거였다. 다 아이들 덕분이라는 생각이 들었다. 우리 아이들이 나를 성장시켜준 것이다. 자기밖에 모르고 세상에 닫혀 있던 사람을 타인을 품을 줄도 알고 따뜻함을 표현할 줄도 아는 사람으로 변화시켜준 것이다. 때로는 어른임에도 불구하고 나태해지고 싶고, 힘든 일을 마주할 때면 회피하고 싶어도 아이들이 나를 보고 배울까 봐 내 자신을 다시추스를 수 있는 힘의 원동력이 되기도 했다. 빠른 결혼과 육아를 한나에게 인생 선배라며 친구들이 가끔 상담을 해오면 내가 늘 자주쓰는 말이 있었다.

"아이들은 우리의 감독관이야. 아이들은 우리의 거울이기도 해."

그 말은 정작 내 자신에게 늘 들려주던 말이기도 했다. 내가 엄마가 되지 않았다면 나는 어떤 삶을 살았을까? 난 아마 철도 안 들고새침데기인 골드미스가 되었을 거다.

이제 성인이 된 나의 아이들은 내가 자기들에게 했던 방식으로지금은 이 엄마를 키우고 있다.

가정이 중간에 어려움을 겪을 때 의젓하게 그 짐을 나눠 진 큰아들 첫째에게는 부모로서 미진함이 있다. 부모 역할도 처음인데 연습도 없이 생방송 무대에 오른 느낌이다. 그래서인지 첫째 아이에게는 항상 나의 미성숙에서 오는 미안함이 있다. 자상하고 속 깊은 큰아들 덕에 어두운 터널도 지나올 수 있었다.

갱년기가 시작되어 우울감으로 힘들 때 딸의 계획으로 딸과 단둘이 하노이의 거리를 걷고 왔다. 엄마의 변화를 귀신처럼 눈치채고 급처방에 나선 것이다. 지금도 다소 이상주의자인 엄마의 실책을 현실적으로 잘 코치해 주고 있는 듬직한 딸이다.

막내는 엄마의 힐링 마스터다. 엄마의 감정 상태를 잘 읽고 때에 맞는 말들로 엄마 마음을 들었다 놨다 한다. 지난해 대상포진을 앓고 다 나을 무렵 코로나 예방접종을 했다. 그랬더니 대상포진이 재발되어 엄청 고생을 했다. 직장도 못 나갈 정도였다. 직장 일로 마음 불편해하고 있을 때 막내아들은 나에게 말했다.

"엄마 지금은 병캉스야. 아플 때는 휴가라고 생각하며 마음을 편히 해야 빨리 나아요."

때론 외출할 때면 멋지게 꾸미고 엄마를 급하게 찾는다.

"엄마 어때? 잘 생긴 아들 보니까 엄마 눈이 시원하지?"

그러면서 휭하니 문을 열고 나가 버린다. 막내가 사라진 자리에 미소만 남는다. 우리 집에서 비주얼 담당인 막내는 가끔 그런 말로 엄마를 웃게 효도한다며 우긴다.

이렇게 나의 세 아이들은 나에게 힘이 되어준다. 언젠가 읽은 가재산 님의 『아름다운 뒤태』에서도 애들은 어른의 뒷모습을 보고 자란다며 애들은 어른의 거울이라고 했다. 살아가다 보면 늘 따사한 햇살이 비추는 봄날일 수만은 없었다. 때로는 폭풍우도 불고 추운 겨울도 있었다. 그러나 그것마저도 삶의 자양분이 되고 삶의 근육을 키우는 성장통이 되어 주었기에 함께 한 모든 날들에 다 감사할 뿐이다. 세 아이는 반짝거리는 내 삶의 거울이다.

초등학교 교사

내가 옆에서 끝까지 지켜줄게요

가 금 현

내가 지금 어느 누구보다 당당하게 살아가고 있는 것은 20여 년 전 어느 날, 아내가 나의 얼굴을 자신의 품속에 안아주면서 "내가 옆에서 끝까지 지켜줄게"라는 말 한마디 때문이다. 사나이가 더구나 한 가정을 이끌어가야 할 남편이 괴로워 아내의 품속에 얼굴을 묻고 뜨거운 눈물을 흘리면서 괴로워할 때 아내는 나의 마음을 보듬어주고 용기를 줬다.

나는 1999년 가을 이른 나이에 초아의 봉사 이념인 국제로타리 하나의 클럽 (가칭)한서 로타리클럽을 창립하기 위해 바쁜 일정을 보냈다. 당시 신생 클럽인 만큼 회원 대부분은 나와 가깝게 지내는 친구와 동료들이 대부분이었으며, 이들과 함께 지역 사회와 세계 사회에 봉사를 실현하자며 매일 밤 만나 술을 마시며 결속을 다지는데 열정을 다했다.

그때 나는 벌이도 시원찮은데다 아이들이 셋씩이나 되다 보니 어린이집이나 학원 보내기도 버거울 정도로 힘든 생활을 하고 있었지만, 이들을 만나 술 마시며 하나의 봉사 단체를 만들어 가기 위해 노력했다. 더구나 아내는 부업거리를 찾지 못해 마늘 상회에서 통마늘을 받아 깐 마늘을 납품하는 일로 생계에 보탬이 되고자 했다.

하루 종일 깐 마늘로 받는 금액은 몇천 원에 불과했지만 아내는 늘 내 지갑에 채워주곤 했다. "남자가 어디 나가서 없어 보이면 초라해 보인다"면서. 그리고 밖에 식당이나 술집에서 술을 마시면 금액이 만만치 않아 많은 시간을 17평 전세방에서 친구들을 불러다 술을 대접하는 경우가 많았던 때다.

그때마다 아내는 단 한 번도 싫은 기색 없이 매일 같이 몰려드는 남편의 친구들을 맞아 술안주를 만들고 그들을 극진히 대접했다. 이유는 남편이 하는 일에 적극 동참해 달라는 것뿐이었을 것이다.

그렇게 해서 2000년 4월 드디어 서산 한서로타리클럽은 창립식을 갖고 본격적인 활동에 돌입하면서 국제로타리는 일반 친목 모임과 다르다는 것을 몸소 느끼게 되었다. 지켜야 할 규칙 또한 많고, 국제 회비, 지구 회비 등 지출해야 할 회비 종류도 다양하고 많았다.

나는 처음 겪는 국제로타리가 전 세계에 보여주고 있는 순수 봉사에 대한 매력에 빠졌고, 규율잡힌 조직 구성과 타 클럽 봉사자 간의 봉사 교류를 통한 친목 등에 재미를 느꼈다. 하지만 함께 시작한 일부 회원은 "왜 내가 봉사 활동하는데 국제 회비를 왜 내야 하는 것"이고, "지구 회비는 왜 내야 하는가"부터 국제로타리의 활동에 대해 불만을 표출하기 시작했다. 그리고 회원 간 우정과 회원 가족 간 화합을 우선으로 봉사의 기회를 넓혀간다는 것이 우리의 자랑으로 여겼지만 어느 날부터인가 회의 내용에 대해 반대를 위한 반대의 목소리가 정당성 있는 목소리를 눌러가고 있었다.

나는 이 모임이 만들어지기 전에 친구였고 동료였던 회원 한 명한 명을 만나 설득했지만, 이들은 어느새 한패의 무리로 변해 회장과 총무인 나를 공격하기 시작했다. 이들의 횡포는 이제 막 걷기 시작한 클럽의 종아리를 회초리가 아닌 몽둥이로 내려쳤다. 회칙에 미납 회비가 20만 원이면 자동 제명된다는 사실을 알고 있는 이들의 미납금은 195,000원을 유지하고, 회의 참석 시 5,000원만 납부하는 행태를 보일 정도로 야비했다.

그러면서 자기들끼리 모여 앉아 화투놀이할 때 보면 십만 원짜리 수표가 그들의 지갑에서 나와 돌고 도는 모습을 보이면서 일부 회원들이 정상적으로 납부한 회비로 먹고 마시는 것에 부끄러워하지 않는 이들이야말로 양아치였다.

이들을 국제로타리의 한 클럽 회원을 만들기 위해 아내가 자신의 손톱이 뭉개지도록 통마늘을 깐 돈으로 안주를 만들고 술을 대접했나 싶어 울화가 치밀어 오르기도 했지만, 하나의 클럽을 만들어가기 위해서는 회원이 있어야 한다는 생각으로 그들을 계속 설득해 나갔다. 그러던 중 이들은 초대 회장을 사적인 문제를 걸어 내쳐야 한다고 주장한 뒤 임시회의를 붙여 결국 제명 처리하고 자신들이 옹호하는 회장을 세웠다.

이것으로 이들의 행태는 좀 누그러지나 싶었지만 자신들이 옹호한 회장의 임기가 끝날 무렵부터는 도를 넘을 정도로 지나쳤다. 당시 새로운 회장은 총무를 구하지 못해 어려움을 겪고 있을 때 내가 총무가 되어주기로 해 나는 직책이 총무 겸 차기 회장이 되어 안정적인 클럽 운영이 되도록 노력했지만, 내가 회장 자리에 오르기 몇 개월 전부터는 다른 꼼수를 부리기 시작했다. 국제로타리의 한 클럽을 일반 친목 모임으로 변환하자고 주장하고 회원들을 꼬드기기 시작한 것이다. 그 전까지의 행태는 그렇다고 하더라도 클럽을 해체하자고 주장하고 나선 것은 용납할 수 없었다. 더구나 이를 가장 먼저 주동한 사람이 내가 그렇게 믿었던 친구와 학교 동창들이라는 사실에 할 말을 잊었다.

이 친구들 중에는 교통사고로 사망 사고를 낸 뒤 피해자 측의 항의에 겁을 먹고 만나지도 못할 때 내가 대신 장례식장을 방문해서 피해자 측에 친구의 용서를 빌었던 일도 있다. 또 다른 친구는 군장교로 전역해 세상 물정 몰라 헤매고 있을 때 몇 년간 사회생활에 적응할 수 있도록 옆에서 그림자 역할을 해주기도 했었지만, 이들은 내가 가고자 하는 길에 도움은커녕 가시철조망만 쳤다. 그들은 내가 회장 자리에 오르던 달에 클럽을 떠났다.

문제는, 떠나면서 나를 따르던 총무, 재무를 비롯한 임원 모두를 나에게서 등을 돌리도록 했다는 데 있었다. 나는 무너지기 일보 직전이었다. 믿었던 사람들에게서 철저하게 배신당하니 그 어디에도 설 자리가 없는 것 같았다. 그날 나는 아내의 품에 얼굴을 묻고 참았던 눈물을 쏟아냈다. 그때 아내가 나의 등을 토닥이며 "절대 무너지지 마요. 반드시 일어서서 그들에게 본때를 보여줘요. 내가 옆에서 끝까지 지켜 줄게요"라고 했다.

그날 이후 나는 아내의 말을 위안 삼아 다시 일어섰다. 당시 우리 클럽 회원은 나를 포함해서 다섯 명 만이 남아 있었다. 그중 세 명은 이름만 올린 회원이었고 한 사람은 그들이 문지방이 닳도록 드나들며 탈퇴를 강요했지만 "가 회장이 잘못한 것은 하나도 없다!"고 잘라 말한 고 임영철 회장뿐이었다.

우리 클럽은 보란 듯이 남들이 못하는 봉사활동을 지속적으로 실시했다. 지구 내 최우수클럽상을 3년 연속 수상하는 영예를 차지하고, 지역뿐 아니라 지구 내 최고의 클럽으로 성장, 지역 사회와 세계 사회에 봉사활동을 이어오고 있다. 그리고 무엇보다 봉사활동 현장에 항상 아내가 옆에 있다는 것이다.

그들이 나와 클럽을 망치고자 한 이유가 자신들은 돈이 많이 드는 국제로타리의 봉사자는 되기 싫고, 활동하다 그만뒀다는 불명예는 받지 않기 위함이었다는 사실을 후에 알게 됐다. 그들이 뒤에서 나에 대한 헛소문을 퍼트릴 때 이를 듣고 있던 지인들이 현재 나와 함께하는 로타리 안이 되었다. "진실한가? 모두에게 공평한가? 선의와 우정을 더하게 하는가? 모두에게 유익한가?" 내가 지켜가고 있는 국제로타리 네 가지 표준이다.

나는 지난 2016년 불의의 사고로 세상을 떠난 고 임영철 회장의 묘소를 매년 찾아 참배한다. 소신을 잃지 않고 나를 지켜준 그에 대한 보답은 영원히 잊지 않는 것이다. 아울러 나에게 용기와 위안을 준 아내 경자씨에게 이 지면을 통해 감사하고 고맙다는 말을 해주고 싶다.

시인, 인터넷신문 CTN, 교육타임즈 CTN발행인, 윤석중 문학나눔회 이사 〈문예사조〉 등단. 시집 『당신을 만나기까지』 외 다수

너는 중학교에 가야 한다

김 완 수

1955년에 태어났고 '62~68'년까지 국민학교를 다녔던 나.

위로 형님 두 분과 누님 한 분, 그리고 나. 밑으로 남동생 두 명이니 5남 1녀의 형제자매 중 넷째로 태어난 나는 국민학교 졸업 시 집안 형님이 중학교 입학금을 내주시며 "너는 중학교에 가야 한다."란 한마디에 인생이 바뀌었다.

그도 그럴 것이 형님 두 분과 누님은 국민학교만 졸업하시고 모두 공장으로, 미용실로 취직을 하셨다.

큰형님은 연탄공장에, 작은형은 도금공장에, 누님은 서울 미용실에 돈 벌러 나가셨다.

당시는 모두가 어려웠던 시절, 나 역시 중학교에 갈 형편이 못 됨은 알고 있었다. 하지만 마을에서 이장을 보시며 비교적 넉넉하게 사시는 먼 친척뻘 되시는 형님이 "네 중학교 등록금은 내가 내줄 것이니 중학교에 진학하여 열심히 공부하라."는 말씀에 너무나 감격하여 평생 잊지 못하고 있다. 지금은 고인이 되셨지만 평생을 살아오며 잊지 않고 찾아뵈었던 분이다. 지금도 당시의 국민학교 생활이 뚜렷이 기억되는 이유이기도 하다.

당시 농촌의 모든 길은 구불구불하고 포장되지 않은, 마차 바퀴에 골이 나 있는 울퉁불퉁한 길이었다. 길 가운데는 질경이, 씀바귀 등 풀이 자라고 있었고 군데군데 소똥도 있었다. 이런 길을 하염없이 걸었다. 봄이 되면 겨우내 얼어있던 땅이 녹아 걷다보면 늘 바지 가랑에 붉은 진흙이 묻었다. 또 신발은 고무신이라 자주 벗겨져서 양말까지 버리기 일쑤였다. 구두는 물론 운동화도 없어 한겨울에도 검정 고무신을 신고 다녔다.

점심때는 미국에서 원조로 온 옥수숫가루로 만든 네모난 노란 옥수수 죽이나 빵을 학교에서 배급받아 먹었다. 조금이라도 큰 빵조각이 돌아오기를 기대하던 마음이 간절했다. 쌀 부족으로 쌀밥을 풍족하게 먹을 수 있는 사람이 많지 않았다. 점심 도시락을 못 싸오는 학생들도 꽤 많았다. 나 역시 그 축에 들었다. 옥수수 죽이나 빵을 받아먹는 대상이었다. 이런 쌀 부족 문제 해결을 위해 범정부적 절미운동節米運動의 일환으로 혼분식 장려운동混粉食獎勵運動을 강력하게 추진했다. 점심시간이 되면 선생님께서 도시락에 보리를 30% 이상 넣었는지를 검사하고 합격해야 밥을 먹었다. 지금 아이들은 상상도 못 할 풍경이리라.

초여름이면 벌거벗은 민둥산에 깡통과 나무젓가락을 들고 선생님과 함께 일제히 송충이를 잡으러 갔다. 하도 송충이가 많아 앙상한 가지만 남아 있는 소나무가 너무 많았다. 6·25 전쟁으로 폐허된 산에 작은 소나무를 심어 산림녹화를 하였던 시기라 나무의 키도 작았다. 고사리 같은 국민학교 학생들이 다닥다닥 붙어 설설 기어

다니는 털이 송송 난 징그러운 송충이를 능수능란하게 잡아 깡통에 집어넣었다. 깡통이 차면 구덩이를 파서 한꺼번에 파묻거나 석유 냄새나는 불에 태웠다.

송충이를 잡다가 젓가락에서 쑥 빠져나와 발등 위로 떨어지는 참사가 일어나기도 했다. 그러면 여자아이들은 "엄마야!" 하고 소리를 지르는 것도 모자라 눈물까지 흘리곤 했다. 남자아이들은 신바람이 나서 잡은 송충이를 친구들 옷 속에 집어넣기도 하고, 여자아이들 코앞에 송충이를 들이대며 놀리기도 했다. 애국가에도 나올 정도로 아름드리 소나무가 많은 남산에서는 시민과 학생들이 모두 동원돼 송충이를 잡아 '남산 소나무 살리기에 나섰다'는 신문보도도 있었다. 학생들은 "금수강산 푸르게 너도나도 송충이를 잡자"라는 구호가 쓰인 리본을 가슴에 달고 송충이를 잡았다. 그 많던 송충이는 지금 다 어디 갔을까. 송충이가 줄어든 것은 사실이겠지만 나무가 울창해 잘 눈에 띄지 않는다고도 한다. 지금의 소나무재선충만큼 과거에는 송충이가 소나무에 위협적인 존재였다.

집 앞에 바로 개울이 있었다. 당시 개울물은 맑고 깨끗해 그냥 멱을 감기도 했다. 붕어·미꾸라지 등등 물고기도 잡았다. 이곳이 우리들의 수영장이었다. 국민학교 3학년 무렵 작은 바위에 올라가 다이빙을 하다가 물결이 센 곳으로 깊게 들어가 계속 떠내려가 스스로 나오지도 못한 적이 있었다. 누군가의 도움으로 극적으로 살아났는데 그 후로는 지금까지 물이 무서워서 수영복 한번 입어보지 않았다. 바닷물에 들어가 본 적도 없고 풀장 한번 안 갔다.

또 잊지 못하는 것이 참외밭 원두막에서 좋은 참외는 팔고 속이 곯은 참외는 발라 먹었다. 이 맛도 아무나 느끼는 것이 아니었다. 참외밭이 있고 원두막이 있어야만 누릴 수 있었다. 한여름이 지나가면 개학을 하였다. 개학날에는 등에 한 짐 가득 풀을 메고 가야 했다. 이것도 숙제였다.

초겨울에는 솔방울을 주우러 단체로 산에 올라가야 했다. 한겨울에 교실의 조개탄 난로를 피우려면 솔방울이 불쏘시개로 많이 필요했기 때문이었다. 솔방울 줍는 것도 학년별, 반별로 목표가 있었다. 조개탄 창고 옆에 솔방울 창고가 따로 있어 그곳을 가득 채울 때까지 솔방울을 주워야 했다.

겨울이다. 얼마나 추웠는지 모른다. 아무리 옷을 껴입어도 둔하기만 했지 따뜻하지가 않았다. 겨울에도 검정 고무신을 신는 아이들도 많았다. 귀에는 동상이 걸리고, 손이나 얼굴이 트는 일은 일상이었다. 저녁이면 옹기종기 화덕에 둘러앉아 이를 잡았다. 옷을 벗어서 따스한 불에 쬐면 굼실굼실 이가 기어 나왔다. 이때 손톱을 비벼 따닥따닥 잡곤 했다. 이 잡는 소리 참 통쾌하고 시원했다.

이뿐만 아니라 학교에서는 담임선생님께서 매일 매일 목과 손에 때 검사를 했다. 목욕탕도 없어 겨우내 한두 번 가마솥에 물을 끓여 부엌 한구석에서 목욕을 했다. 여학생은 머리카락에 서캐가 있나 없나를 검사했다. 선생님이 이와 빈대를 잡는다고 머리와 옷 속에 디디티^{DDT} 가루를 뿌려줬다. 독성이 높다고 지금은 사용이 금지된

살충제다. 몸속에 회충도 극에 달했다. 교실에서 일제히 기생충 약을 나눠 주며 선생님 앞에서 누구나 먹는 것을 확인했다.

사시사철을 가리지 않고 매주 월요일에는 전교생이 운동장에 모여 조회가 있었다. 어김없이 교장선생님의 훈시가 있었다.

장난감이나 놀이기구는 상상도 못했다. 사기 조각을 이용한 땅따먹기, 종이 딱지치기, 고무줄로 만든 새총, 자치기, 돼지 오줌보로 만든 공, 지푸라기로 만든 공 등이 유일한 장난감이자 놀이였다. 그나마 놀 시간도 부족했다. 학교에서 오면 책가방을 마루에 팽개치고 논밭으로 뛰어가 봄에는 모내기, 가을에는 벼 베기 등 온갖 농사일 돕기, 풀 베어 퇴비 만들기, 논둑에서 소 풀 먹이기, 겨울 방학 때는 땔감을 마련하기 위해 산을 헤매고, 동생 돌보기 등 쉴 틈이 없었다. 어두워진 밤이 와야 앉은뱅이 밥상을 놓고 숙제를 했다. 그야말로 주경야독晝耕夜讀이었다.

많은 사람들은 내가 공직생활을 하고 지금은 대학교수로 활동하고 있는 것을 보면서 금수저로 오해를 하는 경우가 있다. 그러나 나는 어린 시절, 남들보다 더 많이 일했고 어려운 환경에서 자랐기 때문에 국민학교 시절의 추억은 더욱 간절하다.

교가에서도 나오듯 "뒤로는 서봉에 정기를 받고 앞으로 발안평야 망망하여라~~~" 이제 그렇게 넓어 보였던 발안평야도, 높아 보였던 서봉산도, 드넓었던 학교 운동장도 이젠 너무 초라하게 보여 마치 소인국小人國에 온 느낌이다. 변변치 않은 집안 내력에 커서 무엇이 될지 답답하기만 했던 시골 소년 시절의 나로 돌아가 볼 수 있는 귀한 추억이다. 끝없는 갈증의 연속이었던 인생에서 내가 살아왔던 옛날을 기억하는 일, 참 감동스러운 일이었다.

여러 가지 추억들이 주마등처럼 스쳐 간다. 그중에서도 나에게 "너는 중학교에 가야 한다"며 등록금을 대신 납부해 주신 동네 형님 뻘 되시는 친척의 한 마디는 평생을 잊지 않고 기억하게 될 것이다.

내 인생의 반전을 가져온 국민학교의 추억을 생각하니 이 순간 나의 가슴은 환해진다.

국제사이버대학교 웰빙귀농조경학과 객원교수

노년의 초롱초롱한 눈망울

유 영 석

   나는 서울시 강남구 가족센터에서 2022.6.14~9.26까지 총 14회 실시한 「디지털 정보격차 해소를 위한 '히어로(老) 열정 온(ON) 교육」을 수료했다. 교육 내용은 스마트폰 활용하기, 키오스크 체험하기, 생활 앱 활용하기, 블로그 만들고 글쓰기, SNS 활용하기 등이었다. 수강생 16명 거의 대부분이 60세 이상으로 디지털 세계를 배우면서 체험하기 위하여 본 강좌에 몸을 실은 것이다. 놀라웠던 것은 교육기간이 3개월여에 이르는 긴 기간임에도 불구하고 수강생 중 한 분도 결석 없이 성실하게 참여하여 가히 그 배움에 대한 끈기와 열정에 감동했다.

   알찬 교육 프로그램과 열강을 한 강사 덕분에 참여한 분들의 만족도가 매우 높았으며, 저마다 나름대로의 콘셉트를 담은 블로그를 개설하여 요즈음 화두인 '소통과 공감'의 전도사가 되었다. 디지털 기기 활용이 필수가 되는 현대 사회에서, 소통과 공감을 실현하기 위하여, 삶의 질을 높이기 위하여, 스마트폰과 진정한 반려자가 되기 위하여 호기심이 발동하여 수강한 '노년의 초롱초롱한 눈망울'들을 직접 접하면서 금년 2월말 은퇴한 나에게는 말할 수 없는 위로와 기쁨의 기회가 되었다.

우리 순수한 한글인 '눈망울'은 눈의 어떤 부분일까? 한글문화연대 누리집에서는 '보통 눈알 앞쪽의 도톰한 부분을 가리키거나 또는 눈동자가 있는 곳'을 눈망울이라 한다. 그러니 눈동자와는 조금 다르다. '눈망울'에는 깊은 눈망울, 동그란 눈망울, 맑은 눈망울, 순한 눈망울, 투명한 눈망울 등이 있다. 참석한 노인분들의 눈망울은 분명 '노년의 초롱초롱한 눈망울'이었다. 교육은 이제 마쳤지만 그 초롱초롱한 눈망울은 순수하고 향기로웠으며 맑고 아름다워 나의 가슴 속 깊은 곳에서 잠자고 있는 영혼을 흔들어 깨워 주었다.

맑은 눈망울에 피어나는 '아름다운 미소'가 마치 몽실몽실한 핑클 꽃처럼 가슴을 훈훈하게 한다. 어린이처럼 열심히 배우려는 '배움의 열정'이 마치 에메랄드 바다 빛처럼 빛을 발한다. 희끗희끗한 머리는 숫자에 불과하다는 '긍정의 힘'이 마치 조엘 오스틴처럼 주위를 감동시킨다. 소통하고 공감하며 감사와 나눔을 실천하는 '봉사 정신'이 아마치 호스피스처럼 아름답다. 지식을 적극 탐구하고 지혜를 구하는 '도전 정신'이 마치 엄홍길 산악인처럼 경이롭다.

300년 전, 영국 작가 조너선 스위프트가 쓴 풍자 스토리의 걸작 「걸리버 여행기」(1725년) 이야기이다. 걸리버가 일본으로 향하는 도중에 들른 곳은 커다란 섬나라 럭낵국Luggnagg이었다. 거기에는 '스트럴드브럭Struldbrugg'이라고 불리는 불사不死의 인간이 있었다. 우연히 이따금 출생하기에 그 수는 남녀 1,500명 정도로 극히 적다. 죽음의 공포가 없고, 죽지 않기 때문에 학문도 깊어질 수 있고, 재산도 늘릴 수 있고 인격이나 식견도 무한히 향상된다. 이 얼마나 행복한 인간인가! 걸리버는 큰 기쁨을 느끼며 이들을 부러워했다.

그런데 웬일인지 그들은 국민 모두로부터 경멸 받고 증오의 대상이 되고 있었다. 그들은 모두 노인 상태에서 불사不死의 인간이 된 것이다. 거기에 있는 것은 영원한 젊음, 건강, 활력이 아니라 노년의 추한 육체의 영생이었다. 나이 먹음에 따라 그들은 우울해지고 의기소침해지기 시작했다. 80세 정도 되면 노인에게 따라다니는 온갖 어리석음이나 연약함을 드러낸다.

완고하고 까다롭고 탐욕스럽고 언짢아하고 불만이 많고 말이 많고 질투가 심하고 야비한 욕망 덩어리로 변한다. 대인관계도 뒤틀리고 인간 본래의 따뜻한 애정도 알지 못한다. 90세가 되면 사회적으로 사자死者로 여겨지고, 모든 일로부터 제외되며, 사회적 신용도 제로가 된다. 이빨과 머리도 빠지고 미각도 기억력도 소멸된다. 실로 현대의 노인성치매와 비슷한 증상을 보인다. 결국, 그들은 모두에게 혐오 받는 처량하고 추악한 존재가 된다.

걸리버에 나오는 이 이야기는 '인생 100세 시대'를 맞이하는 초고령 사회를 사는 우리에게 인간과 사회를 날카롭게 바라보고 노인 사회의 비극적인 일면, 최악의 현실을 미리 예견하고 있는 듯한 느낌이 든다. 그러나, 행복한 종언을 맞이해야 할 노인들이 스트럴드브럭처럼 기나긴 노후를 주체할 수 없어서 젊은이들의 경멸이나 혐오의 시선 속에서 살아가는 비참한 존재여서 좋을 리 없다.

우리나라의 인구구조는 항아리 형태로 변화하고 있고 2030년에는 전체 인구의 1/4이 65세 이상이 된다고 한다. 초고령화 사회 노인의 문제는 건강, 빈곤, 고립, 고독, 학대, 자살로 가장 심각한 나라는 우리나라로 1인 가구와 독거 노인이 늘고 있다.

인간에게 '죽음, 세금, 변화' 이 세가지는 필연적으로 맞닥뜨려야만 한다. 누구나 노년을 맞이할 수 밖에 없기에 노인이 되어감에 따라 바람직한 삶의 방식이나 존재 의의를 생각하는 것은 매우 중요한 일이다. 현대 영시의 거장인 '윌리엄 버틀러 예이츠(1865년~1939년)'의 늙음에 대한 시 "늙음이란 정말 하찮은 것, 나무 작대기에 넝마를 걸쳐 놓은 것, 만일 영혼이 손뼉치며 노래하지 않는다면. 유한한 넝마의 모든 조각들을 위해서 더 소리 높여 노래하지 않는다면"에서 늙음의 미학이 아주 잘 묘사되고 있다. 인간의 내면의 세계에 촛점을 맞추어 영혼의 성장을 할 때에야 비로소 삶의 진정한 가치를 갖게 되는 것이다.

2022년 현재 103세인 철학자 김형석 교수는 65세~75세가 인생의 황금기라 했다. 그 이유는 60대에 들어와 행복이 무엇인지, 인생을 어떻게 살아야 하는지를 알게 되었기 때문이다. 그가 말하는 인생의 진정한 행복은 남을 위해 사는 것이고 사랑하는 사람과 함께 더불어 살아가는 것에 있다. 이제 우리는 공동체 안에서 끊임없이 소통과 공감을 하면서 이타적인 삶을 살아야 할 것이다.

그동안 삶의 경험이 많이 축적되어있고 시간과 여유가 있는 노인은 과거의 추억에 사로잡히거나 일상적인 작은 일에 얽매일 것이 아니라 좀 더 가치 지향적인 이야기를 하고 통합된 사고로 사랑의 공동체, 행복의 공동체를 이루어나갈 수 있는 지혜의 바이러스를 전

파해나가야 하지 않을까?

100세 시대의 바람직한 노년상으로는 노년기를 쇠퇴기로 보내는 것이 아니라, 오히려 성장기로 보고 가치 지향적인 삶을 통해 즐겁고 의미 있게 삶을 마무리 짓는 것이다. 이를 구현하기 위해서는 건강한 삶, 자아를 실현하는 삶, 공동체 속에서의 관계 지향적인 삶, 봉사 활동 등 4대 영역이 실천되어야겠다. 바람직한 노년상을 실천하기 위해서 무엇보다 끊임없이 새로운 배움을 해야 함과 동시에 스스로를 충실히 돌봄으로써 정신과 신체가 조화롭고 균형 잡힌 삶을 영위해야 한다.

한국외국어대학교 양선이 교수는 '100세 시대 노년의 삶'에 대한 교훈 2가지를 강조했다. "우리의 과거는 자신의 재탄생에 도움이 된다는 것과 자신의 현재가 자신의 삶을 재창조하는 데 도움이 된다는 것이다"라고 하면서 "'노년 초월'의 시각을 받아들이고 나이 듦은 쇠퇴와 쇠약의 시기가 아니라 삶의 재창조 시기이고 삶에서 가장 영향력 있는 시기라는 것을 인식할 필요가 있다"라고 강조했다.

100세 시대를 맞이한 노년! 과연 어떻게 살 것인가? 어떻게 살아야 행복한 삶이 될 것인가? 지나온 길의 연장선상에서 걸어가서는 큰 의미가 없다. 먼저, 자신이 누렸던 과거의 크고 작은 부귀영화나 몸에 붙어있는 가식적인 것들을 과감히 떨쳐 버려야 한다. 미련을 버리고 담겨 있는 그릇을 비우는 데서부터 출발해야 한다. 육신이 쇠락해 가는 것은 거스를 수 없는 자연의 섭리로 받아들여야 한다. 자신만의 새로운 모습을 그리고 새로운 길로 걸어가야 한다. 바로 이것이 진정한 '긍정의 힘'이다.

변화의 시대! 영혼의 성장이 있는 삶을 추구하고 늘 감사하는 마음을 가지면서 베풂의 삶을 통해 나와 우리가 살고 있는 공동체가 행복해지도록 온고지신溫故知新 해야 하지 않을까? '노년의 초롱초롱한 눈망울'과의 만남은 아름다운 향기였고 가슴을 따뜻하게 해주는 온기였다.

한신대학교 특임교수 / 공학박사, 신생학원 이사장,
경영지도사 / 경영컨설턴트, (전)무림페이퍼 상근감사
제2회 정인승 선생 정신선양 전국 글짓기 대회 금상 수상

누가 이 말 전해주렴

정 성 록

서울 근교 산으로 고향 친구들과 등산을 갔다. 하산 후 들른 식당에서 화두가 첫사랑이었다. 노을이 물든 황혼에 가슴 깊이 간직해 둔 첫사랑, 싱싱한 젊음과 함께 아름답게 채색된 첫사랑 빛바랜 앨범에서 하나씩 꺼냈다. 서로 부끄러워 얼굴을 마주 보지 못해 마음만 붉힌 사랑들이다. 가슴 떨렸던 첫사랑이 노을빛에 젖어 더 아름답게만 느껴져진다.

돌아갈 수 없어 청춘 아쉬움과 아련히 남아 있는 첫사랑의 미련을 버리지 못한 듯했다. 한 친구는 애틋한 첫사랑이 없다며 나에게 첫사랑 있느냐며 캐물었다. 오랜 세월 가슴에 숨겨둔 그 사람이 떠올랐다. 정말 많이 미안하기만 한 사람이었다. 같은 고향 사람도 아니라 이 친구들이 알 리가 없을 것 같아 살짝 그 사람 이름을 꺼냈다.

이때 교장으로 퇴직한 친구가 고고 동창 중에 이름이 같은 사람이 있다고 했다. 핸드폰을 열어 보여 주었다. 머리가 하얀 할아버지가 나타났다. 낯선 사진이라 당황했다. 성격이 급한 이 교장은 바로 통화를 했다. '어~ 어 K 교수 당신 첫사랑 누구지.'라는 물음에 주저 없이 내 이름이 폰에서 뛰어나왔다. 동명이인일 거라며 손사래 쳤다. 뭔가 숨겨둔 비밀이 들킨 것 같았다. 아니라고, 아니라고 극구

부인을 했다. 그때 그쪽에서 형부 이름을 부르는 것이다.

그에게 소개를 한 사람은 형부였다. 호적이 두 살 늦게 된 형부는 나이 어린 군 직속상관인 K 일병에게 나의 사진을 보여 준 것이다. 사진을 본 K 일병은 그때부터 매일 군사우편 한통씩을 보내왔다. 편지 서두에는 '오늘도 얼굴도 모르는 양을 생각하며'였다. 부대 체육대회 때 테니스 친 것과 유격훈련까지 군 생활 하루 일과표처럼 자로 잰 듯 반듯한 필체로 써 보내왔다. 행여 오늘도 달력을 넘기며 답장 오기를 기다린다는 편지를 받고도 답장 한 번도 보낸 적이 없었다. 힘든 군 생활 내내 고된 훈련 속에서 위로받고 싶은 마음으로 삼 년 동안 하루도 빠짐없이 편지를 썼을 텐데….

그 당시 나는 독일행을 꿈꾸고 있었다. 집에서 모내기와 과수원의 일을 거들며 해외개발공사의 파독 간호사 모집공고를 기다리는 지루한 일상이었다. 집배원이 마당에 널어 논 콩대를 자전거로 밀며 들어와서 대청마루 안쪽 다듬잇돌까지 던져놓고 간 군사 우편, 고된 들일을 하고 돌아온 나는 대청마루에 누워서 두세 쪽의 편지를 단숨에 읽었다. 그 편지는 나에게 싱싱한 청량제 역할을 했었다. 그렇다고 해서 나는 얼굴도 모른 사람에게 편지를 절절히 써서 부칠 역량이 못 되었던 것 같았다.

제대 말년 마지막 병장 휴가 때 그가 느닷없이 찾아왔다. 경기도 연천에서 먼 경북 오지까지. 당황한 나는 시골 동네 소문날까봐 면 소재지 찻집에서 만날 수 없었다. 소를 몰고 꼴망태를 메고 집을 나서는 나를 보고 마을 어귀에서 기다리던 그가 따라서 오고 있었다. 빳빳하게 줄 선 군복에 각이 살아있는 모자를 쓰고 있는 그는 키가 크고 훤칠했다. 눈빛이 살아 있는 대한민국의 늠름한 군인의 모습이었다. 야트막한 산언덕 상수리나무에 소고삐를 매어 두고 꼴망태기를 깔고 나란히 앉았다. 서로 부끄러워 마주 보지도 못한 채, 먼 산과 들만 바라보며 가끔은 땅바닥에 잔디 풀씨도 훑어가며 이야기했다.

그는 결혼이 주제이고, 나는 독일행이 주제였다. 그게 전부였다. 그가 돌아가서 제대하고도 계속 편지는 일 년 동안 왔었다. 아들이 군대 제대하면 결혼시키려는 부모들이 그 당시는 많았다. 고모들이 중매하는데 나의 대답을 듣고 싶다고 했다. 난 선뜻 대답할 수 없었다. 그는 대답 없는 메아리를 무작정 기다릴 수 없었는지 어느 날부터 편지가 끊어졌다.

그 사이에 독일행이 무산된 나는 다시 다니던 직장에 복직한 후 지금의 남편과 결혼했다. 그런데 그 후로 십 년에 한 번씩 그는 내 고향 사람이나 혹은 그의 제자를 통해 처녀 때 내가 근무했던 직장으로 편지를 보내왔었다. 모 대학에 근무하고 있다며 자기의 근황을 알려주었지만, 그냥 흘려들을 수밖에 없는 세월이 빠르게 지나 갔다.

이 교장은 거의 한 달 동안, 자기의 첫사랑을 찾은 것처럼 마음이 들떠 그 친구와 만남을 주선했었다. 매일 전화로 젖 달라고 보채는 어린아이처럼 보챘다. 하는 수 없이 승낙한 대답이었다. 종로3가 송해 거리 어느 식당에서 저녁에 만나기로 약속했다. 만난다는 것이 어색하기도 했지만 설레기도 했었다. 나의 지금 모습이 그 사람에게 어떻게 비칠까.

사십육 년만의 해후였다. 그가 먼저 와서 기다리고 있었다. 마주 앉기는 했지만, 강산도 여러 번 변해버린 세월의 벽을 넘기가 힘들었다. 푸르른 젊은 시절 만났을 때, 그때의 그 모습을 서로 송환하고 있는 듯했다. 패기에 찬 새파란 젊은 군인과 오지의 때 묻지 않은 시골의 순수한 소녀를, "저는 군복에 날이 선 깔깔한 육군 K 병장을 만나려고 왔는데요. 할아버지가 나오셨어요." 그 말에 반백의 할아버지는 너그럽고 넉넉한 미소를 짓고 있었다. 아마 그도 마주한 낯선 늙은 아주머니가 아닌 순수하고 단아했던 그 시골 처녀를 만나려고 왔다고 말하고 싶었을 것이다.

그 만남 뒤로 가끔 연락이 왔다. 나를 만나면 꼭 가고 싶은 곳이 있다며 어느 날 연천으로 나를 데리고 갔다. 그가 젊은 청춘을 땀으로 태웠던 곳, 미지의 아가씨에게 밤마다 편지를 쓰며 답장을 기다렸던 곳이다. 허물어진 옛 군부대 빈 막사를 한 바퀴 돌아보았다. 매일 답장을 기다리며 빈 우체통만 바라보았다던 본부대를 돌아 유격훈련 장소인 한탄강으로 갔다. 로프에 매달려 강을 건널 때 교관이 "애인 있으면 애인 이름 소리쳐 불러봐"라고 하면 "초록님, 사랑해"라고 외쳤던 한탄강을 바라보며 빙그레 웃음 지었다. 그때 불렀던 그 이름이 강 건너 산속 상수리나무에 매달려 있을 거라며 너스레를 떨었다.

그는 나의 고향 앞 글자와 내 이름 끝 자를 붙여 초록님이라는 애

칭을 불렀다. 그는 옛 추억을 되새기며 돌아보는 감회가 깊어 보였다. 처음 만나 소 꼴망태 위에 앉아 이야기했을 때 상수리나무에 매어둔 소를 찾아야 된다고 했다. 그때 우리가 키스한 것 같은데 아마 그 소는 알고 있을 것이라며 너스레를 떨었다. 마누라는 헤어지면 남이 될 수 있지만 가슴속 깊이 있는 첫사랑은 영원한 사랑이라던 그가….

한 달 동안 하와이 여행 중 지병으로 비행기 안에서 응급실로 향한 후, 이 주일 정도 병원에 있으면서 문안 한 번쯤 와주면 안 되느냐며 했지만, 그럴 입장이 아니라며 거절했었다. 퇴원 후 일 년 정도 골프하고 운동하며 친구들과 잘 지내는 것처럼 보였다. 딸아이 출산과 병 치료 차 미국에서 일 년 정도 머문다며 가끔 영상통화가 왔지만, 영상에 나타나는 얼굴이 어색하여 끊어버리기를 여러 번 했다.

그가 지금은 병원 중환자실에서 굳어가는 폐 대신 인공호흡기에 의존하고 하루하루를 버티고 있다. 힘들게 병마와 싸우고 있는데 위로의 말 한마디 건네주지 못하고 있다. 또한 군대에서 삼 년 동안 정성들여 쓴 편지를 받고도 답장 한번 못해 준 것이 겹쳐 미안함이 가슴에 저민다. 코로나로 면회도 안 되는 지금 그 사람 귀에다 대고 "빨리 건강 회복해서 깔깔하던 육군 병장의 모습으로 다시 만나자, 힘내라."는 위로慰勞의 말을 누가 그의 귓속에 전해주렴….

수필가, 오피니언 타임스 칼럼니스트, 한국산문협회 회원,
강남문인협회 회원

늦게 핀 우정

가 재 산

　진정한 친구란 나를 알아주는 사람이란 의미로 지기知己라고 일컫는다. 우리는 인생을 살며 많은 친구를 갖는다. 그러나 주위에 사람은 많지만 진정한 친구는 드물다. 지기를 막역莫逆한 벗이라고도 한다. 환갑이 지난 느지막한 나이에 내게 막역한 벗이 생겼다. 이일장이라는 친구다.

　그를 처음 만난 게 대학 입학식 때였으니 어느새 오십 년이 흘렀다. 지금은 경영학과 입학생 수가 4백 명이 넘지만, 그 당시에는 고작 삼십 명에 불과했다. 그런데도 이 친구와는 같은 과목 강의 시간에나 인사 나누는 정도였다. 터놓고 제대로 이야기를 해 본 적이 없기 때문에 가족 사항이나 사생활에 대해 전혀 알지 못했다.

　그도 그럴 것이 이 친구는 나와 비슷하게 어려운 환경에서 겨우 입학했기에 용돈을 벌어서 학교를 다녀야 하는 처지였다. 지금처럼 다양한 방식의 아르바이트가 없던 시절이라 가정교사나 입주과외로 돈을 벌어야 했다. 여유롭게 여학생들과 미팅을 하러 다니거나 같이 어울려 다니며 당구도 치고, 술자리를 하는 등 개인적 시간을 거의 갖지 못했다.

　친구는 2학년 한 학기를 마치고 입대했다. 나는 ROTC를 지원하여 졸업 후 바로 장교로 입대했기 때문에 같이 만난 기간은 채 2년도 되지 않았다. 졸업 후에도 이 친구는 울산에 근무하게 되어 30여 년 동안 만날 기회가 없었다. 나는 자회사 사장을 마지막으로 남들보다 이른 나이에 삼성을 떠나게 되었고, 친구도 계열사 사장을 거쳐 중간에 현대그룹을 그만두어 퇴직 후 과모임에서 몇 번 만날 기회가 생겼다.

동병상련同病相憐이라고나 할까 공통점이 하나 있었다. 두 사람 다 무릎관절, 흔히 말하는 도가니가 좋지 않았다. 내 경우는 더 심해서 병원에서 곧 인공관절 수술해야 한다는 진단까지 받았다. 지인으로부터 관절에는 걷는 것이 가장 좋다는 얘기를 들었다. 수술하기 전에 걷기에 도전해보기로 작정하고 트레킹 여행사에 문의했다. 마침 여수 앞바다에 있는 '금오도 비렁길' 1박 2일 코스를 추천했다. 두 자리를 예약했지만, 막상 같이 갈 사람이 없었다. 이 친구한테 전화를 했다.

"이번 주말에 뭐 하나?"

"별일 없는데."

"그럼 내가 좋은데 안내할 테니 무조건 따라와 봐."

'비렁길'이라는 이름만으로도 호기심을 자극했다. 표준말로는 '벼랑길'인데 그 지역의 사투리다. 얼떨결에 여행사를 따라나선 그곳은 실로 환상의 섬이었다. 깎아지른 듯한 기암절벽 사이로 비경이 펼쳐지고, 에메랄드빛의 바닷물은 잔잔한 파도에 출렁이는 은빛 윤슬로 가득했다. 멀리 끝없이 보이는 해안선을 바라보며 걷는 기분은 마치 세상을 다 품은 듯 행복했다. 그래도 하이라이트는 역시 그와 소주잔을 기울이며 그동안 살아온 이야기를 훌훌 털어놓을 수 있었던 술자리였다.

밤이 이슥할 때까지 온갖 이야기를 하다 닮은 점이 많다는 사실에 서로 놀랐다. 시골 출신으로 하마터면 중학교도 가지 못할 뻔했던 일에 금방 동지애를 느꼈다. 그는 3년간 농사일을 하다 늦깎이로 꿈에 그리던 중학교에 진학해 나보다 두 살이 많다. 다행히 대학 졸업 당시에는 취업이 잘 될 때였다. 젊은 사람들에게 인기 있었던 직장은 대기업이 아니라 율산이나 명성 같은 신설회사나 돈을 많이 주는 단자 회사였다. 경영학과에서 유일하게 나는 삼성으로, 그는 현대에 다닌 점도 신기했다. 직장에서 일했던 경력도 비슷했다. 같이 경리를 시작했고 자회사 사장을 한 것도 같았다.

다른 게 하나 있다면 현대와 삼성의 문화를 그대로 반영하듯 성격에서 차이가 났다. 한때 사무실에 뱀이 들어왔을 때 처치하는 방법에 대해서 각 그룹의 문화를 표현한 재미난 이야기가 있었다. '현대 사람은 바로 뱀을 때려잡는다. 반면 삼성 사람들은 어떻게 안전하게 제거할 건지 TF를 구성해서 전략회의를 먼저 한다.' 뒤늦게 우리들의 만남이 이루어진 이후부터 약속이라도 한 듯 내가 일을 기획하면 그는 불도저처럼 행동에 옮겼다.

트레킹 클럽도 그렇다. 내가 사람을 모으고 프로그램을 짜는 일을 하다 보니 회장을 맡았다. 이 친구는 지갑이 늘 열려 있어서 따르는 사람이 많았다. 회원이 무려 500여 명까지 늘어나는 트레킹 클럽으로 발전했다. 지금은 코로나로 인해서 소규모로 한 달에 두서너 번 활동을 하지만 아직도 그 미련이 있어서인지 동호인 밴드를 보면 회원들이 그대로 남아 있다.

그 후 친구와 같이 시작한 트레킹 덕분에 건강을 지켜 남들이 다 먹는 성인병 약을 복용하지 않고 있으니 참으로 다행이다. 더구나 두 사람 모두 무릎이 거짓말같이 멀쩡해져 등산도 할 정도가 되었다. 두 사람은 죽마고우까지는 아니지만 나이가 들어서 진정으로 서로 위로해 주고 챙겨주는 막역한 사이가 되었다. 건강을 위해 같이 걷기는 물론 글쓰기 모임이나 각종 행사에 바늘과 실처럼 따라다닌다.

작년에는 드디어 글 한 페이지도 써 본 일이 없다던 친구가 『멈춰 서서 뒤돌아보니』라는 제목의 자서전을 냈다. 결과는 대박이었다. 초판 1,500부를 금방 다 소화해 2쇄를 찍게 되었다. 그는 이 책을 내면서 많은 것을 느끼고 생각을 바꾸었다. 그와 내가 가장 잘한 것은 여생을 남을 도와주며 살기로 마음먹은 일이다. 그 하나로 3년 전 내가 중학교도 가지 못할 뻔했던 시절을 생각하여 '미얀마 청소년 빛과 나눔 장학회'를 시작하자 그는 선뜻 5백만 원을 내주었다. 이후 한 달에 적은 금액이지만 계속 내주는 50여 명의 후원자가 생겼고, 어느덧 도와주는 미얀마 학생이 200명까지 늘었다.

공자의 인생삼락人生三樂 중에 한 가지가 멀리서도 자신을 찾아 주는 벗을 두는 즐거움이라고 했다. 나이가 들어 새 친구를 사귀는 건 힘든 일이다. 나는 그에게 깊숙이 빠져있다. 하루에도 몇 번 전화를 주고받으면서 서로 위로하고, 도와주고, 녹록지 않을 미래의 삶에 대해서도 같이 고민하고 상의한다.

동양에서 널리 알려진 아름다운 우정의 이야기로 관포지교^{管鮑之}^交가 있다. 진정한 친구란 관중과 포숙아처럼 신뢰와 믿음으로 어려울 때 건네주는 위로는 우정을 두텁게 하는 필수적 요소다. 나이가 들면 고독이 가장 무섭다고 했다. 힘들 때 소리 없이 다가와 위로해 주고 따뜻한 말 한마디를 해주는 것이 필요한 나이에 그는 연인처럼 늘 내 곁을 지켜주고 있다.

디지털 책쓰기코칭협회 회장, 디지털문인협회 부회장
책글쓰기대학 회장
한류경영연구원장, 수필가

제3부

소중한 인연에서 시작된 나의 꿈

독서와 사랑은 또 다른 빅뱅

김 혜 선

안경을 들고서 안경을 찾았으며 조금 전 일도 기억하지 못하고 점점 늪으로 빠져 가는 나를 보고 "너무 힘들어 그런 거 같아, 정신과에 한번 가보면 어때?" 하고 누군가는 말했다.

사람은 느닷없이 겪은 큰 고통 속에서 자신의 의지대로 살아가지 못할 때가 있다. 나 역시 뜻하지 않은 남편의 죽음을 겪고서 "모든 생명은 언젠가는 죽는다."라는 명제를 뻔히 알면서도 남편의 부재만은 받아들이지 못하였다. 전혀 준비되지 않은 남편의 죽음에 의해 지독한 고통에 끌려다니면서도 기묘한 세계로 빠져든 나의 일상은 의미 없이 점점 무기력해져만 갔다. 아무런 해결점은 물론 번민의 극한 어둠 속으로 갇히고 말았다. 그 길고 어두운 터널의 길이를 알 수 없이 터널 안에서 비극의 주인공이 되어 헤매다가 뒤늦게 병원을 찾았다.

"가성치매라고 하지요. 고통을 잊기 위한 노력이 일상도 같이 잊게 하는 겁니다. 즉 슬픔 회피 현상으로 망각 증세를 보인다는 뜻입니다."

의사 처방전은 안정과 수면을 위한 우울증 약이었다. 팔자 좋은 이들이 삶에 응석을 부려 유발되는 나약한 사람들의 정신적인 문제라고만 생각했던 우울증이 내게로 오고 나서야 이런 거구나 하고 깨닫게 되었다. 의사 처방을 받고 나서 '우울증'이라는 개념이 새롭게 인식되었다. 우울증은 '현대인들에게 흔히 누구나 나타날 수 있는 감기와 같은 증상 중의 하나'일 뿐이라고.

약을 먹고 쉽게 잠들 수는 있었으나, 잠에서 깨어난 후 두뇌 상황은 물론 걸음걸이에도 경험해 보지 못한 무게감만 느껴졌다. 걸어 다녀도 붕 떠다니는 듯 몽롱한 상태로 흐릿한 정신상태에서 벗어날 수가 없었다.

정신이 육체를 지배한다고 하는 말이 실감이 났다. 평소 저혈압이던 혈압이 고혈압으로 치솟아 올랐고, 맥박 역시 110bpm으로 정상 범주를 훨씬 넘어섰다. 우울증 약은 우울을 꾹 눌러 주지만 두뇌를 마비시켜 혈관과 심장까지 위급상황 신호를 보내오기 시작했다.

'전환', 나를 전환시키기 위한 위로가 절실해졌다. 그래서 생각해 낸 것이 산행이라고 제일 먼저 떠올랐지만, 남편과 추억이 너무 많아 도저히 용기가 나지 않았다. 어쩌면 산행은 내 슬픔의 최강도로서 기피 대상 1호라는 생각이 들었다.

책 읽기 또한 전처럼 도무지 몰입할 수가 없어 글자만 따라가다가 덮어버리곤 했다. 머릿속을 맴도는 남편에 대한 공허감을 채울 수 있는 건 아무것도 없었다. 그래서 생각해 낸 것이 오랜 기간 독서를 하며 필사해 둔 노트를 꺼내 읽는 거였다. 까마득히 잊고 있었던 내용이 눈에 확 들어왔다.

"인간의 불행은 현재를 유지하고자 하는 모순에서부터 시작된다. 변하지 않는 것은 없다. 불행으로 인해 혼란스러운 상황이 왔을 때, 삶의 변화라며 받아들이면 자존감 높아진 자가 되고, 거부하면 우울증이 된다."

이 글을 읽는 순간 문제는 바로 나 자신에 있음을 깨닫고 몇 번이고 읽고 또 읽어보고 나서야 어둠의 터널에서 서서히 빛이 보이기 시작했다. 사랑하는 이의 죽음을 받아들이지 못한 모순, 삶의 고통과 시련을 감내하지 못한 나약한 '나'를 자책만 하였던 나에게 또렷한 응답이 들려왔다.

"당신을 사랑한 것만으로도 다 이루었어요."라는 그의 말을 왜곡하려 했던 우매함과 우선 나 자신부터 사랑해야 한다는 나를 향한 위로가 그 순간 큰 힘이 되었다. 가족과 친구들의 진지한 위로도 자존감 없는 나에겐 제대로 인식되지 않은 긴 어둠의 터널을 지나고 나서야 이제는 말할 수 있다.

위로!

지금 나에게 가장 큰 힘이 되는 위로는 바로 '나 자신을 먼저 사랑하고 나서 내가 나를 위로할 수 있는 거라고.' 그리고 긴 시간 독서를 통한 성찰의 시간에 의해 얻어진 용기가 바로 나에게 가장 큰 위로였음을.

시산꽃 문학동인. 본의원 실장

돈 봉투와 스킨십

이 상 우

신군부가 나라를 쥐고 흔들던 시절, 나는 일간신문사의 편집국 간부로 일하면서 밤낮 군부의 언론 탄압과 맞서야 했다. 당시 전국에 계엄령이 내린 상태라 모든 신문은 계엄사령부의 검열을 받아야 발행할 수 있었다.

물론 신문이 나오기 전에도 신군부의 여러 감시자가 미리 신문에 낼 것과 내지 말 기사를 정해주었다. 어기면 계엄 군법회의에 회부되던 시절이었다. 언론인들은 툭하면 잡혀가서 곤욕을 치렀다. 그러나 기자들은 굽히지 않고 진실을 전하기 위해 온몸을 던져 일했다. 나도 여러 차례 잡혀가서 '훈계'를 듣기도 하고 시말서를 쓰기도 했다. 그러나 이튿날이면 또다시 잡혀갈 기사를 쓰지 않을 수 없었다. 하루를 살기가 힘들었다.

그러던 어느 날 신문사 1층 경비실에서 전화가 왔다.

"부장님, 군복 입은 분이 찾아와서 잠깐 뵙자고 하는데요."

나는 직감적으로 나를 잡으러 온 사람이라고 생각했다.

"누구래요?"

"별을 단 군복을 입고 계신대요."

별을 단 장성이 나를 잡으러 온 것은 아닐 것이라고 판단하고 1

층 면회실로 내려갔다.

"부장님, 안녕하십니까?"

뜻밖에도 장성이 인사를 했다. 안면이 있는 장성이었다.

"웬일로 여기까지…"

내가 머뭇거리자 그는 갑자기 가방에서 큼직한 봉투를 하나 내밀었다.

"요즘 얼마나 고생이 많으십니까. 나라가 혼란스러워 고생이 많으시죠? 우리 사령관님께서 조금이나마 위로해 드리라는 말씀과 함께 조그만 선물을 전하라고 해서 왔습니다."

그가 내민 봉투를 보니까 '촌지寸志'라고 쓰여 있고 뒷면에 '육군대장 000'이라고 적혀 있었다. 신군부의 최고 권력자 이름이었다. 대통령도, 국회도 없을 때라서 그 사람이 최고 권력자가 맞았다.

나는 참으로 난감했다. 받을 수도 안 받을 수도 없었다.

"위로의 말씀은 잘 받았다고 전해주십시오. 그러나 절대로 이런 건 받을 수 없습니다. 이걸 받으면 저는 잡혀갈 겁니다."

그러자 장성이 엉뚱한 말을 했다.

"이거 거절하시면 진짜 잡혀갈지 모릅니다."

40년 전 이야기다.

일생을 사는 동안 죽음보다 더 괴롭고 어려운 세월을 보낸 사람들이 많을 것이다. 그때를 회상하면 괴로움 속에서도 사소한 일이 한 줄기 빛처럼 사람의 마음을 위로해 주는 무엇이 반드시 있었을 것이다. 상대방은 위로라고 하지만 더 큰 괴로움을 주는 경우도 물론 있었을 것이다.

지난 2년 동안 코로나19와 싸우느라고 누구나 공통적인 괴로움을 겪으며 참아왔다. 병에 걸렸건 아니건 간에 모두 고통스러웠을 것이다. 나는 백신 주사를 3차까지 맞고도 한 번도 마스크를 벗고 다닌 적이 없었다. 그리고 방역 당국에서 권하는 준수사항을 열심히 지켰다. 그럼에도 코로나19에 걸렸다.

다행히 심하지 않아 집에 12일 동안 감금(?)되어 자가 치료를 받았다. 아내도 다른 곳에 가 있으면서 밥만 문밖에 가져다 놓고 가야 했다. 외부와 접촉을 끊고 지내자니까 12일이 12년처럼 느껴졌다.

혼자 갇혀 있는 집에 유일한 생명체는 반려견 홈즈였다. 시추 종인 반려견은 나와 함께 살아온 지 12년째였다. 말이 없고 온순했다. 항상 눈빛으로 나와 대화를 했다. 홈즈가 나를 쳐다보면 배가 고픈지, 산책을 나가고 싶은지, 쉬를 하고 싶은지 알 수 있었다. 홈즈는 이렇게 눈으로 말을 했다.

혼자 갇혀 있는 동안 홈즈는 내 곁을 떠나지 않았다. 내가 아프다는 것을 이심전심으로 아는 것 같았다. 내가 잠들면 곁에 와서 몸을 딱 붙이고 체온을 나누어 주었다. 내가 일어날 때까지 나와 스킨십을 유지했다. 그렇게 지루한 12일간을 위로해 주던 홈즈는 내가 털고 일어나자 일상으로 돌아갔다.

일생을 살면서 내가 겪은 두 가지 '위로'는 장군의 돈 봉투와 반려견의 온몸을 던진 위로였다. 하나는 위로는커녕 괴로움을 보태 주었고, 다른 하나는 마음속까지 녹여주는 참다운 위로였다.

따뜻한 위로, 당신이 사랑입니다

이 종 성

당신! 그 첫눈에 반하여 오늘 여기까지 왔습니다. 돌이켜보면 아득하지만 모든 기억들이 새록새록 떠오르며, 여전히 나의 피를 뜨겁게 하고 심장을 뛰게 합니다.

내가 당신을 처음 만난 것은 막 사춘기가 시작되던 초등학교 졸업 무렵의 일입니다. 어린 것이 그 무슨 사랑이냐고요? 아닙니다. 사랑은 어리지 않습니다. 단지 서툴 뿐입니다. 그것은 나이가 많아도 마찬가지입니다. 모든 사랑은 서툰 사랑입니다. 참으로 다행인 것은 실패하는 사랑은 없습니다. 하지만 불행하게도 우리는 사랑하지 않아서 실패할 따름입니다.

단테^{Dante}는 9살^(1274년) 때 8살의 베아트리체^{Beatrice}를 만났고, 그 순간을 그의 시집 『새로운 인생^{La Vita Nuova}』에서 "그때부터 나의 사랑이 내 영혼을 완전히 압도 했네"라고 토로했습니다. 그가 처음 베아트리체를 만나고, 9년 후 우연히 피렌체의 아르노강 베키오^{Vecchio} 다리에서 극적으로 다시 만납니다. 그 후로 줄곧 베아트리체는 단테의 연인이 되어 그의 사랑은 영원한 신화가 됩니다.

사람에게는 누구에게나 그가 아무리 부박할지라도 생의 한복판에 섬광을 일으키며 전류처럼 관통하는 강렬한 사랑이 찾아오기 마련입니다. 나의 단테와 같은 그런 사랑은 13살에 시작되었습니다. 난생처음 낯선 여인을 본 그해의 겨울 저녁은 내 삶의 새로운 전환기가 되었습니다.

정월 대보름날이었습니다. 큰 형은 쥐불놀이를 한다며 나에게 관솔을 따달라고 미리 부탁을 했었습니다. 저녁때가 되어 함께 간 동네 언덕에서 처음으로 뵈었습니다. 그 분은 예비 형수님이었습니다.

후에 생각한 것이지만, 당시 농촌 시골마을에서는 버젓이 대놓고 남녀가 만날 수 있는 시대적 분위기가 아니어서 어린 나를 동반했었던 모양입니다. 내가 틀릴 수도 있습니다. 어쩌면 아홉 살이나 적은 어린 내가 안쓰러웠는지도 모릅니다.

나는 내성적이고 수줍음 많은 시골 소년이었습니다. 남자 형제들이 많은 집에서 자란 소년의 눈에 처음 본 아름다운 여인은 어머니와는 전혀 다른 모습이었습니다.

어머니는 늘 바빴습니다. 종종 아프고 힘들어 하셨습니다. 그런 어머니를 볼 때마다 나는 자발적으로 내가 할 수 있는 일은 알아서 했습니다. 학교에 다녀와서는 마당에 널어놓은 곡식들을 거둬들인 후 비질을 하고, 안방 건넌방 사랑방, 마루 등을 쓸고 닦는 쓰설이^(청소)는 순전히 내 몫이었습니다. 산에 매놓은 소를 끌고 와서 외양간에 묶어두고는 호야^(남포등)의 유리 안쪽에 붙은 그을음을 물걸레로 닦고 불을 켜면 일은 모두 끝이 났습니다.

어떤 날은 비라도 갑자기 쏟아지면 우산을 들고 마중을 가는 일
도 내가 할 일이었습니다. 눈이 오면 재빼기 넘어 약방 집 고갯마루
까지 눈을 쓸었습니다. 누가 시켜서가 아니었습니다. 그런 일은 당
연히 해야 하는 것으로 여겼고, 마치고 나면 나는 매우 기쁘고 뿌
듯했습니다.

나는 고요함을 좋아했습니다. 좋아 하여 고요한 것들을 줄곧 좇
았습니다. 그 고요한 것들은 깊은 데가 있어서 나를 더욱 끌어들였
습니다. 초등학교 도서관에 가는 것도 같은 이유였습니다. 나는 맑
고 평화로운 것들을 사랑했습니다. 그것들은 내 어머니처럼 잘 드
러나지 않지만 얼마만큼의 외로움과 눈물이 있는 것들로 모두 아
름다웠습니다. 조금은 아픈 아름다움, 그 아름다움은 고요할 때만
보였습니다.

그날 처음 발음을 해본 '형수님', 그 어감은 알 수 없는 신비로 나
를 매료시켰습니다. 미려한 달빛 아래 바라보는 아름다운 여인이
곧 우리 가족이 된다는 사실에 벌판 건너 차령산맥의 산줄기는 신
이 나서 바다로 내달리고, 백마강 먼 강물은 희게 번뜩이며 발밑까
지 다가와 출렁이며 기쁘게 춤을 추었습니다.

쥐불놀이가 어떻게 끝났는지는 기억나지 않습니다. 형님은 형수
님을 바래다주러 가고, 나는 쥐불놀이한 식은 빈 깡통을 들고 집으

로 돌아왔지만 이상하게도 내 가슴은 뜨거웠습니다. '도련님'이라는 말은 내가 잠이 든 후에도 밤새 알 수 없는 꽃들을 피워 내며 나는 꿈속에서도 꽃 대궐이었습니다.

그날 이후 얼마 가지 않아 초등학교 졸업식이 있었습니다. 식이 끝나고 나는 다시 형님과 형수님을 따라 읍내를 향해 들판을 걸었습니다. 순전히 나를 기쁘게 해주기 위해 나선 선물의 길이었습니다. 언 땅이 풀려 들길은 질척였습니다. 나는 지금도 잘 모릅니다. 내가 그때까지는 좀 작고 여렸기 때문이었겠지만 형수님은 자꾸 나를 업어주겠다고 하셨습니다. 처음이었습니다. 유년기 이후 누군가의 등에 업힌 것은 그때가 처음이었습니다. 잠깐이었지만, 따뜻했습니다. 아늑하고 푸근했습니다. 영원이란 그렇게 시간을 정지 시키고, 한 영혼을 압도하는 시간이라는 걸 알았습니다.

두 해가 지나서 형수님이 우리 집에 시집을 오셨습니다. 이 세상 가장 눈부신 환한 꽃이 되어 대문을 넘어오던 형수님의 모습, 그것은 어디서도 본 적이 없는 천사의 모습이었습니다. 단테가 발견한 베아트리체의 모습이 그러하였을 것입니다. 아버지와 어머니, 형제들은 물론 나의 절대적 지순한 사랑을 받는 형수님은 우리 집의 새로운 기쁨, 새로운 빛, 새로운 희망이었습니다. 나는 중학교 2학년 여름 형님과 형수님을 따라 종일 버스를 타고 서울에 도착하여 처음으로 서울구경을 했습니다. 처음 개통하는 지하철을 타보기도 하고, 극장에서 영화도 함께 보았습니다. 머잖아 시골에서 다시 만날

터인데도 헤어지기 싫어 거리에서 엉엉 울기도 했었습니다. 그 후 토요일이 되면 먼 타지로 발령을 받고 근무를 하다가 뒤늦게 돌아오는 형수님과 형님을 마중하러 가는 일이 나의 가장 중요한 일과였습니다. 어떤 때는 막차가 지나가고 오지 않아도 기다렸습니다. 그럴 때면 믿기지 않게도 어둠속에서 형수님은 왔습니다. 와서는 와락 나를 한참동안 꼭 끌어안아주셨습니다. 새벽같이 어머니가 일어나시면 나도 일어났습니다. 물을 긷고 불을 땠습니다. 아침에 요강을 비우는 일도 내가 고집을 피웠습니다. 어른들도 그런 나를 나무라지는 않았습니다. 나는 고집이 셉니다. 한번 마음먹으면 바꾸지 않습니다. 형수님을 위해 재봉틀도 손수 배워서 재봉질을 했습니다. 그렇게 하는 것이 나는 좋았습니다. 형수님은 애가 탔지만 아무도 나를 말리지 못했습니다.

하지만 사랑은 짧았습니다. 베아트리체처럼 너무 짧았습니다. 세상은 암흑이었습니다. 모든 꽃들은 지고, 빛들은 사라졌습니다. 눈물뿐이었습니다.

지금 이렇게 생의 후반부에 들어섰는데도, 나의 그 사랑은 여전히 아픕니다. 아파도 나의 붉은 눈물은 위로를 받습니다. 하지만 더는 사랑하지 않을 것입니다. 그 대신 조금 더 아플 것입니다. 그 사랑을 잊지 않고 영원히 간직하기 위하여.

내 눈물은 배롱나무 꽃이다

누군가에게 영혼을 바쳐본 이는 안다

마음이 마음을 지나면 그 색으로 물이 든다는 것을,

내게도 안팎으로 곱게 물들던 시절이 있었다

유년의 바깥 마당 환하게 핀 나무 아래로

꽃이 되어 걸어 들어온 사람 있었다

그날부터 뭉실뭉실 하늘에는 꽃구름이 일었고

산 너머 종달새는 보리밭을 푸르게 일으켰다

밤에는 별을 따라 반딧불이 어둠을 날았다

마음이란 그렇게 하나의 삼투현상이어서

색깔이 바뀌고 날개를 달아주는 신비한 현상

처음으로 그때 한 사람의 색으로 치환이 되었다

그 후로 나는 세상의 어느 색으로도 물들지 못했다

지금, 형수님 산소엔 배롱나무 꽃이 한창이다

간밤 비에 젖은 봉오리 뚝뚝 지고 있다

아직도 떨리는 손에 든 한 통의 비보

글씨 위로 꽃잎이 붉다

　　　　　-시집『바람은 항상 출구를 찾는다』「당진형수사망급래」

시인,『서울, 골목길 이야기』,『산과 사람의 사계 북한산』외 다수

뜻밖의 전화 한통

박 점 식

　어느 날 저녁, 전화벨이 울렸다. 발신자는 서울로 이사 오기 전에 살았던 지역의 청년이었다. 나는 이 청년을 초등학교 6학년부터 고등학교 2학년까지 지켜보았기 때문에 전화기에 표시된 발신자의 이름을 보면서 놀랍고 반가운 마음으로 전화를 받았다. 이제 20대 중반이 된 청년은 여전히 내가 기억하는 목소리 그대로였기 때문에 더욱 반가웠고, 그와의 전화 통화는 지난 추억을 되살리기에 충분했다. 함께한 수련회, 축구 경기, 무한리필 고깃집에서의 에피소드 등 떠올리기만 해도 절로 웃음 짓게 하는 그런 추억들 말이다. 지나온 인생길 위에 그려진 한 폭의 수채화 같은 시간이었다.

　잠시 웃으며 지난 이야기를 하고 난 후 청년은 오랜만에 전화한 이유를 말하였다. 그는 자신의 삶과 지금 자신에게 찾아온 성취감, 기쁨, 자신감을 자랑하고 싶어 했다. 뜻밖의 이야기였다.

　청소년기, 이 청년은 자존감이 낮고 자기주장이 분명하지 않았으며 꿈이 없었다. 청년은 자신이 무엇을 잘하는지, 무엇을 해야 할지 몰랐던 학생이었다. 그리고 이런 자신이 답답하고 원망스러워 눈물을 보이곤 했다. 집안 형편이 어려워 학원을 다니거나 다른 무언가를 배울 기회가 없었고, 덩치는 컸지만 자신보다 작은 친구들에게

휘둘리며 때론 괴롭힘을 당하였다. 옆에서 볼 때면 측은지심을 불러일으키는 학생이었다.

이러한 학생이 어엿한 청년으로 자라 자신에게 일어난 기적 같은 일을 나에게 가장 먼저 이야기하고자 전화한 것이다. 기억 속 7년 전 그 청소년과 전혀 다른 지금의 청년의 이야기는 나를 놀라게 하였다.

청년은 내게 목표의 성취와 기쁨을 얘기하였다.

그는 대학에 들어가서도 적성과 꿈을 찾지 못해 고민이었으나 다행히 군 제대 후 꿈을 찾게 되었다. 그리고는 꿈을 이루기 위한 발판으로 '3년 만에 돈 1억 모으기'를 첫 번째 목표로 세웠다. 그전까지 청년은 한 번도 뚜렷한 목표를 세워본 적이 없었고, 어떻게 목표를 세워야 하는지도 몰랐다. 때문에 성취감을 느끼지도 못했고 자존감도 매우 낮았었다.

그러나 그는 꿈을 위한 첫 번째 목표를 달성하며 삶을 살기 위해 무엇을 준비해야 하는지 알게 되었다. 미래를 위한 계획을 설정하고 그것을 이루기 위한 자기계발의 필요성을 인식하게 된 것이다. 이러한 인식을 바탕으로 청년은 책을 읽기 시작했다. 목표를 달성하기 전의 그는 책 읽기를 싫어했고 책을 읽어도 내용을 이해하는 것을 힘들어 했었다. 하지만 이제는 책 읽는 것이 재미있고 심지어 책이 자신에게 말을 걸고 있는 것 같은 느낌을 갖게 되었다고 한다. 청년의 이야기가 끝나자 나는 그가 왜 자신에 대한 이야기를 나에게 가장 먼저 알려주고 싶어 했는지 물어보았다. 자신의 인생에 있어서 큰 변화의 경험, 새로운 삶을 살게 된 계기, 자신감을 가지고 목표를 향해 힘찬 발걸음을 내딛는 순간, 숨겨져 있던 보물을 다시 찾는 기쁨을 나에게 먼저 알려준 이유가 사뭇 궁금했기 때문이다. 왜냐하면 나는 그에게 특별히 무언가를 해준 기억이 없었고, 그는 그저 바라볼 때 안타까움을 느낀 청소년이었기 때문이다.

청년은 나의 질문에 이렇게 답했다.

"저는 제가 무엇을 해야 할지 몰라 답답했고 이런 제가 한심해 눈물을 많이 흘렸어요. 그래서 주변 사람들에게 제 고민을 호소해 보았지만, 어느 누구도 제 이야기에 공감해주지 않았어요. 절박한 심정으로 사람들에게 말을 건네 보았지만, 주변 사람들은 답답하고 한심하다는 표정으로 바라볼 뿐이었죠. 그런데 목사님이 유일하게 제 이야기를 끝까지 들어주었어요. 같은 이야기를 반복해도 잔소리하지 않고 어떠한 판단도 없이 늘 끝까지 들어준 유일한 분이셨어요. 그리고 훗날 제가 군대를 제대하고 꿈을 찾을 때 목사님이 제 이야기를 들어준 기억이 많은 도움이 되었어요."

그가 낮은 자존감과 혼돈의 터널을 지나올 때 위로가 된 것은 바로 '공감'이었다. 안타까운 마음을 가지고 경청한 순간이 청년으로 하여금 세상을 향해 힘찬 날갯짓을 할 수 있는 발판이 되었다.

반석교회 담임목사,
한국청소년퍼실리테이터협회 사무총장

마음을 깨운 사랑의 메아리

문 성 미

사랑이 피어오르게 만든 빛

관심을 두면 사랑이 시작된다. 나를 사랑한 대로, 사랑한 만큼 내 이웃도 사랑하게 된다. 왜곡된 사랑으로는 모든 것을 진정 사랑할 수가 없다. 그건 위선에 그칠 뿐이다. 사랑의 반대는 무관심이고 자기 학대였다. 내 어깨를 스스로 토닥토닥했다.

'성미야, 너 잘 살아줘서 고맙다. 힘내 줘서 고마워. 참고 산 것 칭찬해.'

이렇게 나의 어둠 속에 한 줄기 빛이 된 말이 있다.

이상한 질문을 하며 다가온 남자

"다리 왜 그래요?"

"뭐요?"

새까맣고 조그마한 남자가 건강음료 하나 사면서 나에게 묻고 서 있다. 내게 그렇게 직접적으로 물어본 사람은 없었다. 무례하기도 했고, 내 콤플렉스를 들춰내는 것 같아 불쾌해서 쌀쌀맞게 대답했다.

"그건 왜요? 안 보여요? 소아마비예요."

나는 동네에 퍼진 전염병에 감염되었다. 엄마가 나를 미녀로 만들고 싶어 왼쪽 어깨에 맞으면 흉터가 크게 남을까 봐 발바닥에 놔 달라고 한 게 나를 이렇게 만들었다. 백신을 맞았으니 꿈엔들 내가 감염되었을 것을 아무도 눈치 못챘던 것이다. 3살 때까지 삼양동 꼭대기에서 하숙을 치시던 외할머니 댁을 곧잘 다녔단다. 아래에서 올려다보면 벌써 내가 힘들지도 않은지 그 길을 걸어갔다고 한다. 그러던 어느 날 열이 펄펄 나고 아이가 서지도 못하고 주저앉아 버렸다. 병원에 땀을 뻘뻘 흘리며 찾아간 순간 엄마도 주저앉아 버렸다.

내가 살아갈 미래를 보았으니 엄마는 나보다 훨씬 겁이 났고 얼마나 절망적이었을까?

엄마는 자책감으로 평생 죄인처럼 지내셨다. 내가 울면 엄마도 조용히 내 곁에서 눈물을 흘리셨다. 나는 그것을 알기에 더 착한 딸이 되었다.

물론 부모님의 따뜻한 사랑으로, 아버지를 닮은 긍정적이고 착실한 성격을 타고나서 그래도 열심히 부모님 속 안 썩여드리고 잘 살아왔다.

자존심이 충만한 이 나이에 이런 질문을 서슴없이 하다니! 속으로 너무너무 괘씸했다.

그러나 왜 그랬을까? 나는 모두 대답해주었다.

그 후로 매일 출퇴근 시간에 들러서 "체한 것 같아요. 약 한번 먹을 거 주세요."

또 "눈에 눈썹이 자꾸 들어가요."

그때 그 당시에 꽃집 아가씨가 예쁘면 매일 꽃을 사러 가고, 약국의 약사가 예쁘면 매일 약을 사러 가는 발바리의 추억을 패러디한 코미디물이 있었는데 그걸 따라 하나? 주제도 모르고 그렇게 생각했다.

한참 동안 그 사람이 왔다. 며칠 동안 오지 않더니 여동생을 보냈다. 자기 오빠가 말을 하고 싶은데 추근대는 남자 같아서 정식으로 말해보고 싶다고 했다.

이 말이 내 가슴에 들어와 버렸다.

이 솔직함 그리고 직선적인 말투, 매일 오는 성실함, 나에 대한 높은 관심.

'올 것이 왔구나! 나도 이렇게 흔들리는 시기가 있구나!'

'중심을 잡으면 된다. 중심을 꽉 잡자.'

눈을 꼭 감고 생각이 없다고 돌려보내려 하자 2주간의 말미를 주었다. 저쪽에서 만나보자고 하니 한 번만 만나보자고 한 게 지금까지 만나고 있다.

내가 그렇게 싫어했던 직접적인 그 질문이, 또 한 가지 나와 정식으로 말해야 하는 이유가 다른 남자들처럼 말이나 걸어보자는 마음으로 그냥 내뱉은 말이라고 생각하면 안 된다는 말이 진지하게 내 머리를 사로잡았다.

결혼하려면 세 번 기도해야 한다고 하지 않던가!

기도 중에 그는 너의 갈비뼈 원판이라고 내가 거기서 취하여 너를 만들었노라고 말씀하시는 것 같았다. 그래서 한솥밥을 먹고 한 이불을 덮었다.

남편에게 물었다. 그때 왜 그런 질문을 했느냐고. 남편은 다리도 성치 않은 여자가 박스 100개를 번쩍 들어 옮기는 걸 보고 무척 귀여웠다고 했다. 매일 보니까 말을 해보고 싶었는데 그때 그 말이 불쑥 튀어나왔다고 했다. 다른 사람들도 만나자고 했을 텐데, 똑같은 방법으로 하고 싶지 않았다고 수줍게 대답했다.

나를 감추고 싶었고 내 존재에 대해 부정했다. 어떤 장한 일을 해서 칭찬받았을 때, 상을 탔어도 그것이 마냥 기쁘지 않았고 겉으로는 부드럽지만 좀 삐딱했다.

하나님은 나의 오해에도 나를 품어주신다

하나님께도 삐쳐 있었다. 신학원을 준비하고 학교에 가려던 당일에 병원의 환자에게 닥친 일로 인해 좌절되었다. 하나님이 막으신 거라 생각하니 막 화가 났다.

"나 같은 건 필요 없나 보네…"

절름발이는 진 밖으로 내쫓으라고 했던 그 대목과 오버랩되어 오해가 일어났다.

어느 날 큐티 중에 하나님이 말씀하셨다

예수께서 이르시되 네 마음을 다하고 목숨을 다하고 뜻을 다하여 주 너희 하나님을 사랑하라 하셨으니 이것이 첫째 되는 계명이요 둘째는 그와 같으니 네 이웃을 네 자신과 같이 사랑하라 하셨으니 이 두 계명이 율법과 선지자의 강령이니라(마22;37~40)

하나님을 사랑하는가? 먼저 나 자신에게 물었다.

"그럼요. 한 부분만 빼놓으면 다 좋아. 그러니까 내가 하나님을 믿고 하나님께 기도만 하는 거잖아."

"진짜냐?" 또 물으시는 것 같았다.

하나님은 전지전능하신 분이지 그것만 빼고는 아니라고 말씀하시는 거였다.

그리 아니 하실지라도의 상황에도 언제나 선한 것으로 인도하시는 하나님임이 그날 깨달아졌다. 하나님은 내가 멀어져도 머물러서 한숨지어도 항상 나를 끌어안고 계시는 것을 알았다.

외모도 그랬지만 숫기도 없고 존재감 없는 나 자신을 절대로 사랑하지 않았다. 오히려 나 자신을 비하하고 못 믿기 일쑤였다.

마음을 깨우는 말로 인해 나를 찾아가다

하나님은 또 내게 주신 특별함이 하나님의 영광을 드러내기 위한 하나님의 뜻이라고 말씀하셨다. 그래서 나를 사랑하기로 했다.

내가 나를 사랑하라는 데도 힘이 들었다.

하나님께 사랑할 힘을 주시라고 기도했다. 여태 외면했던 나를 이제야 바라보게 된다. 보지 못했던 진실이 보인다. 가만히 생각해 보면 내가 이것 때문에 못 한 게 지금까지 없었다.

운동도 했으면 잘했을 것이다. 내가 체력장 종목을 100m 달리기, 장애물달리기 두 개를 빼고 세 개 뛰었어도 다섯 개 종목 한 친구보다 급수가 더 잘 나왔으니까. 자진해서는 앞장 못 섰지만 누가 밀어주면 앞에서 일도 잘했지 노래도, 그림도…. 이런 생각들을 하다 보니 나를 더 알고 싶어졌다.

묻혀진 나를 깨운 어둠을 밝힌 빛

항상 뒷전에 밀쳐놓았던 자아가 생기를 찾았다.

하나님이 선사해주신 그 말씀이, 남편의 그 직설적인 질문과 관심이 나를 깨어나게 해주었다.

힘이 생겼다. 근육도 붙어 갈 것이다. 희망이 뿜어져 나온다. 내가 이 땅에서 잘 살아갈 이유가 충분했다. 오랫동안 품어왔던 분노와 나의 연약함에서 오는 열등감이 싹 치유되는 느낌이다. 열등감과 자존심은 한끝 차이였다. 이제야 내 이마에 찡그림이 없어졌다.

주위 사람들을 바라보니 다 좋은 점들이 내재해 있다는 걸 새삼 알았다. 그래서 그 사람들과 어우러져 살아갈 행복이 남아있다. 나를 깨워준 만큼 나도 남편을 영적으로 깨워야 할 사명이 내게 주어져 있다.

하나님은 내게 날마다 당신을 바라보며 당신이 주신 길에서 행복해지라고 하셨기에 나는 행복하다. 그래! 난 하나님이 만드신 하나밖에 없는 명품이니까.

영락온누리약국 대표, 누리나래 이사

미얀마 고아들의 어머니

안 만 호

"제가 마흔다섯이잖아요. 가장 경제활동이 왕성한 시기예요. 그래서 저녁으로 알바를 2시간씩 하기로 했어요. 한 2년 정도?"

"직장 일 마치고 알바까지 하겠다고? 너무 무리하는 거 아니냐?"

"요즘 건강 관리도 잘하고 있어요. 그래서 그 수입으로 미얀마 난민 고아원 건축에 보태려구요."

"고아원 건축에 보태려고 알바를 2시간 동안 하겠다는 거냐?"

"많이 생각하고 결정한 거예요. 언젠가부터 나도 많은 받았으니, 세상에 뭔가 기여해야겠다는 생각을 했어요. 여학생 기숙사를 1년 동안, 남학생 기숙사를 1년 동안 건축한다니 2년 동안 알바하기로 했어요."

"애들이 어려서 한창 돈 들어갈 시기인데…"

"실은 애들 때문에라도 하겠다는 거예요."

"애들 때문에?"

"애들에게 자랑스러운 엄마가 되고 싶어서요."

인도 동북쪽의 테이노풀 산맥과 미얀마 서북쪽의 친드윈강을 경계로 하는 미얀마, 인도의 광범위한 지역에 오래전부터 터를 잡고 살던 쿠키족들의 땅은 영국에 의해 졸지에 미얀마와 인도로 분단되고 말았다. 쿠키국 독립을 위한 크고 작은 전쟁으로 많은 고아들이 발생했고, 우리는 그 지역 출신의 영국 신부인 데이비드의 요청에 응해 10년 전부터 미얀마 쿠키족의 고아원을 지원하고 있다.

2021년 2월에 발생한 미얀마 쿠데타는 우리가 돕는 미얀마 고아원 아이들의 삶에까지 영향을 주었다. 미얀마 군부와 시민군의 투쟁으로 고아원 지역 주민들과 고아원 아이들까지 미얀마 국경을 넘어 인도 국경지대로 피난 간 것이다. 난민 생활이 길어지면서 고아들의 생활이 많이 어려워졌고, 곧 돌아갈 것이라는 기대도 사라지고 말았다. 2022년 7월에 고아원을 지원하는 영국의 Friend of Myanmar와 한국의 누리나래는 고아들의 상황이 심각하여 건축 비용도 마련되지 않은 상태에서 인도 국경에 고아원 기숙학교를 건축하기로 의견을 모았다.

그즈음, 2022년 8월에 대학 동기 단톡방의 방장 이재영 사모님께서 동기들 번개를 제안하셨고, 강대석 목사님께서 시무하시는 교회에서 몇몇 동기들이 모였다. 강대석 목사께서 "안 목사! 자네는 10년이 넘도록 연락도 없었느냐?"고 반가움과 섭섭함을 표하자, 이재영 사모님께서 "안 목사님이 미얀마 고아원 때문에 바빠요. 그래서 연락을 못했을 거예요" 대신 변명하시자, "그래? 고아원 이야기 해보시게" 번개 장소에서 미얀마 고아원 상황과 건축하려고 계획 중이라는 짧막한 이야기를 했다.

그로부터 몇 주 후,

"안 목사, 교회에 미얀마 난민 고아들 이야기를 했네. 고아원 건축 시작 비용을 보냈네. 건축에 필요한 비용을 다 보내지는 못해 미안하네."

"친구여, 고맙네. 여학생 기숙사부터 건축 시작해야겠다."

2022년 9월 중순에 영국의 데이비드 신부와 미얀마와 인도 국경 고아원 난민 지역에서 만나서, 함께 피난 온 고아원 관계자들과 여학생 기숙사 기공식을 가졌다. 귀국하자마자 평소 고아원 아이들에게 관심이 많았던 경란이가 미얀마 잘 다녀왔느냐는 안부를 물어왔다. 그곳 상황을 함께 이야기하면서 여학생 기숙학교 기공식을 했노라고 했는데, 그로부터 일주일 후에 경란으로부터 미얀마 기숙사 건축하는 2년 동안 매일 2시간씩 알바를 해서 건축을 지원하겠다고 연락이 온 것이다. 그런데 그로부터 3일 후인가? 누리나래 재정 담당 오순옥 이사님으로부터 연락이 왔다.

"목사님, 박경란 이름으로 며칠째 계속 입금이 되고 있는데, 혹시 뭔지 아세요?".

"아 그게요. …그렇게 된 겁니다."

"그랬군요. 알겠습니다."

하루가 지나서 오 이사님으로부터 연락이 왔다.

"목사님, 저도 2년 동안 박경란 씨와 동일하게 고아원 건축을 지원하기로 했어요."

"예? 그건 또 무슨 시나리오입니까?"

"내가 두 딸들에게서 용돈을 받고 있는데, 그걸 아무 데나 쓸 수가 없어서, 어디 의미있는 곳에 쓸까 하고 모으고 있는 중이었거든요."

"그걸 고아원 건축에 사용하시게요?"

"딸들에게도 의미가 있겠구요."

세상에 이런 일이 있나 싶어, 화다닥 데이비드 신부에게 연락을 했다.

"데이비드, 기공식하고 한국에 와서 이런 일이 있었다."

"어떻게 그런 일이 있느냐?"

"고아원을 건축하겠다고 결심하니 건축이 시작되고, 지원하는 분들이 나타나고."

"하나님은 고아의 아버지가 맞구나!"

빈손으로 시작한 고아원 건축이 이렇게 진행되면서, 시작한 사람들, 지원하는 사람들, 현지의 고아원 교사들과 고아들을 돌보는 사람들, 고아들 모두에게 큰 위로와 희망이 되고 있다.

새광염교회 담임목사

백세 인생 대반격

신안나

늦여름 따가운 정오의 태양열에 신작로는 후끈 달아올라 있었다. 헐레벌떡, 나는 오른손에 기타^{Guitar} 케이스, 왼손에 아이스박스, 등에는 배낭을, 가슴에는 크로스백을 매달고 쏟아지는 햇살 속을 동동거리며 달리고 있다. 한바탕 태풍이 지난 뒤끝이라 오늘따라 땡볕이다. 흘러내리는 땀을 닦을 손조차 없다. 모임은 12시 30분에 시작이다. 오리엔테이션 이후 첫 모임이라 신뢰가 깨지면 안 되는데 발걸음은 자꾸 무거워진다.

"어이구! 이러다가 제대로 진행할 수 있을까나."

축축한 이마 위로 내려앉는 염려를 쓸어올릴 겨를도 없이 코너를 돌아섰다. 횡횡 차들이 지나가는 차도와 인도 사이에 하얀 승용차 한 대가 서 있다. 양손에 든 짐의 무게가 걸음을 저절로 멈춰 세운다. 아직 한참은 더 달려야 하는데 발이 쉽게 떨어지지를 않는다.

오늘 이렇게 늦을 거라고는 전혀 예상하지 못했다. 택시를 타면 시간은 충분했기 때문이다. 12시 정각에 카카오 택시를 콜했다. 기사들의 점심시간이 겹쳤는지 근처에 택시가 없다는 메시지가 연거푸 뜬다. 그렇게 계속 택시를 부르는 데 15분을 허비하였다. 하는 수 없이 콜 화면이 켜져 있는 핸드폰을 들고 허둥지둥 버스 정거장으로 달려갔다. 조금 돌아가지만, 버스라도 타고 가야 할 거 같았다.

평소 같으면 걸어서 30분 거리인데, 오늘따라 짐이 많았다. 교재도 챙겨야 하고 과일이 담긴 아이스박스와 악기도 가져가야 했다. 걷기에는 무리였다. 버스 정거장에 도착하니 표지판에 목적지로 가는 버스 번호가 '차고지 대기'라고 떠 있다. 40분에 한 대가 배차되는데 앞이 막막했다.

"이걸 어쩌나!"

이럴 때 부탁할 사람이 한 명도 없다는 사실이 서러웠다. 일단 모임 대표에 전화로 사정을 말하고 조금 늦을 거 같다 전했다. 대안이 없는 당황스러운 마음에 그냥 막연히 남편한테 전화를 걸었다. 조찬 모임 끝나면 가끔 일찍 귀가를 하는 적도 있었으니 혹시 시간이 날지 모를 일이었다.

"여보세요?"

남편의 목소리가 들린다.

"자기야, 어디야?"

"응, 회사지. 무슨 일이야?"

고문으로 있는 회사인 모양이다. 오늘은 출근 날이 아닌데 아마 긴급회의가 잡혔나 보다. 이런저런 현재의 어려운 상황을 짧게 설명하고 실망 섞인 목소리로 "일 보세요." 하고 끊었다. 잠깐의 '멈춤'의 상태로 멍하니 하늘을 쳐다봤다. 그리고는 숨을 한번 크게 들이마셨다. 각오를 다지듯 입술을 꾹 다물고 양손에 힘을 주어 달리기 시작했다.

고령화 시대로 접어들면서 교회의 어르신들이 많아지고 있지만 그들에 대한 교육은 거의 전무한 것 같다. 얼마 전 나는 할머니 권사님의 간곡한 부탁으로 최고령 어르신들을 지도하기로 하였다. 자신들을 담당할 교역자가 없다며 소외감에 쓸쓸해 하는 할머니 권사님을 외면할 수 없었다. 나 자신도 소외된 채 오랜 세월을 보낸 탓에 돌봄이 필요한 이들에게는 언제나 연민을 느끼게 된다. 더군다나 몇 번씩 전화를 해서 "꼭 오실 거죠?" 하시는 할머니 권사님을 생각하면 절대로 실망시켜 드릴 수 없는 노릇이다.

내 인생에는 부침이 조금 있었다. 태어나면서부터 부모의 불화로 알 수 없는 두려움과 불안에 시달렸다. 결국 두 분은 나의 초등학교 입학 무렵부터 별거를 하셨다. 나는 줄곧 사회적 지위 때문에 쇼윈도 부부로만 사시는 부모의 모순된 삶에 혼란을 겪었다. 아버지는 항상 부재중이셨고, 신경증과 우울증에 시달리던 어머니는 처절하게 나를 괴롭게 하며 외롭게 만들었다. 나는 애정 결핍으로 말미암은 정서 불안으로 오랫동안 고통을 겪어야만 했다. 뒤돌아보면 우울증세가 있었던 거 같다. 그 때문에 고등학생 시절, 세 번 정도 자살기도를 했었다. 숨이 막혀오고 얼굴의 감각이 점점 없어지려 하면 갑자기 무서워져서 목에 묶었던 밧줄을 풀곤 했다. '그 후로도 칼을 보면 찔러볼까?', '높은 곳에서는 뛰어내려 볼까?', 어떤 때는 달리는 자동차에 뛰어들고 싶은 충동을 느끼기도 했다.

결혼은 어떤 면에서 나의 도피처가 되어 주었다. 하지만 결혼과 동시에 홀시어머니를 모실 수밖에 없던 형편은 만만하지 않았다.

안타깝게도 시어머니는 양극성 정동장애를 앓고 계셨다. 분리된 가정에서 자라야 했던 나로서는 가정을 지키는 것이 일생일대의 과제였기 때문에 이를 악물고 인내의 도를 닦아야 했다. 그렇게 세월이 흘러 시모와의 동거 32년 되던 해 나는 큰 수술을 두 번이나 받게 되었다. 그러자 남편은 시어머니를 요양원으로 모셨다.

91세 되신 시어머니, 4년 전 돌아가신 친정어머니, 두 분 모두 할머니 권사님들이시다. 그래서 교회의 할머니 권사님이 남 같지 않았다. 지금 넘어질 듯 불안한 걸음으로 달려가는 이유이기도 하다. 나를 기다리고 있을 어르신들을 기쁘게 해드려야 한다는 일념뿐.

숨을 고르느라 헥헥 거리는데 갑자기 눈앞에 서 있던 하얀 승용차의 문이 열리면서 짙은 양복 차림의 말쑥한 중년 남성이 걸어 나오는 모습이 보인다. 그는 내 앞으로 다가오며 뭐라 말하고 있다. 다가오는 핸섬한 신사를 보니 어디서 본 듯한 실루엣이다. 지쳐있는 눈에 억지로 힘을 주어 바라보았다. 일 미터 쯤 앞으로 왔을 때서야 겨우 초점을 맞출 수 있었다. '어! 반가운 얼굴', 남편이었다.

"어떻게 왔어?"

놀라기도 하였지만 벅차오르는 감동을 숨길 수 없어 목소리 톤이 높아진다. 가쁜 숨을 진정시키며 에어컨 바람이 시원한 쾌적하고도 아늑한 승용차 앞자리에 몸을 뉘었다. 시간을 확인하니 12시 35분이다.

"회사에서 온 거야?"

"응, 1시부터 회의야."

에구~ 남편은 내 전화를 받자마자 달려온 모양이었다. 오후 내내 나는 그의 느닷없는 등장을 고마워했다. '이 세상에 혼자가 아니구나.'

몇 년 전 남편은 회사를 퇴직하였다. 정신없이 바쁜 회사 일로 가정에는 무관심한 듯 보였던 그는 퇴직 후 많은 노력을 하며 가정 친화적으로 변화되고 있었다. 코로나 시대로 접어들면서는 체력이 약한 나의 노후를 걱정하여 함께 '만보 걷기'를 시작하였다. 우리는 산책로를 걸으면서 많은 아이디어를 주고받곤 한다. 그 결과 올해부터 '백세 인생 대반격'이란 슬로건을 만들어 남은 인생 설계를 하게 되었다.

슬로건이란 어떤 마력을 가지고 있다. 삶의 방향을 집중시키고 목적의식과 행동 의지를 상향시켜준다. 나는 한참을 쉬었던 통기타와 노래 연습을 하였다. 남편이 '백세시대'를 주제로 강의를 할 때, 응원가를 불러 분위기를 띄우는 역할을 맡았다. 뿐만 아니라 글쓰기 교실에도 등록을 하였다. 게다가 아들의 권유로 망설이던 골프도 시작하였다. 저질 체력이었던 이전의 나로서는 어림도 없는 일정이었겠지만 '남편의 만보 걷기' 덕분이었다. 그 결과 교회 어르신들 신앙지도 흔쾌히 수락할 수 있었다.

사람은 오래 살고 볼 일이다. 인생이 이렇게 나를 위로해줄 줄 미처 몰랐다. 만일 십대 때, 살고 싶지 않다고 생을 마감하였다면 이런 날이 올 줄 모르고 비감한 심정으로 끝이 났을 것이다.

남편은 교회 현관 앞에 나를 내려주고 서둘러 회사로 돌아갔다. 그의 충만한 위로는 나의 마음을 훈훈하고도 편안하게 만들어 주었다. 덕분에 할머니 권사님들과 재미있게 노래도 하고 성경 공부도 할 수 있었다. 율동도 가르쳐 드리니 집에 갈 생각도 안 하시고 너무 너무 즐거워하신다. 제일 연세가 많은 학생이 84세, 제일 어린 학생은 75세. 선생인 나는 육십오 세. 백세 인생 대반격이다.

SHS 대표, 영성교육학 박사

변장된 축복의 원동력

장 동 익

나는 1993년 11월 말 삼미그룹 기획조정실 담당 상무이사를 끝으로 퇴임하고 주식회사 렉스켄이라는 IT 회사를 설립하였다. 2015년도 중반에 22년간 혼신의 힘을 다하여 운영해 오던 회사를 큰 손실을 감수하고 3개 사업부 모두들 각기 다른 3개의 회사에 넘겨줄 수밖에 없었다. 회사 설립 시부터 시작한 사업부는 2010년부터는 빅데이터 분석 시스템 구축 사업부로 잘 성장해 주었다. 2003년에는 새로운 사업부가 나의 전공부문이기도 했던 성과관리 시스템을 자체 개발하여 행정자치부의 성과관리 시스템 구축을 시작으로 국내 시장에서 대형 프로젝트들을 가장 많이 수행하고 계속 유지보수하는 사업부로 성장했다. 2003년 같은 해에 당시에는 용어조차 없었던 클라우드 기법의 개념과 함께 세계 최고의 솔루션을 국내시장에 처음으로 소개했다. 다시 말해 3개의 사업부를 운영하게 된 것이다.

우리나라는 네이버와 다음을 중심으로 인터넷 플랫폼 사업은 크게 발전했지만 클라우드의 활용 측면에서는 OECD 국가들 중 최하위 수준에 머무르고 말았다. 여러 가지 주요 사유들이 많지만 주로 보안문제를 근본 이유로 모든 공공기관, 공기업 및 학교 등지에서 클라우드 기법을 원활하게 활용하는 길이 법적으로 막혀 있었다. 2015년 9월 28일이 되어서야 처음으로 클라우드의 전반적인 기술을 합법적으로 활용할 수 있는 법적 근거가 마련되었다.

조금만 더 노력하면 될 것이라는 확신 속에 나는 클라우드 사업을 위한 시장 개척에 혼신의 노력을 다 기울였지만 성과가 그리 좋지 못했다. 각고의 노력 끝에 2008년에 LG 전자가 대기업군으로는 유일하게 전 세계 모든 임직원들이 클라우드 기법의 시스템을 활용하여 성과관리를 진행하는 계약을 맺어주었다. 2년 여간 성공적으로 진행되는 듯 싶었지만,... 2010년 말에 대표이사가 바뀌면서 매년 갱신되는 추가 계약에 실패하게 되었다. 클라우드 사업이 커다란 난관에 봉착하게 되면서 전사의 경영 상황에 심각한 악영향을 미치게 되었다.

결국 임직원들과 함께 투여한 22년간의 끈질긴 노력이 수포로 돌아가는 상황을 맞이하게 된 것이다. 겉으로는 태연한 척했지만 당시의 절망감, 좌절감, 상실감을 제대로 표현하기 어려울 정도로 심적으로 엄청난 충격에 휩싸일 수밖에 없었다.

그 상황에서 나에게 힘을 준 사람들이 여럿 있지만, 그중에서도 가장 큰 힘이 되어 준 사람들을 소개하고 싶다. 나는 2008년에 당시 조인스HR의 가재산 대표를 처음 만나서 인사업무 관련 연구회에서 함께 활동을 시작하게 되었다. 2012년 초에는 가 대표를 초대 이사장으로 40여 개의 인사 관련 회사가 모여 설립한 협동조합 피플스그룹의 부회장으로 활동을 함께 하면서 보다 깊고도 잦은 만

남을 갖게 되었다. 2015년 하반기에는 회사정리로 인해 렉스켄이 피플스그룹에 출자했던 출자금을 회수해야 하기 때문에 누구에게도 설명하기 싫었지만 내가 회사를 정리하게 된 상황을 가 대표에게 설명할 수밖에 없었다.

그 자리에서 가 대표가 내게 해 준 위로의 말을 나는 잊을 수가 없다.

"장 선배, 회사를 정리하기 때문에 장선배가 부회장직을 사퇴하는 것은 어쩔 수 없지만 그동안 국내에서 거의 유일하다시피 한 장선배의 기술을 묵혀둔다는 것은 말이 안 되지요. 제가 고정급여를 드릴 형편은 못 되지만 이사회의 승인을 얻어 피플스그룹 상임고문의 명함을 만들어 드릴 테니 이전보다도 더 본격적인 활동을 해 주시기 바랍니다. 장선배는 해 내실 것입니다. 아울러 클라우드 기술에 대한 전문서적을 빨리 내도록 하세요."

물론 긴 시간 함께 대화를 나누었지만 요지는 설명한 대로이다.

나의 두 아들도 자신들의 삶을 영위하기에도 힘들었을 텐데 자기들끼리 함께 협의하여 우리 부부를 위해 매월 제법 큰 금액의 생활비를 지원해 주기 시작했다.

이미 60대 중반이 되어 전 재산을 잃고 말로 표현하기 힘든 엄청난 상실감에 빠져 있던 내게 주어진 새로운 명함과 일, 그리고 두 아들의 통큰 희생은 내게 새로운 삶을 위한 힘과 용기를 불어넣어 주었다. 뼈아픈 환난의 기억을 잊고 새로운 도전을 위해 내 모든 역량을 집중할 수 있게 되었던 것이다.

나는 2016년 1월에 대부도에 위치한 장모님 댁으로 이사를 했기 때문에 1주일에 2~3일만 피플스그룹 사무실에 출근하여 업무를 도우면서 렉스켄에서 2010년부터 실행해왔던 스마트폰을 활용한 스마트워킹 기법을 심도있게 연구하면서 숙달하였다. 나머지 2~3일은 대부도 집에서 일을 했다. 내가 대부도 집에서 양재동 사무실로 이동하려면 집에서 출발하여 30분가량 걸어서 버스정류장으로, 50분가량 버스를 타고 안산역으로, 그리고 1시간 20분가량 지하철을 타고 양재역에 내려 다시 10여 분 걸어야 사무실에 도착했다. 기다리는 시간을 포함하면 하루 최소한 왕복 6시간가량을 이동하는 데 사용했다. 그러나 내게는 그 6시간 이상의 이동 시간이 바로 스마트워킹을 실행하는 시간이었다.

걸을 때나 버스에 타 있을 때는 새롭게 깨우쳐야 하는 내용들을 집이나 사무실의 PC에서 미리 검색하여 클라우드 공간에 저장해 놓았던 자료를 스마트폰의 TTS(Text to Speech: AI 음성이 문자를 읽어주는 기능)를 활용하여 들었다. 책은 읽을 때보다 들을 때 이해도가 훨씬 높아진다. 지하철에 타면 경로석에 앉을 수 있었기 때문에 항시 가벼운 노트북을 가지고 다니면서 스마트폰의 모바일 핫스팟 기능을 통해 인터넷을 활용하여 일을 했다. 언제든 아이디어가 떠오르면 즉시 스마트폰으로 구글 드라이브라는 클라우드 저장 공간에 STT(Speech to Text: 말을 하면 문자화되어 문서를 작성하는 기능)를 활용하여 문서를 작성하기만 하면 자동 저장이 된다. 도서관에서나 현장에서 필요한 자료를 발견하는 즉시 스마트폰의 ITT(Image to Text: 문서를 사진 찍으면 바로 문자화하는 기능)을 활용하여 해당 자료를 스마트폰으로 찍어 역시 구글 드라이브에 저장해 놓았다. 다시 말해 스마트폰 하나로 언제, 어디서나 스마트워킹함으로써 재택근무, 유연근무를 시행했던 것이다.

2016년 하반기부터는 가 대표의 조언대로 새롭게 배우고 터득한 기법들을 활용하여 틈틈이 '스마트 업무혁신과 성과관리'라는 생애 첫 책자를 출간하기 위한 자료 준비를 시작하였다. 그해 말 전반적인 자료 준비가 되었다고 판단하고 출판사를 찾았지만 왕초보였던 내게 선뜻 나서는 출판사가 없었다. 나는 당시 이미 20권가량의 책을 출간했던 가 대표에게 공저자로 나서 줄 것을 부탁했는데 그는 흔쾌히 승낙해 주었다. 가 대표에게 스마트폰의 TTS 기능으로 듣는 동시에 스마트폰 화면을 큰 TV 화면에 미러링하여 큰 글씨로 읽으면서 교정 보는 법을 가르치고 최종 원고 교정 작업을 부탁했다. 연말 어느 일요일, 가 대표가 내게 전화를 했다. "오늘 하루 종일 전체 원고에 대한 교정 작업을 했는데 놀랍게도 하루 만에 마쳤습니다. 그런데 선배는 어떻게 왕초보가 원고에 오자 탈자가 거의 없지요?"라고 말하면서 드디어 스마트폰하나로 스마트워킹에 대한 놀라운 기능을 자신이 직접 체험하게 된 것이다.

결국 2017년 5월에 첫 책자가 출간될 수 있었다. 그러나 그 당시만 해도 한국 기업들의 경우 업무를 위한 구글 드라이브와 같은 퍼블릭 클라우드 공간의 활용도와 이해도가 너무 낮아 내 기대와는 달리 책 판매부수가 적었다. 첫 책자가 출간된 후 바로 당시 시니어들을 위한 책글쓰기 대학의 대표를 맡고 있던 가 대표가 내게

"장 선배, 업무를 위한 스마트워킹은 아직 시기상조인 것 같으니 '핸드폰 하나로 책과 글쓰기 도전'이라는 책을 출간합시다."라는 제안을 했다. 5월말에 두 사람이 함께 시작한 원고 작업은 두 달도 채 되지 않아 그해 7월에 인쇄본으로 출판되었다. 아마도 최단기간 출판이라는 기록이 아닌가 싶다. 나는 이제까지 이 책들을 포함해서 15권의 책을 출간했는데 2권을 제외하고는 모두 가 대표와 공저한 책자이다.

첫 책이 출간 되고 나서 즉시 그 해 5월 말부터 '스마트폰 하나로 스마트워킹'과 '핸드폰 하나로 책과 글쓰기'라는 두 가지 주제의 세미나를 시작했다. 가 대표가 마케팅과 운영 및 간단한 첫 도입 강의를, 나는 강의 준비와 실행을 담당했다. 시작할 당시만 해도 가 대표와 나는 젊은이들이 같은 아이디어와 기법을 곧바로 습득하여 우리 두 사람이 시행하는 세미나는 5~6회 정도나 지속할 수 있을까라는 생각을 가지고 있었다. 그러나 오판이었다. 코로나19가 시작한 이후부터 대면 세미나나 강의가 크게 줄었지만 지금까지 50회차 이상의 세미나를 진행했고 내가 직접 특강, 세미나 및 전문가 과정을 통해 가르친 사람이 대학생들로부터 시작하여 시니어들까지 4천 명이 넘는다. 이제는 같은 기법을 가르치는 후계자들도 양성되었다. 왕초보들이 짧은 기간 내에 책자를 출판하게 된 사례들도 무수히 많이 생겼다. 2017년 중반부터는 두 아들로부터 지원받던 생활비도 받지 않는 것으로 선언했다. 2015년 회사를 정리하던 당시 비통했던 심정으로는 상상하기조차 힘들었던 일들이 벌어지고 있는 것이다.

성경에서 환난은 그 자체가 삶에 주어지는 목적이 아니라 반드시 그것이 가져다주는 축복이 뒤따르게 되어 있다고 말한다. 환난은 인내를, 인내는 연단을, 연단은 소망을 이루게 한다고 가르친다. 하나님이 주시는 축복은 때로는 고난이라는 포장 속에 겉으로 드러나지 않은 채 우리를 찾아온다. 신학자 C. S. Lewis는 환난을 가리켜 '변장된 축복'이라고 했다.

나는 바로 이 변장된 축복을 경험한 것이다. 이 변장된 축복의 원동력이 가재산 대표의 마음에서 우러나온 위로의 말과 지금까지 지속되어 온 그의 독특한 베풂의 삶, 그리고 사랑하는 두 아들 부부의 통큰 희생과 사랑이라고 생각하며 항상 고맙게 생각해 왔던 나의 마음을 이 글을 통해 전하고 싶다. 가 대표는 나이로는 내 후배이지만 삶에서는 나의 동역자요, 후원자이면서 멘토이기도 하다. 나의 두 아들 부부에 대해서는 이 글에서 상세한 설명을 하지는 않았지만 내가 이 세상을 떠날 때까지 그들의 통큰 희생을 절대 잊을 수 없을 것이다. 그리고 그들도 변장된 축복의 내 모습을 지켜보면서 그들의 현재와 미래 삶에도 큰 영향을 줄 것으로 확신한다. 아울러 그 누구보다도 상실감에 빠져 있었을 내 처의 지속적인 응원에도 무한한 감사의 마음을 전하고 싶다.

시인 정현종의 '방문객'이라는 제목의 시에서 읽은 다음 내용의 시구가 떠오른다.

"사람이 온다는 것은 실로 어마어마한 일이다. 그 사람의 과거와 현재와 그리고 미래가 함께 오기 때문이다. 바로 한 사람의 일생이 오기 때문이다. 부서지기 쉬운, 그래서 부서지기도 했을 마음이 오는 것이다. 그 갈피를 아마 바람은 더듬어 볼 수 있을 마음. 내 마음이 그런 바람을 흉내 낸다면 필경 환대가 될 것이다."

(현)한국디지털문인협회 자문위원, 세종로국정포럼 자문위원,
미래인재대학 부총장, 디지털글쓰기코칭협회 고문

사진첩의 빈자리

권오인

 지난달에 가족여행을 다녀와서 몇 장 뽑아놓은 사진을 정리하기 위해 앨범을 찾았다. 요즘 보기 드물게 핸드폰으로 찍은 사진을 일부러 인화했다. 핸드폰이나 밴드에 사진이 빼곡하게 올려져 있으나 사진은 앨범으로 감상해야 제맛이다. 아날로그 세대인 탓이리라.

 장롱 안 서랍에서 꺼낸 낡고 투박한 병아리색 앨범에 세월만큼 먼지가 쌓였다. 얇게 접착된 비닐 장첩을 넘기는 집게손가락에 와 닿는 감촉이 생경하다. 아주 오래간만에 사진첩에서 가족의 얼굴을 마주하며 감회가 새롭다. 70여 성상을 살아온 인생의 흔적들이 덤덤하면서도 애닯다. 이미 세상을 떠난 부모님이 그립고 아스라이 멀어진 빛바랜 인연의 얼굴들은 낯설다. 소중한 자식들과 그들과 함께 이룬 가족의 모습에서 아름답던 추억을 건져 즐기려는 태연함은 이내 떨리는 한숨으로 토해져 나왔고, 그 한숨을 아내에게 들키고 말았다.

 이날 사진첩 정리는 단순히 새로 인화한 사진을 끼워 넣기보다 유품을 정리하는 심정으로 이미 인연이 끊겨 빛바랜 사진과 보존의 가치를 상실한 얼굴을 떼어내고 새로 가족이 된 사위와 예쁜 손주들, 그리고 사랑스런 자식들의 얼굴로 채우려는 시간이었다.

어느새 찾아온 일흔의 나이, 감회가 새롭다. 사실 아들딸들이 칠순 여행을 부추겨 못 이기는 척 코로나19를 뚫고 제주도에 갔었다. 해외로 나가지 못하니 제주도는 우리 같은 나들이객들로 붐비고 있었다. 여러 명소를 찾아 가족들과 함께 포토존에 섰다. 손주들의 해맑은 웃음소리와 자유분방한 몸짓까지 셀카에 담았다.

꺽다리 야자수가 낭만을 부르고 굴거리 나무가 제주방언으로 속삭이는 풍경도 찍었다. 변덕쟁이의 이미지가 강한 수국이 길가에도 정원에도 예쁘게 피었다. 그곳에서 우리 가족은 많은 시간을 함께했다. 보라색 수국의 꽃말이 진심과 사랑이라는 해설자의 친절한 해설이 발길을 멈춰 세운 것이다. 아내와 아들딸, 손주를 한데 묶어 가족이라는 이름의 생명력은 보랏빛 수국 한 다발과 같은 진심과 사랑의 집합체였다. 그런 깊은 심연의 마음까지 순간순간 셀카에 담았다.

때로는 바람에 흐트러진 머릿결을 쓸어올리고 흔해 빠진 V자 폼 한 번 잡을 시간조차 허락되지 않았다. 작은 딸애는 폼잡는 모습은 경직되고 억지스러워 보인다며 자연스러운 그대로가 좋다고 한다. 한 가지 미소 없는 모나리자 모습보다 껄껄 웃는 모습이 아름답다며 찰나마다 '치즈'를 입에 달았다.

사실은 나나 아내는 나이가 들면서 주름진 얼굴과 추레하게 늙어가는 모습이 사진에 찍히는 것이 싫어 그리 내키지 않았다. 하지만 그런 마음까지 담아온 사진은 밴드의 사진첩에 정갈하게 정리하여 수시로 추억할 수 있게 했다. 그리고 몇 장은 앨범용으로 크게 현상하였다. 그동안에도 어느 기회에 가끔 지인들이 찍어 보내준 사진들이 여기저기 낱장으로 흩어져 있던 사진도 이참에 함께 정리하려고 테마별로 나누었다.

그리고 오래된 사진첩을 한 장씩 넘겨보았다. 남아있는 사진보다 듬성듬성 없어진 빈자리가 더 많이 눈에 띄었다. 어떤 사진이었는지는 몰라도 분명히 붙어있던 사진을 떼어낸 빈자리에 흔적만은 선명했다. 무슨 사진이었나 하는 의구심을 접고 가만히 들여다보며 살폈다.

그러고 보니 원래 부모님은 보릿고개 시대의 결핍에 찍어놓은 사진이 적기도 하지만 세상을 떠난 뒤 몇 장만 남기고 태웠던 기억이 났다. 남겨진 유품과 아껴 입던 옷가지와 함께 한 줌의 재로 떠나보낸 것이다. 겨우 남은 아버지 칠순 잔치 때 찍은 대가족 단체 사진과 영정사진이 전부였다. 혼자 가슴으로 그렸을 가족여행에 추억을 담은 사진 한 장은커녕 자식들과 다정하게 찍은 변변한 사진도 없었다. 살기 바빠 함께 여행을 다녔던 사실조차 없었기 때문이었다. 몇 군데 뜯겨나간 자리에서 내 나이 40대에 몰랐던 부모의 마음을 이제야 느낄 수 있었다.

두 딸의 사진이 있던 자리도 모조리 뜯겨나가고 어색한 포즈나 일그러진 표정을 한 몇 장만 남아있었다. 가만히 생각해보니 결혼해서 제집으로 떠날 때 사진까지 혼수품으로 가져갔기 때문이었다. 그 많은 빈자리에서 독백의 시간은 짧지 않았다. 하늘 같은 부모님을 내 두 손으로 흙에 묻고 애지중지 키운 딸을 내 손으로 떠나보낸 그 빈자리였다.

늦둥이 아들의 사진은 많이 남아있지만 그래도 군데군데 여러 곳에서 사라진 자국이 선명하다. 아내는 아들이 저학년 때 학교의 수업 도구로 활용하느라 떼었다 한다. 그렇게 생긴 빈 공간에 나누어 놓았던 사진을 한 장씩 꾹꾹 눌러 붙였다.

그리고 다시 두툼해진 가족 사진첩을 첫 장부터 펼쳤다. 사랑으로 가득한 가족의 어제와 오늘의 모습이 고스란히 해상도를 유지하고 있었다. 금방이라도 입술을 움직일 것만 같은 부모님의 사진에서 맑은 눈을 마주 보며 소박하고 따뜻한 추억을 덧씌워 소소한 이야기를 나누었다. 아버지의 품새는 나를 보는 듯했다. 담백하게 선 강직한 모습과 주름진 그림자까지도 닮았다. 그래서 사진이 떨어져 나간 자리에 내가 기억하는 아버지로 꽉 채웠다.

온유하신 어머님의 모습은 예나 지금이나 현모양처 그대로 변함이 없었다. 젊었을 때부터 들일과 궂은일을 마다하지 않았지만 늘 웃음 띤 사랑으로 보살펴 주신 모습이 선하다. 사진을 뗀 여백에 내 가슴에 남은 어머님의 얼굴로 도배를 했다.

그리고 아이들의 사진을 들여다보며 미안한 마음에 후회가 들었다. 학교에 입학 때나 졸업할 때 함께 찍은 사진은 한 장도 없었다. 늘 월요일이라는 핑계로 참석해본 적이 없었기 때문이었다. 하지만 많은 빈자리에 항상 가족을 사랑하는 마음을 가득 담았다.

어느새 사진첩의 마지막 장에 이르렀건만 차마 덮을 수가 없었다. 이별이 아닌데도 평면의 사진들이 입체로 보였다. 눈가에 사랑의 이슬이 맺혔기 때문이었다.

사진첩에 글자 하나 없이 붙여 놓은 가족의 사진과 사진을 떼 낸 빈자리는 그들과 대화할 수 있는 독백의 공간이고 여유였다. 새삼 가족과 함께한 시간여행이 행복이었음을 느낀다. 그래서일까? 내일도 사랑하는 가족이 행복하기를 비는 이슬비가 온종일 내린다.

수필가. (전)계룡시 부시장, 한국 사회공헌운동본부 부원장
저서 :『반월당 이야기』

새소리로 여는 아침

조정숙

코로나19 때문에 설을 집에서 조촐하게 보냈다.

아침 먹을 준비를 하며 힐끗 시계를 보니, 시댁에 갔으면 지금쯤 차례 지낼 준비로 엄청 분주할 시간인데 너무 한가로워서 기분이 이상했다. 명절에는 삼대가 모여서 시끌벅적하고 집안에 온기가 도는 것 같다고 어머님께서 좋아하셨는데…

이른 봄, 꽃샘추위도 아랑곳없이 눈 속에서 노랗게 꽃잎이 올라오는 복수초를 만나면 반갑고 대견하다. 겨우내 잔뜩 움츠러들었던 내 어깨에도 힘이 들어간다. 잎 보다 먼저 세상을 여는 매화, 산수유, 앵초, 개나리, 벚꽃, 목련, 진달래 등 봄꽃들이 시샘이라도 하듯 서로 앞을 다투어 핀다. 아까시꽃이 하얗게 피면 달콤한 향기가 동네로 살금살금 내려온다.

골짜기에서 물이 흐르다 고인 작은 연못에도 도롱뇽알과 개구리알이 바람에 흔들리고, 잔잔하게 흔들리는 물비늘에 눈이 부시다.

봄기운이 완연한 날 고향에 다녀왔다.

참새들 지저귀는 소리에 기분 좋게 아침을 맞이했던 어릴 적 기억이 새록새록 났다.

문을 열지 않아도 들리는 바람 소리, 새소리, 비 오는 날은 슬레이트 지붕에 떨어지는 빗방울 소리도 정겨웠다.

평소보다 조금 이른 시간에 저녁을 먹고 산책했다.

개구리들이 고향에 온 것을 반겨주듯이 논둑을 경계로 양쪽 논에서 번갈아 합창했다. 어릴 적, 아버지 따라 논둑을 걸었던 생각에 걸음을 멈추고 논둑에 앉아 귀를 기울였다.

갑자기 환갑 전에 돌아가신 아버지 생각에 코끝이 찡했다. 논둑을 지나갈 때는 삽이나 지겟작대기로 휘휘 저으며 풀을 스치고 다니셨다. 하루는 뒤따라가면서, 왜 그러시냐고 여쭤보았더니 뱀이나 개구리가 있으면 달아나라고 신호를 보내는 거라고 말씀하셨다. 그 말씀이 갑자기 떠오르더니, 어릴 적 추억이 마치 무성영화 장면처럼 휙휙 스쳐 갔다.

여름, 요즈음 비가 자주 내린다.

어느 지역은 폭우가 내리는가 하면, 가뭄으로 농작물에 피해가 많은 지역도 있다. 창가에 서서 비 내리는 걸 바라보았다. 창문을 살짝 열고 조용히 사선으로 떨어지는 비를 바라보며 빗소리에 귀를 기울인다. 빗소리를 들으면 내가 살아있다는 걸 실감할 수 있다.

비가 적당히 내리는 날, 큰 우산을 쓰고 길동생태공원에 가면 조용하고 한적해서 산책하기 좋다. 곤줄박이, 중대백로, 다람쥐, 박새, 꿩, 고라니를 만나는 날은 행복하다. 가끔 중대백로와 왜가리가 멋지게 나는 모습을 보며 새처럼 훨훨 날아보고 싶은 꿈도 꾸어본다.

여름 날씨는 예전보다 훨씬 덥다. 바깥 기온은 쑥쑥 올라가고, 열대야 때문에 밤잠을 설친다는 사람들이 많다. 예전에는 산이나 바다로 피서를 갔는데, 요즘은 바캉스 대신 호캉스를 즐긴다고 한다. 호텔에서 보내는 휴가, 몸과 마음을 온전히 쉴 수 있어 좋다고 한다. 예전과 휴가 풍속도 많이 달라지고 있다.

여름에 더위를 피하기 좋은 곳은 백화점이나 영화관, 대형 서점에서 시간 보내기 좋다. 가끔은 나뭇잎 우거지고, 꽃이 피고, 매미와 새들이 노래하는 그늘이 드리워진 동네 뒷산을 걸어도 좋다. 여름이 깊어갈수록 나뭇잎은 푸르고 그늘도 덩달아 깊어진다.

매미 소리는 높아지고, 가끔 불어오는 바람도 시원해서 좋은 여름 끝자락에 서 있다.

가을은 결실의 계절이라고 한다.

노란 은행잎이 바람에 우수수 떨어진다. 마치 노랑나비가 춤추는 듯 살랑살랑 떨어지는 모습도 아름답다. 푸르던 나뭇잎은 알록달록 예쁘게 물들고, 스치는 바람에 도토리가 투두둑 떨어진다. 다람쥐가 도토리나무 밑에서 조용히 도토리를 주워 모으고 있다.

청설모는 나무타기 달인이다. 이 나무에서 저 나무로, 마치 묘기라도 부리듯 빠르게 움직인다. 청설모 두 마리가 나무를 타고 나선형으로 빙글빙글 돌며 후다닥 올라가는 모습을 처음 보았는데 장관이다.

가을은 사람마다 느낌이 다르겠지만 사계절 중 가장 아름다운 계절이 아닐까?

겨울, 하얗게 눈이 내리는 날은 생각보다 날씨가 포근하다.

어릴 적, 아침에 눈을 뜨고 밖으로 나가면 밤새 내린 눈이 나무와 지붕, 길, 논밭까지 모두 덮어버렸다. 햇빛에 반사되는 하얀 눈 때문에 눈이 부시다. 온 동네가 잠든 듯 고요했다.

개들이 짖지 않으니 동네가 조용하다. 수탉도 새벽잠을 깨우고 임무를 끝냈다는 듯 조용하다.

사과를 식초 몇 방울 넣은 물에 10분쯤 담갔다 꺼내 뽀득뽀득 소리 나게 씻는다. 사과를 반쪽 먹으며 누룽지탕을 끓여 먹고 공원에 간다.

작은 오리 모양 눈사람을 보면 재미있다. 갑자기 누가 만들었는지 궁금하다. 왜, 눈사람을 작게 만들었을까? 손이 너무 시려서 그랬을까?

공원을 산책하며 여름에 무성하던 잎을 모두 떨어내고, 의연하게 서 있는 나무를 보면서 욕심을 내려놓는 지혜를 배운다. 계절은 누가 재촉하지 않아도 절기에 맞춰 순서대로 봄에 꽃이 피면, 여름에는 녹음이 우거지고, 가을에 곱게 단풍 들고, 겨울에는 잎을 모두 내려놓는다.

공원에서 사계절 변하는 모습을 마음에 담으며 걷다 보면 덩달아 너그러워진다.

그래서 자연은 위대하다고 하는가!

팬데믹 시대, 연암을 생각하며 책꽂이에서 몇 년 전에 읽은 『열하일기』를 꺼내 들었다.

정조는 패관 소설류와 잡서의 문체가 유행하자 유교를 더럽힌다고 우려하여, 민간에 떠도는 패관잡기나 소설을 거짓투성이라고 배척하여 문체반정을 했다. 고전 속 문체를 이루기 위해서 왕립 도서관이라고 부를 수 있는 규장각을 건립하고, 패관 소설과 잡서 등이 중국에서 수입되는 것을 엄격하게 금하였다고 한다.

대과에서 장원한 이 옥은 패관 문체를 썼다는 이유로 꼴찌로 강등시켰는데, 이 옥은 끝내 패관 문체를 버리지 않고 벼슬길에도 오르지 않았다고 한다.

그러나 김조순은 고문으로 반성문을 훌륭하게 써서 정조를 흐뭇하게 했다고 전한다.

정조는 연암에게도 경박한 문체로 『열하일기』를 썼으니 고 문체로 쓴 반성문을 바치라고 명령했는데, 연암은 지은 죄가 너무 커서 반성문을 쓸 수 없다며 끝내 거부하였다고 한다. 연암의 두둑한 배짱이 느껴진다.

연암은 〈허생전〉과 〈호질〉에서 그 당시 사회가 안고 있는, 양반의 권위가 땅에 떨어진 조선 후기 사회의 혼란스러운 모습을 날카롭게 지적하고 있다.

200여 년 전에도 연암은 말했다. 자연에 대한 깊은 이해와 존중

속에서 자연과 인간이 함께 공생하는 것이라고. 무자비한 난개발로 인하여 일어나는 크고 작은 사건과 사고, 장마철 태풍으로 삶의 터전을 잃은 사람들을 보면 참으로 안타깝다.

TV에서 기후 온난화로 빙하가 녹아내리는 것을 보면서 가슴이 철렁했다.

해수면이 높아지면서 물에 잠기는 섬나라가 많이 생긴다. 사람들이 다른 나라로 이주하고 지구는 갈수록 뜨거워진다. 갑자기 마른 나무에 불이 붙고, 세계 곳곳이 물난리로 마을이 흔적도 없이 쓸려내려 간다.

아직 늦지 않았다. 지구가 아프다는 소리에 귀를 기울이자. 가능하면 일회용품을 줄이고 텀블러를 사용하며, 아이들이 살기 좋은 세상을 만들기 위해 우리 모두 노력해야겠다.

시인, 컬럼니스트, 한국문인협회 회원, 강동문인협회 사무국장,
시집 : 『그림자 놀이』

소중한 인연에서 시작된 나의 꿈

고문수

1965년 공업고등학교 3학년 때였다. 형제자매들이 촘촘한 나는 진학반을 선택했다. 부산 동래구 부곡동에 소재한 부산 자동차 부품 생산업체의 요청으로 나와 같은 반 친구 2명이 현장실습을 나갔다.

실업고등학교는 3학년 2학기부터 업체의 요청이 있으면 현장실습으로 학교 공부를 대신했다. 자동차 부품인 액슬샤프트, 샥클핀 등을 생산하고 있는 업체였다. 나는 검사과에 배치되어 부품의 도면을 그리는 일을 담당했다. 소위 순정부품이라 하여 외제 차량에 처음부터 부착된 부품을 회사가 입수하여 검사과로 넘긴다.

나는 그 제품의 각 부위별 치수와 경도 등을 스케치하여 도면화했다. 그리고 액슬샤프트를 베트남, 필리핀 등에 수출했다. 제품을 선적하기 전에 반드시 거쳐야하는 것이 있었다. 즉 지정기관에서 검사를 받고 합격했다는 검사필증을 첨부해야 수출통관이 되었다.

수출품 검사를 받던 어느 날이었다. 서울 모 기관에서 온 분이 수출제품의 검사기준 (치수, 경도, 끼워 맞춤 양호 여부 등)에 따라 세밀하게 검사했다. 이후 그러한 일이 두어 차례 더 있었다. 나는 회사의 지시를 받아 성실하게 대응했다. 그 후 그와 인연이 되었다.

서울로 올라와 자신과 일해 볼 생각 있느냐며 회사명이 적힌 연락처를 내게 주었다.

해가 바뀌어 졸업할 때쯤 친구들은 한국전력, 제일제당, 조선방직 등에 취업했다고 했다. 또 진학반을 택한 일부 친구들은 대학에 입학했다는 소식이 들려오곤 했다. '그래 서울에 가서 직장도 다니고 잘되면 대학도 갈 수 있을 거야'라고 생각했다.

회사의 홍oo 공장장께 전후 사정을 말씀드렸다. 회사 대표에게도 내 의지가 전달된 것 같았다. 공장장이 내게 말하길 회사 사장도 아직 어린 나를 떠나보내기는 아쉽지만, 쾌히 허락했다며 응원해 주었다. 회사를 떠나던 날 공장장은 격려의 말씀과 함께 당신과 사장의 뜻이라며 메모지 한 장을 내 손에 꼭 쥐여 주었다. 나중에 열어보니 "눈은 대국에, 손은 세부에, 발은 중심에- 성공하길 바란다."라고 적혀 있었다.

그런 과정을 거쳐 나는 1966년 4월 16일, 평생직장이 된 한국자동차공업협동조합에 입사했다. 고등학교를 갓 졸업한 20살 풋내기였다. 서울 명보극장 인근 건물이었다. 1층은 상점, 2층은 사진관, 3층부터 5층까지 조합이 사용했다. 나는 5층 검사과에 배속되었다. 조합 내의 부설기관으로 상공부에서 인가를 받은 '한국자동차부품수출검사소'였다.

5·16 군사정변 이후 1963년 말에 제3공화국이 출범하면서 "수

출만이 살길이다."라는 일념으로 정부는 수출 증대에 박차를 가했다. 1962년도에 주요 수출 품목은 쌀, 김, 텅스텐, 석탄 등 1차 산업 품목이었다. 1963년에 들어와 철강재, 합판, 면포 등 공산품으로 넓혀 나갔다.

1964년도에 우리나라는 수출 1억 불을 달성했다. 이와 함께 정부에서는 품질이 우수한 제품을 수출하여 대외 성과를 올려보자는 취지로 1965년부터 '공산품 수출 검사법'을 시행했다. 예를 들면 외국에 수출하는 자동차 부분품을 내가 근무하는 조합의 검사소에서 검사토록 했다. 검사 후 검사 합격증이 첨부되어야 수출통관을 할 수 있었다. 이 업무를 담당할 직원으로 내가 채용된 셈이다. 부산에서 귀한 인연으로 만났던 분이 바로 검사과장이었다. 지금까지 본인 혼자 업무를 처리했다.

검사과장과 나는 업체에서 검사 신청이 들어오면 현장에 나가서 엄격하고 공정하게 부품 검사를 했다. 자칫 검사가 잘못되면 해외 바이어로부터 클레임을 받을 수 있기 때문이었다. 당시에는 엔진 부품인 피스톤, 피스톤링, 실린더 라이너 등을 수출하는 업체가 3~4개 되었다.

수출 품목이 서로 중복되어 경쟁이 치열했다. 시장에서 수요가 있는 품목을 선택하여 생산하다 보니 과당경쟁을 피할 수 없었다. 검사한 업체의 실정이나 내용을 다른 동업자에게 절대로 얘기하지 말 것, 오해받을 만한 언행이나 행동을 하지 말 것 등을 철칙으로 했다. 나의 눈은 미래를 향해, 손은 제품을 검사할 때 공명정대하게, 검사기준에 오해가 생기지 않도록 발은 항상 중심에 두었다. 몇 년 후 다른 업무를 부여 받았을 때도 이러한 원칙을 반드시 지켰다.

내가 부산에서 잠깐 실습생으로 근무했던 신신기계공업사는 자동차조합의 회원 업체였다. 강이준 사장은 조합의 부산·경남지부장도 맡고 있었다. 마침 강이준 사장의 장남이자 외동아들인 강태룡이 같은 해에 서울로 상경하여 대학에 진학했다. 나이도 동년배이니 객지에서 함께 잘 지내라면서 강이준 사장이 당신의 아들을 소개해 주었다. 그는 나보다 한 살 위였지만 고등학교 졸업 연도가 같아 그야말로 허물없이 가까이 지냈다.

각자 학교 시간이 끝나고 회사의 근무 시간이 끝나면 저녁에 가끔 만나 술잔을 기울였다. 어떤 때는 사무실에서 삶에 대한 얘기, 미래의 꿈 등 이 얘기 저 얘기 나누느라 시간 가는 줄도 몰랐다. 혈기 왕성한 시기인지라 팔씨름을 하거나 허리를 잡고 씨름을 하며 누가 이기나를 가름하기도 했다. 강태룡은 아버지가 물려준 회사를 수성을 뛰어 넘어 연간 1조 원 정도 매출하는 CTR 그룹을 경영하는 회장으로 있다. 지금도 그때처럼 우정을 나누고 있다.

태어나서 처음 서울로 상경하여 첫발을 내딛던 현 직장에서 말단 사원으로 출발하여 상근책임자인 전무이사까지 56년째 장기(?)근무하고 있다. 항상 마음속에는 고등학교 때 현장실습을 했던 회사의 사장님께 누를 끼치는 언행이 있어서는 안 된다는 철칙을 가지고 살아왔다. 이러한 신념으로 열과 성을 다해 업무에 임한 것이 결과적으로 나 자신을 위한 보람으로 남았다.

한편으로 근무 시간이 끝나면 야간대학이라도 다녀야겠다는 결심을 하고 일 년 후에 대학에 입학해 주경야독했다.

"눈은 대국에, 손은 세부에, 발은 중심에- 성공하길 바란다."는 메시지는 새로운 도전을 앞둔 내게 최고의 격려였고, 불안한 미래를 위한 최상의 위로였다.

한국자동차산업 협동조합 전무,
자동차산업협회 부회장

시와 음악, 그리고 친구

노인숙

사는 동안 힘들 때마다 시와 음악과 친구가 나를 위로해 주었다.

어느 날 갑자기 작은아들이 호주에 간다고 했다. 아들 둘을 키우면서 제일 오래 떨어져 있던 때가 군대 보냈을 때이다. 결혼 전까지는 부모와 함께 있어야 한다는 고정관념이 있는 나는 먼 나라로 보낸다는 생각조차 못 했는데, 아들은 다른 세상을 꿈꾸고 있었다. 엉겁결에 호주로 보내고서 허전함을 달랠 길 없어 힘들 때 마침 시작된 시 쓰기 수업은 내게 큰 위로를 주었다.

아들이 보고 싶어 그저 멍하니 하늘만 쳐다보며 그리울 때마다 시로 쓰면서 아들에 대한 걱정과 불안, 초조함은 서서히 사라지고 오히려 지나온 행복한 추억들이 큰 위로를 주었다. 그렇게 시작한 시 창작 배움으로 나는 한국예총 '예술세계'로 시 부문 신인상을 받았다.

2021년 2월 역시, 친정어머니를 하늘나라로 보내드린 평생 한 번도 겪지 못했던 깊은 슬픔에 빠졌다. 당시 코로나19 때문에 병문안이 차단되었고 어머니를 자주 뵙지 못했던 죄책감으로 시달렸다. 시름의 수렁에 빠져 허우적댈수록 더 깊은 늪 속으로 빠져들었다.

아침에 눈을 뜬다는 것, 밥을 먹는 것, 걷는 것조차 외면하고 싶었다. 하루하루가 힘든 나에게 작은 새소리가 마음을 두드렸다. 어두운 동굴에 웅크려있는 나에게 멀리서 들리는 종소리처럼 힘내야 한다고, 일어나야 한다고, 다시 함께 가야 한다고 마음을 울려 주었다. 그것이 바로 '다온오케스트라'이다.

오케스트라 연습 시간에 울리는 선율은 슬픔에 잠겨있던 세포와 신경 하나하나를 만져주기 시작하였다. 한 주에 두어 시간 악기 연주로 들리는 음악 선율은 점점 나에게 깊은 위로를 주었다.

'다온오케스트라'는 내가 만든 단체 다온작은도서관에서 활동하고 있는 클래식 나눔 연주 봉사단이다. 초등학생부터 시니어 연령 아마추어 단원들은 지역 주민들에게 음악으로 힐링과 행복을 나누고 싶은 마음으로 뭉쳤고, 지금까지 우리의 연주를 듣고 싶어 하는 곳이면 어디든지 달려가 연주하고 있다.

올해 10월엔 장기화된 코로나에 이웃이자 우리 모두의 엄마 아빠의 생업에 피해를 받으신 소상공인을 위해 음악으로 위로와 힐링 위한 제5회 다온오케스트라 콘서트 '가을힐링여행'으로 성남아트센터 콘서트홀에서 공연하는 뜻깊은 시간을 가졌다. 나는 첼로 파트 단원으로 매주 일요일, 공휴일, 평일 등 모여 연습하면서 나 자신부터 힐링이 되었고 모두에게 행복을 주는 시간이 되었다.

나에게 세 번째 위로가 된 것은 친구이다. 전 세계적으로 불어닥친 코로나19는 도서관 운영에 치명적인 영향을 주었다. 사립 작은도서관은 후원으로만 운영되는 마을 사랑방이다. 그런데 코로나19

로 아무도 오지 않는 텅 빈 공간이 되어버리자 30년 된 작은도서관도 문을 닫았다는 안타까운 소식마저 들려오니, 마치 침몰하는 배처럼 더 이상 버텨 낼 수 없어 앞길이 막막하기만 했을 때였다.

하루는 가까운 일자산으로 산책을 하자고 도서관 운영진에게서 연락이 왔다. 우리는 그저 아무 말 없이 조용히 각자 걷기 시작했다. 앞서거니 뒤서거니 묵묵히 걸으면서 힘든 시간을 같이 걸음으로 함께 해주고 있었다. 평소였다면 두런두런 수다 꽃피웠을 텐데 도서관에서 맺어진 이웃이자 친구가 된 박천숙, 송지나, 전진희 도서관 운영위원 세 분과 함께 말없이 걸었고, 말없이 올라갔고 옆에 있어 주었다. 일자산 정상에 올라가 신선한 바람과 산의 기운, 그리고 친구의 기운이 오고 갔다. 내려오는 길에 먹었던 보리밥과 고등어구이는 오랜만에 입맛을 되찾게 해 주었다.

우리 도서관 단골손님인 서윤이와 서후는 6살과 8살 남매이다. 5년 전 작은도서관을 개관하고 얼마 지나지 않았을 때 엄마와 도서관을 오가던 아이들인데 지금은 꼬마 사서로 활동할 정도로 훌쩍 컸다. 평소처럼 아빠와 남매가 도서관에 들렀다. 서윤이가 나를 보자 작은 손에 꼬깃꼬깃 쥐고 있던 쪽지와 사탕 한 개를 슬며시 데스크에 올려놓으며 수줍은 듯 미소를 띠었다. 오빠 서후도 머뭇거리다 나지막한 소리로 "관장님~~~ 힘내세요."라고 말해주는 것이 아닌가. 마치 작은 새가 위로의 씨앗을 마음에 심어 주고 날아가 버린 것처럼 어린아이가 주는 진심 어린 위로가 이렇게 내 심장을 펌프질하다니 눈물이 왈칵 쏟아졌다.

길동 좁은 골목의 다온작은도서관은 결코 나 혼자가 아니었다. 3세 어린아이부터 80세 어르신까지 모두가 이웃이고 친구가 되어 서로 위로하고 어려움을 나누고 있었다는 것을 그때서야 깨달았다.

이렇듯 지금의 내 삶에 위로가 되어 준 것은 시와 다온오케스트라와 도서관 친구다. 그래서 오늘도 열심히 지역 주민들을 위해 봉사하는 삶을 살아가고 있다.

한국예총 〈예술세계〉 시 부문 신인상,
다온작은도서관 대표

제4부

잊을 수 없는 위로

아직은 살만한 세상이야

유현숙

장맛비 그친 후 햇살 따갑던 칠월 어느 날, 한 통의 전화를 받았다. 둘도 없는 친구 명희가 쓰러져 경희대 병원 응급실에 있다고 했다. 코로나 변이 바이러스 재유행으로 인해 당장 달려갈 수도 없으니 온종일 일손이 잡히지 않았다. 지난 세월 명희가 어떻게 살았는지 잘 알고 있기에 진흙 수렁 속에서 견뎌내 온 명희의 삶이 주마등처럼 스쳤다.

서른한 살 꽃 같은 젊은 나이에 여덟 살 아들을 두고 명희 남편은 암 투병 끝에 재산 한 푼 남기지 않고 세상을 떠났다. 남편을 잃고 이른 새벽 강가를 찾아 죽으려고 할 때 우연히 나에게 발견되어 애를 위해서라도 조금만 참으라고 위로해 주었었다. 오갈 데 없는 명희는 어린 아들을 데리고 시골로 내려가 친정살이를 해야만 했다. 그 당시 친정 부모는 매운탕 집을 운영하고 있었는데 장사가 잘되어 찾는 사람이 많았다. 이른 아침부터 밤늦게까지 좁은 주방에 서서 살아있는 생선 대가리를 자르고, 비린내 나는 내장을 빼내고, 생선 비늘을 긁으며 죽도록 일만 했다.

자신은 돌볼 겨를 없이 오직 아들만 생각하면서 살았다. 그 흔한 꽃구경 한번 안 다니고 오로지 비린내 나는 주방에서 일만 하면서 아주 가끔 마을 사람들과 어울리는 게 고작이었다. 젊음이 아까워 재혼하라고 남자를 소개해 주었지만 거절하면서 주변 식구들을 위해 희생한 온순하고 착한 명희다. 넷째딸로 태어나 구박덩어리로 자란 어린 시절, 아버지는 외도해서 낳아온 배 다른 오빠만 챙겼다고 한다.

그 당시 홍수로 잠긴 풍납동에서 명희가 사는 마을로 이사를 한 나 역시 지나고 보면 가장 힘든 시기였다. 명희가 일하던 주방에서 일손이 부족하면 가끔 도와주다 보니 서로 속내를 털어가면서 남달리 친해지기 시작했다. 그러던 어느 날 98세인 명희 엄마마저 치매 판정을 받았다. 엄마를 돌보며 식당 일을 하는 게 안쓰러워서 당장 요양병원으로 엄마를 모시라고 했지만, 오빠나 언니, 동생이 허락하지 않았다. 결국 혼자서 전전긍긍 엄마의 대소변을 받아내면서 밤낮으로 애쓰다 명희마저 쓰러진 것이다. 늦은 밤까지 일을 마치고 열이 올라 약을 먹었는데도 밤새도록 토하고 고생하다가 아침에서야 발견되어 119에 실려 갔다고 한다.

며칠 지나 차츰 의식이 돌아오면서 명희와 통화할 수 있었다. 쓰러지고 나서야 명희는 남편 없이 아들 하나 잘 키우고 싶어 친정살이로 휴가 한번 없이 일만 한 자신이 너무 서럽다며 펑펑 울었다. 차라리 이대로 죽어버리고 싶다는 명희는 건강을 잃고서야 자신을 돌아보기 시작한 것이다. 명희의 이야기기를 들으면서 나도 덩달아 억장이 무너지고 아파서 무슨 말인가 위로해 주고 싶었다. 그러나 무슨 말을 해야 위로가 될까 도무지 떠오르지 않아 그저 들어주기만 했다.

　30년 전에 친정 올케언니가 세 살짜리 어린 조카를 두고 암으로 세상을 떠나면서 어린 조카와 친정집 많은 식구를 거느리고 장사를 하였단다. 그러다 이제 명희는 자신마저 쓰러졌으니 앞으로 어떻게 살아가야 할지 막막하다면서 병상에 누워서도 감당하기 힘든 현실을 붙잡고 있었다. 명희가 쓰러지고 나서야 친정엄마를 요양병원으로 모셨지만, 여전히 친정엄마는 오직 명희만을 찾는다 한다.

　"명희야, 힘내자. 나도 너만큼 힘들게 살았어. 그래도 지금 이렇게 잘살고 있잖아."

　며칠 전에 명희를 만났더니 그동안 재활치료를 받고 여전히 마른 한 살 장가 못 간 아들을 위해 더 열심히 살아야 한다며 환하게 웃었다. 아직도 어지러워 비틀대는 불안한 걸음걸이, 키마저 작고 왜소하여 더 안쓰러워 보이는 명희에게는 그저 무슨 말이든 위로가 되어 줄 말을 하고 싶은데 마음뿐이다.

　가끔은 그런 생각이 든다. '신은 왜 누구에게나 공평한 사랑을 주지 않는 것일까?' 불행의 끝은 어디인지 모르지만, 아들이 장가를 가 예쁜 손주를 안겨 준다면 더할 나위 없는 여생을 보내지 않을까.

　"이 또한 지나갈 거야. 그래도 우리에겐 아직은 살 만한 세상이 남아 있잖아. 명희야, 함께 힘내자. 그리고 사랑해."

새마을 독서경진대회 수필 우수상. 서울시장, 강동구청장 표창

아픈 손가락

한 상 림

어머니에겐 내가 아픈 손가락이라는 걸 최근에 알았다. 오 남매의 맏딸로 태어나 일찍 철이 든 탓인지 어머니를 향한 나의 애정은 남달랐다. 초등학교 때부터 잦은 병치레하는 어머니를 보면서 '엄마가 없는 세상'은 상상도 할 수 없었다. 행여 돌아가실까 봐 불안감에 그저 말 잘 듣는 딸, 공부 잘하는 우등생, 동생들 돌보면서 알뜰살뜰 책임감 강한 딸로 성장했다. 그런데 어머니는 왜 그런 나를 당신의 가장 아픈 손가락으로 생각하는지 의아했다.

지난 설에 어머니는 당신 목걸이를 내게 주면서 목에 걸어보라고 하였다. 어머니가 아끼던 목걸이를 나에게 주려 하니 우선 메달만 간직하겠다면서 받아왔다. 그런데 추석날 친정집에 가자마자 새로 리모델링한 목걸이 줄을 다시 내밀었다.

"엄마, 당장 목이 허전하니 줄은 그냥 갖고 계시고 메달만 간직할게요. 나중에 어머니 돌아가시고 나면 그때 제가 가져가도 돼요," 하고 말하였다. 그런데 알고 보니 이미 팔찌를 쓰리꾼에게 도난당하여서 목걸이마저 잃을까 봐 미리 주시려는 거였다. 목걸이와 팔찌를 세트로 큰마음 먹고 맞추어서 나에게 주려고 한 것인데 팔찌를 도난당하고 나서 얼마나 마음고생이 컸을까? 임플란트 수술을 하고 마취가 덜 깬 상태에서 시내버스를 타고 오는데, 어떤 남자 둘이서 번갈아 쳐다보더란다. 갑자기 팔찌가 손목에서 스르르 풀려나가는 걸 느끼면서도 비몽사몽 집에 와서야 팔찌가 사라졌다는 것을 알았으니 참으로 어처구니없는 일이다.

여든여섯 노모는 창고에 보관해 둔 스테인리스 그릇 몇 개와 김치통도 꺼내 주었다. 당장 필요한 것은 아니지만 어머니가 챙겨 준 그릇들을 가져다 몇 개는 꺼내서 쓰고 나머지는 창고에 넣어 두었다. 먼 훗날 이 그릇을 보면서 어머니를 그리워하게 될 거라는 생각을 하면 벌써 눈물이 난다. 어머니는 말씀하셨다. "너는 내게 늘 아픈 손가락이야. 너 학교 다닐 때 학비도 제대로 대주지 못하고 고생만 시킨 데다가 시집갈 때 제대로 해 준 게 없으니 늘 미안한 마음이야."

어머니는 자식에게 끝없는 사랑을 베풀고도 여전히 당신을 빚쟁이로 생각한다는 걸 그때야 깨달았다. 옛말에 자식은 전생에 빚쟁이였다는 말이 맞는 걸까? 가난한 살림에 말단 공무원인 아버지 월급으로 일곱 식구 생계가 어려워 화장품 외판원과 삯바느질까지 고생한 어머니를 생각하면 늘 안쓰러웠다. 어머니는 오래전에 신장 이식과 심장 수술로 죽을 고비를 여러 번 넘기면서 여든 중반을 넘어가는 것이 기적이다. 그런 어머니를 바라보면서 어릴 때나 지금이나 단 한 번도 작은 투정이나 원망 혹은 무엇을 해 달라고 졸라본 적이 없었다.

고입 시험을 앞둔 중3 때 학교에서는 전 과목 문제집 풀이로 숙제를 내주었다. 당시 문제집 1권이 300원이었던 걸로 기억한다. 하루 왕복 시외버스비가 30원이니 100원을 받아서 3일 교통비를 하고 남은 10원을 모아서 다시 교통비에 보탰다. 3년 내내 단돈 10원도 군것질도 하지 않고 이십 리 길을 하루 2시간 이상 통학을 하였다. 문제집 살 돈 300원이면 1주일 교통비가 되니 그 돈이 아까워 틈나는 대로 쉬는 시간에 친구들 문제집을 빌려 베껴가면서 검사를 받았다. 어찌 보면 참으로 억척스럽기도 하고, 너무 일찍 철이 든 소녀였다. 왜냐하면 그 당시 아버지가 계약직으로 3년 동안 다니던 우체국에서 직장을 잃고 공무원 시험공부를 하던 공백기였기 때문이다. 몇 마지기 안 되는 논농사로는 7식구 끼니를 잇기 힘든 상황이라 어머니는 고구마를 삶아서 머리에 이고 논산 장날 가판에 펼치고 앉아 팔아서 생활비를 보태셨다.

중3 여름방학, 학교에서 보충수업을 하던 어느 날 말라리아모기에 물려서 생기는 학질이라는 병에 걸렸다. 하루는 열이 몹시 나고 하루는 말짱하여서 '하루걸이'라 하였다. 한여름에 솜이불을 뒤집어쓰고 떨면서 갈증이 너무 심해 남의 집 밭일 나간 엄마에게 하얀 설탕이 먹고 싶다고 하였다. 설탕이 워낙 귀했던 시절이라 병원에 가는 건 꿈도 못 꾸고 그저 앓아누웠을 때, 하얀 설탕물만 마시면 살 거 같았다.

학교에 가지 못하고 누워 있는데, 반장과 몇몇 친구들이 1천 원과 편지 봉투에 모은 쌀 한 말을 들고 왔다. 아마도 최초로 내가 학우들에게 불우이웃돕기 대상이 된 것이다. 당시 담임 선생님은 일기 검사를 하였는데, 내 일기장에 쓴 글을 보고서 성금과 쌀을 모금하여 전달한 듯하다. 어쩌면 그것이 내가 봉사활동을 하게 된 미미한 씨앗이었고, 문학의 길로 들어선 계기가 되었다.

여고 때 밤늦게 시내버스 정류장에 추운 겨울 떨고 있던 남루한 한 남자 거지를 보았다. 아직도 그 남자의 불안한 눈빛과 추위에 떨고 있던 모습이 선명하게 떠오른다. 그날 나는 다짐을 하였다. 어려운 사람들을 위해서 봉사하는 삶을 살겠다고. 그 다짐 이후 22년 동안 그늘진 사람들에게 수없이 다양한 봉사활동을 하면서 살고 있다.

사회봉사로 '대통령 훈장'과 '구민대상區民大賞'의 영광까지 차지하고 웬만한 상은 탈 만큼 탔기에 어머니에게나 가족에게 자랑스럽게 생각하면서 조금은 덜 미안해진다. 물론 상이 목적은 절대 아니었지만…. 이렇게 열심히 사는 내가 어머니에게 아픈 손가락으로 마음의 짐을 지어드렸다는 건 상상도 못 한 일이다. 12년 동안은 매일 내 몸 관리는 뒷전으로 눈만 뜨면 봉사 현장으로 뛰어다녔다. 오히려 주변 사람이 내 건강을 염려해 주면서 몸부터 챙기라는 충고를 수도 없이 들었다.

그러던 어느 날 갑자기 닥쳐온 불행은 정말 어처구니없는 고질병으로 여전히 나를 괴롭히고 있다. '무혈성괴사'라는 고관절 통증으로 오랜 시간 서 있거나 걷지를 못한다. 자주 다리를 절고 빨리 걷지 못하는 나를 볼 때마다 안타까워 속상해하였다. 처음엔 마치 날 개가 찢겨 진 듯한 처절한 고통으로 울부짖으면서 하느님을 원망하기도 했다. 그러나 이 또한 내 운명이고 내가 받아들여야 인생의 일부분이라고 생각하니 오히려 지금은 감사하는 마음이 더 크다.

마약 진통제를 먹으면서 봉사 현장에서 뛰던 때가 엊그제인데 신기하게도 5년째 더 이상 진행되지 않고 그대로라며 기적 같은 일이라고 의사가 말했다. 정말로 나에게도 기적이 생긴 걸까? 양쪽 고관절 괴사가 온 상태인데도 더 이상 나빠지지 않는다는 것이 신기하다. 물론 저절로 나아질 병도 아니지만, 더 이상 진행이 안 된다면 이대로 살 수도 있고 또한 언제 인공관절을 심어야 할는지 모른다고 하였다.

요즘은 이채윤 작가님의 권유로 '미얀마 청소년 글쓰기' 수업에 동참하게 되어서 얼마나 기쁜지 모른다. 줌으로 하는 수업이지만, 그 똘망똘망한 청소년들의 눈빛을 화면으로 보면서 오히려 에너지를 얻고 있다. 또한 6호 처분을 받은 청소년 아이들에게 한 달에 한 번씩 멀리 양주까지 운전하고 달려가서 내 손으로 맛있는 한 끼 점심 식사를 손수 만들어 주고 있다. 온종일 서서 음식을 만들어 아이들과 이야기도 몇 마디 주고받으면서 맛있게 먹는 모습만 봐도 보람을 느낀다. 그렇게 하루를 보내고 나면 다음 날까지 회복이 안 되어서 아픈 다리의 통증은 여전하다. 이런 내 모습을 지켜보는 어머니에게 나는 아픈 손가락이겠지만, 어머니의 자랑스러운 딸이라고 생각한다.

별똥별처럼 잠시 빛으로 사라지는 삶이 인생이다. 그 유성우의 짧은 빛으로도 여운은 길게 남을 수 있으니 그 빛이야말로 바로 봉사하는 사람의 따뜻한 마음이 아닐까? 훗날 어머니 떠나고 나면 지금의 아픈 손가락 사랑이 너무 아픈 사랑으로 남지 않기를 바란다. 그래서 어머니가 주신 금목걸이를 '위로' 삼아 항상 목에 걸고 있다. 금빛처럼 영원히 변하지 않는 어머니의 사랑이 내겐 가장 큰 위로이며 오래오래 내 기억 속에서 반짝일 거다.

시인, 칼럼리스트, 예총 전문위원. 한국문인협회 회원,
대통령 훈장, 칼럼집『섬으로 사는 사람들』, 시집『종이 물고기』외 다수

악기 예능과 일상의 위로

김 명 재

올해 모처럼 안식년을 맞아 여유로운 시간을 가질 기회를 얻었다. 연구 년에는 외국 대학에서 새로운 지식을 습득하기 위한 재충전의 시간을 갖는 등의 활동을 하는 것이 일반적이다. 그러나 범세계적인 코로나·오미크론의 펜데믹이 온전히 가시지 않는 상황에서 외국으로 가서 1년 이상을 체류하는 여정이 그렇게 내키지 않아, 국내에 머물며 다소 얽매이지 않는 자유로운 생활에 젖어 보기로 하였다.

마침 시골 고향에 거처를 할 수 있는 잘 차려진 주거 공간이 있어 번잡한 도심을 떠나 안착을 하며 새로운 일상의 모멘텀을 찾으려 하고 있는 사이, 주민자치센터에서 다양한 문화 활동을 수행하는 프로그램을 접하게 되었다. 이를 계기로 평소 관심이 있었던 기타 교실에 등록을 하여 새로운 배움의 길을 걷게 되었다. 그동안 다소 동적인 승마와 정적인 서예 등의 취미를 가지며 나름대로 스트레스 해소를 해 왔으나 악기는 전혀 다룰 줄 모르는 문외한이었다.

사실 나름대로 노래를 좋아하고 잘 부른다고 자부해 왔다. 그러나 그것은 음악에 대한 기초적인 지식 없이 무지의 착각 속 혼자만의 주관적인 판단일 뿐, 노래방 기계가 대신한 결과임을 기타 교실을 통해서 자각하게 되었다. 나에게 악기 하나의 능숙한 연주는 버 킷 리스트 중의 하나였으나 차일피일 바쁘고 황망한 일상에서 제 대로 행동에 옮길 수 없었던 아쉬움이 있었다. 학창시절 해변에서 또는 캠핑, 야유회, MT 활동 등에서 모닥불을 피우고 기타를 치며 흥겹게 노래하고 밤을 지새우는 모습은 생각만 해도 무척 낭만적 이다.

기타는 세부적으로 여러 종류가 있으나 크게 통기타와 일렉트릭, 두 범주로 구분된다. 손으로 줄을 튕겨서 내는 발현악기의 일종으 로 보통 6줄로 구성되어 있으며 핑거보드에는 한 음마다 금속 플렛 이 있는 악기이다. 기타는 화려하지도 않으면서 친숙한 멜로디와 어쿠스틱한 감성의 추억을 돋게 만드는 아련한 느낌의 가사들이 어 우러져 일상의 건조한 우리의 정신세계를 축촉하게 적셔준다. 악기 와 함께하는 음악 예능은 인간의 다양한 잠재력 향상에 지대한 영 향을 미친다는 사실은 잘 알려져 있다.

미국의 버클리 대학 심리학 연구소에서 세계적으로 성공한 사람 들 중 600여 명을 엄선하여 5가지 공통점을 연구한 바에 따르면 ' 창의적인 사고'와 함께 '살아있는 감수성'이 그중 하나로 채택되었 다. 그 외에도 여러 사회의 연구기관이나 저서를 통해서 인간이 건 전한 사회생활을 유지하고 조직에 잘 적응하며 성공하는 인생을 엮 어가기 위해 필요한 공통적인 요인들이 있다. 그것이 바로 '자기표 현 능력', '공감 능력', '문제해결 능력', '사회성', '집중력', '끈기와 인내심', '리더십' 등이라고 결론짓고 있다. 악기를 다루는 음악 예능은 이러한 요인 함양에 매우 긍정적인 것으로 평가되고 있어 선진국일수록 조기교육에 필수로 자리 잡고 있다.

사실 악기를 능숙하게 다룬다는 것은 여간 힘든 일이 아니다. 더욱이 온몸의 유연성과 탄력이 거의 사라진 60이 넘은 나이에 악기를 접한다는 용기만 하더라도 가상하다고 할 것이다. 모든 악기가 다 그러하겠지만 기타는 특히 손가락과 손목 등의 놀림이 자유로워야 한다. 악보를 보고 다양한 형식의 멜로디와 박자를 맞추어 나가는 것이 여간 어려운 일이 아니므로 지속적인 끈기와 인내심, 그리고 부지런한 반복 학습이 필요하다. 그래도 기술과 카리스마 넘치는 훌륭한 선생님을 만나 무척 다행스럽고 행복하다.

기타 교실에는 13명 정도의 멤버가 있으며 지난 추석 무렵 가을 행사로 개최된 해당 지역의 '면단위 주민센터'의 축제를 계기로 '플렉스Flexa'라는 팀명을 붙여 열심히 연습을 하고 공연에 참가하게 되었다.

멤버 중에는 50~70대 초반까지 다양한 연령으로 구성되어 있으나 연령이 높을수록 더 적극적이고 열성적이다. 60대 중반의 선생님은 오랫동안 기타리스트로 활동하며 음악에 대한 공부를 해왔으므로 식견이 대단하며 나와 같은 초보가 보기엔 핑거보드에서 움직이는 손가락이 거의 신의 경지에 이른 듯 거침없이 현란하다. 가르치는 열정과 에너지도 넘쳐 학생들의 주의를 어느덧 장악해 버린다. 특히 공연을 며칠 앞두고서는 공휴일에도 학생들을 집합시켜 연습을 시키고 연령에 관계없이 고함을 지르며 자신의 페이스로 업그레이드시키려 노력하였다.

팀이 구성되어 노래를 부르며 악기를 다룬다는 것은 대단히 어렵다. 우선 개인적인 캐릭터보다는 하모니가 중요하다. 여성과 남성의 목소리가 잘 가미된 조화로운 음색을 맞추어 반주곡에서 나오는 박자와 일치시키며 노래 한 곡을 시작부터 끝까지 연주한다는 것이 얼마나 어려운 과정인가를 직접 체험해 보지 않으면 이해하기 어렵다. 처음엔 공연에 나갈 수 있는 수준과는 거리가 멀었으나 반복연습의 횟수가 많아질수록 하루가 다르게 팀의 하모니가 향상되었고, 모두가 단합된 마음으로 열심히 연습한 결과 마침내 공연 날이 다가오고 선택된 4곡의 노래를 무대에서 무사히 마무리할 수 있었다.

지난여름 무더위를 견디며 단 몇 개월의 시간 동안 기타 교실에서 익힌 학습으로 대중이 모인 무대 위에서 공연하기까지 팀원 개개인의 보이지 않는 열정적인 예습과 복습의 노력, 그리고 무엇보다 팀을 이끈 선생님의 훌륭한 리더십이 있었기에 가능했을 것이다. 나 역시 악보조차 볼 수 없었던 음악에 대한 무지한인지라 나름대로 열심히 연습하였다. 이제는 아침에 눈을 뜨면 제일 먼저 기타를 만지며 감성적인 멜로디에 젖어 볼 정도로 친숙한 인생의 동반자가 되었다. 기타를 치다 보면 잊혀진 노래들의 가사와 멜로디도 새로운 의미로 와 닿으며 핑거판의 줄을 튕기는 순간마다 그 세기에 따라 다채로운 소리가 난다. 나름대로 박자와 가락, 음성 등을 갖가지 형식으로 결합하여 감정을 나타내는 청각적 예술로 마음을 정화시키고, 반주기를 틀어 리듬에 따라 몸을 흔들며 흥겨운 정신세계로 빠져들다 보면 하루의 시작이 즐겁다.

2년 6개월여의 시간이 지난 지금도 코로나·오미크론 등의 펜데믹이 일상의 주위를 맴돌고 있고 이로 인해 자유로운 사회적 활동의 제약에 따른 고독함과 외로움이 짙어지고 있음을 부인할 수 없다. 기타라는 훌륭한 악기를 접하고부터는 이와 같은 외부 환경에 다소 적지 않은 위로를 받는다. 사회적 친교 활동이 제한되더라도 끊임없이 새로움이 이어지는 6줄의 악기 예능이 시간의 무료함을 허락하지 않기 때문이다. 인간이 춤을 추고 노래를 부르는 것은 그가 느낀 감정, 즉 '파토스'를 재현하고 타인으로부터 그 감정이 전이되는 체험의 과정이라고 한다.

그리스인들은 인간이 무언가를 이루어 나가는 행위, 즉 '제작 행위'를 언어로 다룰 때 합리적인 절차를 거쳐 발현되는 기술인 '테크네'와 영적이고 감정적인 즉흥적인 요인으로부터 발생되는 창작, 즉 '포이에시스'로 나누었다. 노래나 악기 연주를 한다는 것은 인간의 끊임없는 포이에시스인 감성적인 창작활동이다. 좀 더 나은 음색이나 멜로디를 내기 위한 노력이 지속되기 때문이다. 음악은 정적인 측면과 동적인 측면이 잘 조화되어 있는 듯하다. 아름다운 멜로디를 만들어 내는 과정은 부단히 정적인 정신세계의 집중이 요구될 것이나, 가락을 타며 노래를 부르거나 몸을 흔드는 동작은 약간의 동적인 율동이 수반되어야 한다. 나의 감정을 얼마나 잘 표현할 수 있으며 그 감정이 상대에게 얼마나 잘 전달될 수 있느냐가 음악 예술의 포인트라 여겨진다.

장기간 이어지는 펜데믹과 그로부터 발현되는 생활의 무료함을 달랠 수 있는 방법은 많이 있을 것이다. 그러나 틀에 묶인 바쁜 일과에서 이러한 취미활동을 위한 시간과 공간적, 그리고 정신적 여유를 가지기란 쉽지 않다. 안식년을 맞아 새롭고 소중한 하모니로 일상의 무료함을 벗어날 수 있도록 함께하는 팀 멤버들에게 고마운 마음을 드리지 않을 수 없다.

국립목포해양대 교수 (대학원장 역임), 한강문학 수필문학 등단작가,
세계인명사전 마르퀴즈 후즈후 평생공로상 수상,
한국서예협회 전남지회 초대작가 외

어머니의 일생

한 헌

나의 아버지는 87세에 갑자기 돌아가셨다. 아침에 스스로 운전하고 병원에 가셨는데 신장투석을 받던 중 가슴 통증을 느끼고 응급처치로 관상 동맥 시술을 받아 회복되는 듯하였으나 심폐소생술 후 심근경색으로 돌아가셨다. 어머니는 마침 그날 아침 늦잠을 주무시어 아침 일찍 병원에 가시는 아버지의 배웅을 못하시어 아쉬웠는데 졸지에 돌아가시어 매우 황망하셨다.

어머니는 경기도 장단읍의 부유한 집에서 오빠 네 분과 남동생 하나 있는 외동딸로 많은 사랑을 받으며 행복한 어린 시절을 보내셨고, 개성여고를 기차로 통학하셨다.

그런데 6·25전쟁으로 고향 땅은 휴전선 비무장지대에 포함되고, 전쟁 후 집 잃은 가난한 실향민 가족의 처녀가 되어 평범한 직장인인 아버지를 만나 결혼하셨다.

전쟁 후 모든 국민이 가난하였고 우리 부모님도 매우 가난하셨다. 그런데 결혼 후 9년 동안 짧은 기간에 줄줄이 아들 다섯을 나아 많은 식구에 더 궁핍한 살림을 사셨다. 하지만 불행 중 다행으로 자식 농사를 크게 성공하셨다. 아들들이 특별한 재주는 없는데 공부는 잘해서 다행히 모두들 좋은 대학에 진학한 것이다.

아버지는 퇴직금이 좋다고 유명한 한국전력을 다니셨고 아들들이 다들 공부를 잘하니 희망이 있으셨다. 그래서 돈이 부족할 때마다 이웃이나 친지들에게 돈을 꾸러 다니시는 것이 어머니의 중요한 역할이었다.

자식들이 결혼 적령기가 되었을 때 아버지는 자식들은 모두 부부 맞벌이를 하여 빨리 살림을 키우라는 큰 뜻을 세우셨고 그 뜻을 모두 이루셨다. 그래서 며느리들은 치과의사 둘, 교사 둘, 그리고 약사 하나이다.

며느리들이 모두 직장에 다니는 것은 아버지가 원하는 일이었고, 아버지에게는 아무 문제가 없었으나 어머니에게는 문제가 생겼다. 시어머니의 부엌일을 면하게 해주는 전업주부 며느리가 없고 딸처럼 다정한 며느리도 없는 것이었다. 며느리들은 본인들의 남편과 자식들 잘 키우는 데에만 노력을 하였던 것이다. 그래서 어머니는 아들들을 잘 키워 결혼시키고 분가시켰으나 어머니의 고단한 삶은 변함이 없었다.

아버지와 어머니는 82세와 79세에 목동 신시가지 집에서 춘천 큰아들 집으로 옮기셨다. 춘천에서 새로운 환경도 탐색하시며 복지회관에 다니시는 등 나름 즐겁게 사셨는데 3년쯤 되어 비슷한 시기에 두 분 모두 질병을 얻으셨다. 아버지는 후두암과 신부전 진단을 받으셨고, 어머니는 뇌출혈과 뇌일혈이 생겼다.

아버지는 생애의 마지막 5년을 어머니의 조석을 준비하셔서 어머니에게 60년 빚을 갚으셨다. 아버지가 돌아가신 후 어머니는 5년째 간병인의 도움을 받으며 살고 계신다. 나는 큰아들이고 다가구주택의 5층에 살고 있고 어머니는 4층에 살고 계셔서 자주 찾아뵙는다.

어머니는 아버지 사진을 보시며 화를 많이 내셨다.
"왜 평생 동안 나에게 소리를 지르셨어요."

그렇다 아버지는 어머니에게 많이 화를 내셨던 것 같다. 많은 식구와 박봉의 살림에 답답하고 짜증도 많이 나셨으리라 생각된다. 어머니는 또 말씀하신다. "아들 다섯 중에 병석에 누워 있는 엄마 옆에 하룻밤 자고 가는 놈 없다"고.
그렇다 우리 형제들이 그렇게 다정다감하지는 않다. 어머니는 자식들과 손주들이 다 모이는 날이면 쭉 둘러보시고 안 보이는 자식이나 손주만 왜 안 왔느냐고 일일이 챙기신다. 그러면 나는 찾아온 자식과 손주들에게 먼저 "반갑다", "고맙다" 하라고 말씀드려도 잘 알아듣지 못하신다. 요즘은 자주 오던 조카딸들이 안 온다고 원망하신다. 그런데 조카딸들도 나이가 70대 후반이거나 80이 넘어 거동이 불편하다.

평생을 힘들게 사시고 자식들 잘 키우는 성과도 있었으나 남편이

나 자식들한테 대접도 잘 받지는 못하신 것 같다. 그래도 지금 아들들이 모두 제 앞가림은 해서 잘살고 있어 걱정하게 하는 자식은 없다. 어머니의 적잖은 간병비를 다섯 아들이 똑같이 나누어 부담하여 노인들이 공동생활하는 요양원이 아니라 큰아들 집에서 간병인 수발 받으시며 나름 편하게 지내시는 것이 고단한 어머니 일생에 작은 위로가 되지 않을까 기대해본다.

강원대학교 의과대학 명예교수, 강원대학교병원 영상의학과 교수
(전)강원도 속초의료원 원장

엄마 할아비, 아빠 할아비

여 민 영

내게는 할아비가 딱 둘이 있다. 엄마 할아비, 아빠 할아비.

엄마 할아비는 내가 19살이던 때에 돌아가셨고, 아빠 할아비는 22살의 나를 기억하지 못한다. 우리에게 주어진 삶이 무척 가혹하다고 생각했다. 날 기억하는 할아비는 이 땅에 없고 이 땅에 있는 할아비는 날 기억하지 못하니, 우리가 늙으면 죽거나 병든다는 것을 이런 식으로 이해하게 될 줄은 몰랐다.

나는 아빠 할아비가 내 이름을 헷갈려 하던 시절을 기억한다. 아빠 할아비는 매주 월요일마다 우리 집에서 저녁밥을 드셨다. 아빠 할아비는 젊을 적 교사였던 탓인지 나에게 가르치려는 요량으로 말씀하시곤 했는데, 할아비의 교훈어린 조언들이 어린 손녀에겐 불행히도 지루했으나 그 시간이 싫지는 않았다. 실은 그보다 내 이름을 보다 정확하게 기억해주길 바랐는데, 영 어려우신지 때때로 이름을 반대로 부르시곤 했다. (그래 그건 좀 섭섭했다.) 할아비는 날 특별히 아끼셨던 것 같지는 않았다. 그래도 괜찮았다, 나에게 주어진 사랑은 무척 충분하였으니.

엄마 할아비는 농부였다. 아니지, 농부가 아닌가? 실로 확고하게 말하기는 참 어려운 나의 엄마 할아비, 그는 텃밭을 일구면서 숙박업을 하셨다. 그는 나를 예뻐했다. 궁금한 것 많고 왈가닥인 내 손을 잡고 자주 등산 가시거나 텃밭의 생명들을 보여주셨다.

나는 엄마 할아비가 좋았다. 엄마 할아비는 개도 있고, 닭도 있고, 사과나무도 있고, 밤도 깔 줄 알고, 맛있는 산열매와 못 먹는 산열매를 구분할 줄 알고, 황소개구리도 잡을 줄 알고, 내가 가리킨 것이 어떤 것이든 설명해줄 수 있는 멋진 할아비였다. 나는 기억한다. 할아비가 내려놓는 화투 소리, 돌아가는 선풍기와 기어가는 산벌레.

나는 엄마 할아비를 잃었고, 아빠 할아비는 나를 잊었다. 내가 잃던지 나를 잊던지 두 선택지. 생겨 먹은 게 무척이지 처참하다.

엄마 할아비의 죽음은 너무나도 갑작스러웠다. 인간이 얼마나 무력한 존재인지를 이런 식으로 깨닫고 싶지는 않았는데, 갑작스러운 소식에 가슴이 내려앉았다. 민영이는 언제 커서 결혼하냐며 우스갯소리 하던 울 할아비가 내 결혼식은 못 가게 되었다.

중간고사 일주일 전, 나는 영어 단어장을 들고 엄마 할아비의 장례식을 치렀다. 까아만 장례식장에서 나는 할아비가 의식이 흐릿할 적 그의 귀에 속삭였던 말을 떠올렸다. '할아버지, 나 서울대 갈 거예요, 정말 곧 가요. 할아버지, 나는 전교 일등이에요.' 그리고 얼마 안 되어 할아비는 대답도 하지 않고 세상을 떠났다.

그래도 정말 서울대를 가는지 안 가는지 정도는 확인하고 가지, 뭐가 그리 급해서 그렇게 빨리 간 건지. 불같던 성미가 초행길마저 재촉하였는가. 나는 우는 엄마 옆에서 눈만 벌게진 체 단어를 외웠다. 퍽퍽했던 종이 질감에 몇 번이나 몸을 떨었는지….

엄마는 너무 많이 울었고, 그런 엄마를 보는 내 마음도 울었다. 엄마, 할아버지는 엄마가 울지 않았으면 좋겠대. 엄마, 엄마. 그만 울어. 그런 엄마를 위해 나는 곱게 간직하던 할아비와의 추억을 말해 주곤 했다. 기억은 감춰두면 눈물에 젖어 곪기만 하지, 꺼내 두고 말려야 추억으로 자리 잡는 법이다. 그녀는 그의 죽음을 잠자코 받아들이게 되었다. 말해두고 보니 그냥 슬픈 이야기다. 무척 슬픈 이야기.

나 어릴 적 아빠 할아비는 건강을 중요하게 생각하시던 분이었다. 건강 교실도 다니고 걷기 운동을 하시며 참 부지런히도 사셨다. 가끔 우하하하 웃으시며 '나는 행복해요' 송을 부르곤 했는데, 그럴 때마다 나는 엄마와 시선을 주고받으며 웃곤 했다. 할아비한텐 미안한 일이지만 솔직히 음정도 이상했고 노래 가사도 우스꽝스러웠다. 그런 할아비조차도 기억을 잃고 몸이 불편해지니, 사랑하는 모든 것들에 대해 자신이 없어졌다.

온전하고 소중하게 지켜내고 싶은 것들이 자꾸 망가지고 내 곁을 떠나갔다. 아빠 할아비가 자꾸자꾸 기억을 잃어갈수록 나는 겁이 나 자꾸자꾸 할아비와의 기억을 보존하려 했다. 월요일마다 주인이 생기던 우리 집 안마의자, 젊은 시절 학생들에게 앞만 보고 걷는다고 '아톰'이라 불렸던 그의 젊은 시절 이야기, 쿰쿰하지만 싫지는 않았던 할아비 냄새… 아직 두 분의 변화를 받아들이기에는 내가 너무 어리구나. 스스로가 못미더워 씁쓸하기까지 했다.

엊그젠가 집 정리를 했다. 정리 정돈에 워낙 소질이 없는지라 한 번 하면 이틀은 정리 정돈을 하는데 이번에도 역시 이곳저곳 끼워 두었던 물건들 탓에 골머리를 앓았다. 책장 사이에 박힌 전단지와 촌스러운 엽서, 애매하게 다 쓴 스티커 종이들을 신경질적으로 잡아당기다 얇은 종이봉투 하나가 내 무릎에 픽, 떨어졌다.

여민영 서울대 축, 합격을 축하합니다.
— 할아버지

순했던 우리 아빠 할아비, 참 좋았던 울 할아비, 인물 닮아 명필로도 적어두셨네. 나는 종이봉투가 떨어진 틈에서 아빠 할아비가 주신 용돈 봉투 8장을 찾아 두 손에 꼭 쥐었다. 글로 남은 할아비의 사랑. 내 평생 행복과 성공을 응원하는 그의 용돈 봉투. 이젠 받을 수 없지만 8장으로도 충분하여라. 정리 정돈에 소질 없는 성격 덕에 아직 틈 사이로 몇십 장 더 남아있을 테지, 날 잊은 할아비 대신, 내가 그 봉투를 발견할 때면 할아비와의 기억을 떠올려야겠다. 그렇게 다짐하는 하루였다.

후기: 원고 제출 하루 전, 친할아버지는 89세의 나이로 세상을 떠나셨습니다. 나의 두 번째 책을 우리 두 할아비께 바칩니다. 나를 사랑해주어 고마웠어요, 나도 많이 사랑합니다.

작고 단단하며, 옹골차면서도 똘똘해서 에너지가 있는 사람입니다.
무거운 생각을 하고 있을 때를 제외하면 싱글벙글 동그란 얼굴로
잘 웃고 있습니다.

여행은 최고의 위로

방 기 천

우리가 살아가면서 무심코 내뱉는 말이 누구에게는 상처가 되고 누구에게는 위로가 되고 때로는 인생의 전환점이 되는 큰 힘이 되기도 한다. 긍정의 최고는 칭찬이라 하고 스스로에게 칭찬이 제일 중요하다고 한다. 남에게 받는 칭찬 못지않게 스스로에 대한 위로와 칭찬은 자존감을 높이는 큰 힘이 되기도 한다.

혼자 떠나는 여행은 익숙한 일상에서 잠시 떠나 지친 삶을 환기시켜주는 스스로에 대한 위로라고 생각한다. 이 시간에도 지구상에는 수많은 자연과 수많은 사람들이 저마다의 사연을 가지며 존재하고 있다. 여행을 떠나기 전에는 의식하지 못했던 그 수많은 존재들이 여행을 통하여 하나씩 내 마음속에 자리하면서 언제나 꺼내 볼 수 있는 의미 있는 존재가 되고 삶을 풍요롭게 하기도 한다.

나는 혼자 여행은 특히 동남아시아 지역을 자주 다녀오곤 한다. 가깝기도 하고 물가가 비교적 저렴하기도 하고 열대 지역이라 자연이 달라서 새롭기도 하지만 또 다른 이유도 있다. 뜨거운 날씨, 복잡한 거리 등 때론 불편한 점도 있지만 매력적인 건 때 묻지 않은 순수함이 있고 느림의 미학이 있기 때문이기도 하다.

여행은 같은 시간대에 다른 공간을 찾아 떠나기도 하고 때론 다른 시간대를 찾아가기도 한다. 난 고대 역사나 유적지에 대한 호기심이 많고, 그 안에 담긴 이야기를 듣는 것을 좋아하는 편이다. 삶도 그렇고 여행도 아는 만큼 보인다고 한다. 특히 역사가 깊은 여행에서는 여행을 떠나기 전 사전 조사를 하거나 책이나 관련 영상을 통해 공부하고 가면 더 많은 것이 보인다.

코로나19로 여행길이 막히기 직전인 2020년 2월에 11일간의 일정으로 하노이에서 가까운 소도시를 다녀왔다. 혼자서 베트남 여행은 이번이 여섯 번째다. 골골골목을 돌아보고 현지인들의 삶을 들여다보면, 처음 만나는 모든 사물과 사람, 일상의 삶이 흥미롭고 예뻐 보인다.

이번 여행에서 특히 기억에 남는 곳으로 하노이에서 서북쪽 1시간 거리의 선떠이 서부에 있는 고옥촌 드엉럼 마을이 생각난다. 보통 민속촌의 경우에는 인위적으로 조성된 부분이 많지만 이 마을은 100년에서 400년 넘은 고대 가옥도 37채나 되고 실제로 사람들이 거주하고 있는 오래된 전통가옥이 가득한 유서 깊은 곳이다.

붉은 벽돌이 인상적인 전통 마을의 골목길은 사람이나 자전거가 돌아다닐 만한 좁은 길이 미로처럼 이어진다. 골목골목을 한적하게 걸으면서 시골 마을의 정취를 즐길 수 있어서 좋았다.

장반민 숭배당을 들어가니 아저씨가 반겨주시며 차를 권하고 뒤편까지 친절하게 안내해주신다. 밖으로 나와 몽푸 교회를 향해서 걸으니 교회 담장 옆에 긴 창 모자에 아오자이를 입은 여인이 자전거에 올라 나에게 미소를 건넨다.

옆에 촬영 팀이 따라다니는데 방송 촬영인 듯하다. 교회 안으로 이동하기에 나도 따라 들어갔다. 처음 만나지만 오래된 한 팀인 듯 스스럼없이 같이 어울릴 수 있는 것도 여행의 묘미다. 출연자는 성당 단상을 향해 고운 자태로 걸어간다. 난 2층으로 올라가서 촬영 장면을 지켜봤다.

근처의 약간 넓은 길로 나오니 작은 노점이 있는데 할아버지 옆에 초등학생인 듯한 어린 소녀의 눈빛이 강하게 나의 발걸음을 잡아끈다. 영어로 먼저 말을 걸어오는데 마치 독학으로 공부한 영어 회화 실습을 하듯 자신감이 넘치고 대화가 제법 능통하다. 나에게 많은 질문을 건네고 길 안내도 해준다. 간단한 음료 등을 사서 먹고 약간의 팁과 함께 계산했다. 그리고 소녀를 많이 칭찬해주었다.

간단한 마을지도를 받았지만 찾아가기가 쉽지 않아서 여러 번 왔다 갔다를 반복하기도 하였다. 고택에는 실제로 사람들이 거주하고 있다. 좀 멀리 돌아보기 위해 자전거를 빌리기로 했다. 자전거와 홈스테이 식당 등을 겸하고 있다. 집이 넓고 사당도 있는데 나를 이리저리 구경시켜주었다.

어딜 가나 친절하게 맞이해준다. 나도 마치 이 동네 사람이 된 느낌이다. 왜인지는 모르지만 만나는 모든 사람들이 좋아 보인다. 서로 기분이 좋은 상태이어서 일까 아니면 서로 삶에 깊숙이 들여다보고 얘기할 필요 없어서일까?

만국 공통 언어는 미소다. 언어가 서로 달라도 표정으로 희한하게 통한다. 만나는 사람들의 미소는 날 위로한다. 처음에는 생소하고 낯설기도 하지만 더운 지방이든 추운 지방이든 다 사람 사는 곳이고 언어는 잘 통하지 않더라고 어울려보면 사람 살아가는 건 서로 비슷하다는 느낌이 든다. 처음에 가졌던 편견들이 사라지고 그곳의 다양한 면을 인정하게 된다.

대개 한 번쯤은 거리에서 들려오는 음악 소리에 가던 발걸음을 잠시 멈추고 귀를 기울여 본 경험이 있을 것이다. 캄보디아의 결혼식 풍속도는 이제는 바뀌고 있지만 2017년 당시에는 길거리를 점거해서 천막을 치고 며칠 동안 동네가 떠나가라 음악을 틀거나 가수가 노래를 부르는 결혼식 모습이 흔했다. 처음 접했을 때는 생소하기도 남들과 비교하거나 허세부리지 않는 모습들은 부럽기도 하였다. 천막 안에 들어가서 가수의 노래를 듣고 싶은 마음은 컸으나 하객도 아닌데 들어가기는 쑥스러워서 밖에 서서 천막 사이로 공연 모습을 지켜보고 음악에 귀 기울였었다.

후에의 여행자 거리 주변을 어슬렁거리다가 만났던 공연은 공연장에서나 볼법한 큰 무대와 유명 가수를 길거리로 내 놓은 느낌이었다. 비가 약간 내리는 중에도 젊은 학생들이 대부분인 관객이 환호하고 같이 뛰면서 하나가 된 분위기였다. 나도 그 분위기에 취해서 대충 따라하며 같이 어울리며 서 있다가 바로 옆의 가게에서 맥주 한잔 시켜 먹으며 그 순간을 같이 즐겼다.

거대한 자연은 항상 우리를 따뜻하게 품어 준다. 혼자 자연을 대하면 거대한 자연에 나 혼자 있는 느낌이 들기도 하지만 자연에 안기는 느낌이 든다. 사람숲, 건물숲에서 벗어나니 하늘과 거리도 가까워진 느낌이다.

자연은 계속해서 우리에게 말을 걸고 있다. 위대한 자연에 혼자 가까이 마주하고 있다는 느낌이 들면서 직접 대화하는 느낌이 든다. 하롱베이 바다로 둘러싸인 깟바섬에 며칠 머물 때도 아무도 없는 빈 커피숍에서 바다를 내려다보고 바닷가를 거닐 때도 그랬다. 자연을 대하고 있으면 그동안 살아온 파노라마가 펼쳐지며 스스로를 돌아보고 자연에 겸손해지고 가족의 소중함이나 앞으로 열심히 살아가고자 하는 모색을 해본다.

바쁠 때는 일상의 익숙함에 취해 좋은 일들이 많은데 당연하게 생각하고 사소하게 느끼고 안 좋은 일들만 강렬하게 우리를 흔들었던 적이 많았다. 자세히 보면 세상은 따뜻하고 아름답고 좋은 것들이 많다는 것을 알게 된다. 혼자 여행하면서도 다른 사람과 더불어 살아야 한다는 걸 배우고 삶의 의미를 배운다. 여행을 통해서 인생을 배우고 사랑할 대상을 깨닫게 된다.

여행이란 익숙한 것들과 잠시 헤어졌다가 낯선 새로움을 만끽하고 다시 일상의 익숙함으로 돌아오는 것이다. 여행에서 만난 이국적 일상과 자연, 만났던 많은 사람들의 미소 등이 현재형으로 눈 앞에 펼쳐지는 듯하다. 지금도 난 쉼과 위로가 필요할 때 어딘가를 떠날까 생각하고 있다.

시인, 목사, 남서울대학교 멀티미디어학과 교수,
한국디지털콘텐츠학회 창립회장,
저서 : 『인성, 세상을 이끄는 힘』등 20권.

영원히 여성적인 것이 우리를 위로한다

이 일 장

아무리 강하고 억센 남자라도 무릎 꿇고 울고 싶을 때가 있다. 살다 보면 앞날이 캄캄하고 막막하기만 할 때가 있다. 어떻게 해야 앞을 가로막고 있는 이 장벽을 뛰어넘을 수 있을까.

나에게도 모든 것을 다 포기하고 싶었던 그런 고비가 여러 번 있었다. 할아버지께서 농사가 천하의 큰 근본이니 장손은 농사나 지으라시며 상급학교 진학을 두 번이나 막으셨을 때 나는 너무도 고통스러웠다.

그때마다 나는 지혜를 짜내서 그 고비를 넘겼지만, 어머니의 지원이 없었더라면 불가능했을 터이다. 나는 중학교 때부터 집을 떠나 자취생활을 했는데 무엇보다 어머니의 따스한 품이 그리웠고 울기도 많이 했다. 반찬을 챙기려 주말에 집에 가면 어머니는 "끼니는 거르지 않냐?"라고 물으시며 눈물이 그렁그렁 맺히셨다. 제일 포근하고 안전한 피난처는 어머니의 품속이었다.

세상 모든 어머니가 모두 그렇겠지만 나의 어머니는 곧은 생활신념으로 자식 사랑이 지극하신 분이셨다. 평생 가난에 쪼들리며 고달픈 인생을 사셨지만 보잘것없는 장남의 앞길에 모든 희망을 걸고 헌신하셨다. 어머니는 어떻게 6남매를 키우시고 농사일하고 집안일하고 아이들 뒷바라지했을까? 아마도 어머님은 눈물을 가슴에 묻고 사셨을 것이다. 억척 어머니셨다. 그러면서도 어머니는 늘 모자라는 나에게 칭찬과 용기를 항상 주었으며 자랑스러운 아들로 여기셨다. 그런 어머니의 사랑을 이제 더 이상 받을 수 없어 슬프다. 그리움이 가득하다.

당연한 이야기이겠으나 결혼을 하고 나서 어머니의 자리를 차지한 것은 아내였다. 나이가 들고 사회생활을 하면서도 앞이 캄캄하고 막막하기만 할 때가 많았다. 그때마다 나는 아내에게서 위안을 받았다.

나의 자서전에도 썼지만, 나의 삶을 굳이 이등분한다면 아내를 만나기 전과 후로 나눌 수 있을 것이다. 내 아내는 나에게 시집와서 줄곧 나에게 위로를 주었고 지금의 나를 있게 한 장본인이다. 좋은 일이 있으면 같이 기뻐해 주고, 좋지 않은 일이 있을 때는 같이 마음 아파하는 나의 분신이다. 사랑하는 아내를 빼놓고 나의 이야기를 전개하는 것은 무의미할 뿐이다.

아내에게 정말 고마운 것이 많다. 4남 2녀의 장남인 나는 우리 가족 대표로 혼자서 대학을 다녔다. 동생들은 대학생인 나를 뒷바라지하기 위해 집안을 돕느라 학업을 이어 나가지 못했다. 대학을 졸업하고 취직을 한 나는 이제부터 그들을 돌봐야 했다. 새색시인 아내는 동생들까지 책임져야 한다는 내 생각에 흔쾌히 동의해 주었다. 심지어 그동안 교사 생활을 하며 저축했던 자금도 아낌없이 내놓으며 적극적으로 도와주었다. 우리 가족에겐 평생 잊을 수 없는 보은報恩이 아닐 수 없다. 결혼 후 우리 부부는 10년 동안 남동생 세 명을 어렵사리 뒷바라지했다. 연말보너스가 나오면 모두 동생들 대학 등록금이었다. 거기다 매달 생활비는 따로 보내야 했다. 연로하신 어머니도 돌보아야 했다. 아내는 임신한 후에는 아예 학교를 그만두고 여러 해를 사설학원 강사로 나가며 동생들 학비를 챙겼다. 항상 눈물겹고 고맙게 생각한다. 나는 핏줄이기 때문에 당연히 고생해야 했으나 아내가 아무 말 없이 도와준 것을 두고두고 기억할 것이다.

아무리 강한 척해도 남자는 여자에게 약하다. 영화 〈대부〉를 보면 잔혹한 마피아의 보스도 자기 가족 특히 딸이나 아내에게는 부드러운 천사와 같은 모습이 보인다. 그래서 괴테는 『파우스트』에서 "영원히 여성적인 것이 우리를 구원한다."라고 한 모양이다. 나는 그 말에 전적으로 공감한다.

아내를 자랑하면 흔히 팔불출이라고 손가락질하지만 난 내 아내를 자랑하지 않을 수 없다. 그것은 남들보다 내 아내가 더 공부를 많이 했기 때문이 아니요, 얼굴이 예쁘기 때문도 아니요, 부잣집 딸이라서는 더더욱 아니다. 아내가 조선시대의 기품 있는 집안의 딸처럼 고운 마음씨와 인내심을 가지고 있기 때문이다. 세상일을 하는 남자의 마음을 편하게 해주어야 한다는 생각을 가진 구시대적인 여인이다. 그래서 아내를 생각할 때마다 어머니를 생각할 때처럼 가슴이 저려온다. 그저 묵묵히 남편의 뒤를 봐주고 아들딸을 성장시킨 내 아내!

아버지가 자녀들을 위해 해줄 수 있는 가장 중요한 일은 그 아이들을 낳아 준 어머니를 사랑하는 것이라는 말이 있다. 그래서인지 나는 아내를 무척 사랑한다. 나이 70이 넘도록 나와 동고동락한 아내 김숙희 여사, 정말 사랑합니다.

(전)현대자동차 중국지주회사 사장. (전)현대오토넷 대표이사
자전에세이 『멈춰서서 뒤돌아보니』

오늘이 가장 행복한 날

방 현 철

'예쁜 손글씨'라는 의미의 헬라어 합성어인 캘리그라피^(calli + graphy)는 서예의 한 장르이다. 우연한 기회에 일주일에 한 번 캘리그라피를 배우게 되었다. 서예 붓과 먹물과 한지를 준비하고 배우는 캘리그라피는 매우 매력이 있다. 일주일에 한 번 기초 과정을 배우면서 더 잘 쓰고 싶은 욕심이 생겼다. 캘리그라피에 관한 책을 사려고 서점에 들러 여러 책을 뒤적이다가 예쁘게 쓴 손글씨 한 문장이 눈에 들어왔다.

"오늘이 가장 행복한 날이다."

내일이 행복했으면 좋겠다는 마음으로 살아왔는데, 이렇게 예쁜 글씨로 행복을 전하는 문장을 보는 순간 큰 감동이 밀려왔다. 매일 행복해졌으면 하는 바람 때문에 불안과 걱정 많던 나를 긍정적인 사고로 바꾸게 된 계기가 되었다.

캘리그라피를 배우게 된 지 벌써 6년이 되었다. 캘리그라피는 대부분 짧은 명언으로 연습을 하게 된다. 글씨를 연습하는 동안 명언을 통하여 내 마음도 잔잔한 위로와 기쁨을 얻는다.

여름이 시작되면서 텀블러를 갖고 다니며 음료를 마신다. 그 텀블러에 캘리그라피로 '그래서 감사 그래도 감사'라는 문구를 써서 갖고 다니던 중이었다. 탁이라는 아이가 보더니 "어, 글씨 선생님이 쓰셨어요? 잘 쓰시는데요." 하고는 시험이 얼마 남지 않았는데 시험 잘 보도록 한 장 써달라는 것이었다. 손글씨로 쓴 글을 보면 시험공부를 더 잘할 것 같다며 떼를 썼다.

'시험 잘 보자, 성공은 매일 반복하는 작은 노력의 합이다'를 써서 텀블러에 넣어서 주었더니 탁이가 그토록 좋아하는 모습은 예상 외였다. '생각하지 않은 손글씨 문장이 저토록 아이의 마음을 기쁘게 할까?'라고 생각하며, 시험 잘 보라고 말하고는 헤어졌다. 사실 탁은 6학년인데도 아직 장난기 많은 개구쟁이다.

탁이가 4학년이던 여름방학이 끝나갈 무렵 어느 날, 길을 가다가 나를 보고는 가까이 다가와서 갑자기 벌건 얼굴로 씩씩거렸다.

"저, 가출할 거예요. 엄마가 정신 차리게요. 방학 때인데 그 정도도 못 하나요? 다른 친구들은 게임을 종일 한다는데, 전 그런 것도 아니잖아요. 그래서 제가 가출하려구요."

탁이는 엄마가 미운 게 아니라, 게임을 조금만 더 하여 마무리하려 한 자기 마음을 엄마가 알아주지 못한 서운함이 있었던 것이다. 가출할 거라는 말은 아마도 자기의 억울함을 들어줄 사람이 필요한지도 모른다. 오히려 나에게라도 말을 할 수 있어 참 다행이라 생각했다. 사람은 감정이 격해질 때 그걸 말할 사람이 있다는 것은 그만큼 감정을 조절할 수 있다는 것을 말해주기 때문이다. 여자아이 다리를 걸어 넘어뜨리고, 핸드폰 게임을 하다 엄마가 못하게 하니 가출하겠다고 하던 아이였다. 그런데 이제 6학년이 되어 시험을 잘 보겠다고 마음먹다니 참 많이도 달라졌다.

그렇게 보낸 탁이가 그다음 주에 손에 무얼 들고는 싱글벙글 웃음 가득한 얼굴로 나에게 다가왔다.

"선생님, 저 이번에 시험 잘 봤어요. 선생님이 써준 캘리그라피 보면서 공부했는데, 이때까지 본 것 중에 최고로 잘 봤다고요."

그러면서 빵 봉투를 나에게 건넸다. 롤케익이었다. 그만 됐다고 하는데도 자기 용돈으로 산 것이라고 꼭 받아달라고 하였다. 사실은 탁이가 나에게 캘리그라피를 써서 텀블러에 넣어 주면 2만 원을 주겠다고 하였었다.

그런 탁이를 보면서 피식 웃고 말았는데, 탁이는 나름대로 자신이 한 약속을 지키기 위해 나에게 빵을 사서 내민 것이다.

"이 빵은 제가 모은 용돈으로 2만 원 주고 산 롤케익이에요. 그러니 거절하지 마시고 꼭 받아 주세요."

그 당시 캘리를 꾸준히 쓰는데도 실력이 느는 것 같지 않아 조금씩 지쳐가는 중이었다. 몇 번이고 며칠이고 연습을 해도 그렇게 마음에 들지 않는 글씨를 보면서 한숨을 쉴 때가 많았다. 그런데 별 것 아닌 글씨 하나로 아이의 마음을 힘내게 하고 시험공부를 열심히 하게 했다는 것이 나를 기쁘게 했다. 탁이가 크게 변화하는 모습을 보니 오히려 내가 탁이에게 위로를 받은 거라는 걸 깨달았다.

돌아오는 크리스마스 날에는 탁이에게 "오늘이 가장 행복한 날"
이라고 예쁜 손글씨 편지를 써서 선물할 생각이다.

다온작은도서관 이사, 그린에세이 수필 부문 신인상,
북페스티벌 시공모전 입상
강동구 새마을문고 독서경진 최우수상

완판을 위로한다고?

　스마트폰 시대 도래 후 급변한 세상은 웹3.0시대에 접어들어서는 변화의 속도가 더 가속화되는 듯하다. AI가 인간의 창의력 영역까지 침범하면서 MZ세대들의 언어유희는 산업화 시대나 정보화 시대를 살아온 7080세대들에게 알아듣기 어려운 부분이 많게 한 것은 어쩔 수 없어 보인다. 그러나 그들만이 언어를 변화시킨 것은 아닌 듯하다. 베이비붐 시대의 산업화 역군들도 산업현장에서 대부분 은퇴하고 시간적 여유를 SNS와 함께 하면서 그 변화의 물결 속 소용돌이와 함께 변화해가는 느낌이다. 그래서인지 친구들과의 대화에서는 엄청난 변화가 있는 것은 아니지만 이해하기 힘든 표현들이 하나둘씩 늘고 있고, 그것들이 아이러니하게도 이해되어 가는 측면이 있어 보인다.

　나는 크게 위로를 받아본 느낌이 그다지 흔치 않은 편이다. 큰 고통이나 슬픈 일, 괴로운 일이 많지 않았던 탓일까? 아니면 절친한 친구가 많지 않아서인가? 아니면 그러한 위로를 받을 만한 일들을 나 혼자 이겨내서인가? 아무튼 큰 위로를 받은 기억은 별반 없지만 뇌리에 남는 것은 하나 있다.

　파나소닉 근무 시절에 임직원 전체가 한라산과 백두산 정상을 오른 후, 후지산 정상 등정에 나섰을 때의 일이다. 후지산을 등정하기 위해서는 산행이 오픈되는 7, 8월 중에 가야 해서 8월 15일 광복절 연휴를 전후해서 3박 4일 일정으로 전체 워크숍 형태로 추진했다.

정상을 오르기 위해서는 후지산 7합목^(2,700m 고지)에서 1박을 하고 가야 하는 1박 2일의 여정밖에 없는 관계로 남들과 다를 바 없는 일정으로 진행했다. 숙소는 산장으로 수십 명이 한방에서 쪽잠을 자는 형태인데 오후 7시에 취침을 권했지만 고산증세로 잠이 잘 오지를 않았다.

자정도 되기 전인 11시에 기상시켜 11시 반에 정상에서의 해돋이를 맞이하기 위해 출발했다. 머리에 랜턴을 달고 하염없는 느림보 걸음으로 한발씩 오르지만 칼바람과 추위가 몸을 움츠러들게 했다. 참 무식하게 두려움 없이 용감했던 나는 고산증세에 대한 대비도 없이 오르다가 3,400m 고지에서 무기력함과 울렁임으로 고산증세를 체험하고야 말았다.

반걸음을 내딛는 순간 구토 증상이 극에 달했고, 먹은 것도 별로 없지만 구토를 했다. 괜찮냐고 하면서 걱정 어린 눈초리가 나를 한없이 나락으로 떨어뜨리는 느낌이었다. 이것이 위로였을까? 아니다 근심과 걱정이란 느낌이었다. 술을 거의 못해 술자리의 흐트러짐을 보인 적도 없었고 감기나 아픈 일로 나약함을 보인 적이 없는 관계로 강인한 자의 면모만 있었던 터라 엄청 놀란 눈치였다. 물론 짐은 누군가의 힘을 빌렸지만 구토 후에는 컨디션이 나름 괜찮아져서 홀로 꿋꿋이 정상까지 올라 해돋이를 보고 하산하였다.

하산 후 하꼬네 온천에서 만찬을 가질 때 거의 모든 임직원들이 술 한잔하고서는 거리낌 없이 잔을 들고 내 자리로 와서 괜찮으시냐고 걱정하면서 전하는 따뜻한 말들이 처음으로 위로라는 느낌을 받았다.

나는 주변에 나같이 감정이 풍부하지 못한 사람들이 대부분이라고 생각하고 살아왔건만 그때만큼은 다른 위로의 느낌을 받았다. 처음으로 나의 나약함을 본 임직원들이 대하는 태도는 신기한 경험이었던 모양이다. 그래서 걱정 반, 위로 반으로 다가왔다는 느낌을 받았다. '이것이 위로구나' 하는 생각이 들었었다.

상을 당해 조문을 받을 때도 나는 의연했던 것 같고 회사 퇴임 시에도 용퇴 운운하면서 서둘러 퇴임한 측면이 있었지만 주변의 사람들이 위로하는 느낌을 받은 것 같지는 않다. 왜일까? 곰곰이 생각해 보지만 큰 감정 기복 없이 담담히 받아들였고 위로받고자 하는 마음이 없었던 게 아닐까 싶다. 마음먹기에 따라 느낌이 다른 것이 아닌가 싶다. 사실은 위로받을 일은 있었다고 생각되지만 그렇게 행동하지를 못했던 것 같다.

엘리베이터 추락 사고나 교통사고로 오랫동안 병원 치료를 받으며 힘든 나날을 보내면서도 주변에 알리거나 표를 내지 않고 지냈으니 말이다. 장시간 치료를 하고 많이 나은 후에 옛날얘기처럼 무용담 삼아 얘기를 하니 위로가 아니라 "고생했네"라는 격려의 말을 들었던 것 같다.

그런데 요즘에 들어서 위로의 말처럼 들리는 말이 간혹 있고, 그런 느낌이 드는 것은 무슨 연유일까? 코로나 난국 속에서 두 아들을 장가보내고 난 후 친구들 중 몇 명은 "자네는 완판해서 좋겠네. 인생을 잘 산 것 같아. 좋겠어. 걱정도 없이 얼마나 좋은가? 위로받을 일이 없겠네" 등등의 말을 한다. 자식이 다 출가한 것을 완판이라고 하며 시샘 섞인 축하를 하는데 위로의 뜻으로 전하니 뭔가 느낌이 다르지 않을 수 없다. 게다가 손주라도 있다고 하면 부러움의 시선과 함께 걱정이 없어졌다고 한껏 위로해주는 말을 한다. "결혼을 안 해서 걱정이야. 결혼하면 뭐해. 2세 계획은 꿈에도 없는 모양이야" 등등으로 얘기가 확대되다가 종국에는 "자네는 큰 축복과 위로를 받은 셈이네그려."라고 말한다.

인생사에서 당연지사로 여겨졌던 결혼과 출산이 위로와 격려의 대상으로 변해가는 것을 보면 세상사의 변화가 얼마나 큰 지를 느낄 수 있는 듯하다. 특히 언어의 영역까지 변화를 주는 걸 보면, 언어 사용에도 신중해지지 않으면 대화가 어려울 수 있다는 것을 느낀다.

자녀를 모두 결혼시키면 완판이란 말을 듣고 큰 위로를 받는 세상이 된 것을 어떻게 생각해야 할까. 위로란 괴로움이나 슬픈 일이 있을 때 누군가가 따뜻한 말이나 행동으로 대해 줄 때를 말한다. 우리가 이때 위로를 받는다고 한다.

그런데 결혼 안 해서 큰 슬픔이 되고 짐이 되어 괴로운 일로서 고통을 주게 되고 여기서 해방이 되면 (자녀를 결혼시키면) 축복이 아닌 위로를 받게 되는 것이니 좀처럼 이해가 쉽지 않다. 자녀 결혼 지연내지는 비혼에 대한 고통이 그렇게 큰 것일 수도 있다는 생각이 들기도 한다. 자녀 출가가 위로받는 세상이 이해되는 듯하면서도 한편으로는 씁쓸한 생각이 든다. 이해될 듯 이해가 쉽지 않은 부분이다.

결혼이 위로의 대상이 아닌 축하의 대상만이 되기를 염원해본다.

젊은이들이여, 결혼은 축복받는 것이란 것을 어버이들에게 알려주고 싶지 않은가?!

한국미디어영상교육진흥원 이사장. 모핑아이 회장, YMK 부회장
좋은아빠 멘토단 단장

우리 엄마라서 너무 좋아!

오순옥

빚쟁이 엄마

작은 방안은 흡사 전쟁터에 내동댕이쳐진 것처럼 옷가지들이 널브러져 있다. 아이들의 각양각색의 옷들이 방구석마다 '나 여기 있어요. 나도 나도' 고개를 내밀고 있다. 어떻게 이 공간에서 필요한 옷을 찾아 입을 수 있는지… 그저 신기할 따름이다.

나는 둘째 아이가 배 안에 있을 때부터 직업인으로 살았다. 아이는 세상에 나오자마자 놀이방에서 자랐다. 아이들의 부족한 면이 보일 때마다 나는 가슴을 쓸어내린다. '아이가 성장 시기에 때에 엄마의 손길이 미치지 못해서 이렇게 부족한 모습이 많이 보이는 것은 아닐까?' 하면서.

보울비의 애착 이론 중 출생 후부터 아기가 엄마와 애착 관계가 제대로 형성되지 못할 때는 성인이 되어도 정서적, 인지적 결핍이 생길 수 있다는 말을 듣고 나는 마음으로 통곡하며 울었다. '내 잘못인가 보다. 그때 조금 더 노력했더라면, 아이들에게 조금 더 시간을 들여 보살폈더라면, 지금의 아이들이 더 나은 모습, 보다 좋은 가정환경이 되지 않았을까?'

나는 아이들이 어린 시절, 있는 힘을 다해 하루를 살아내기에 바빴다. 빈손으로 시작한 가정을 세워야 했음으로. 내가 엄마로서 할 수 있었던 일들은, 저녁 늦게 집에 돌아와 놀이방에서 돌아온 두 아이의 먹을거리를 챙겨주고, 씻기고 재우는 일이 전부였다. 나는 두 아이에게 늘 빚진 마음을 가지고 있다.

언니는 또 다른 엄마

이른 아침이 되면 언니는 아장걸음을 하는 동생의 손을 잡고 미술학원으로 향했다. 나는 언니와 손을 잡고 가는 작은아이를 애처롭게 지켜보다 반대 방향인 일터로 향하다가 아이들이 시야에서 사라질 때까지 뒤돌아보고 또 보며 홀로 손을 흔들었다.

"엄마, 엄마, 오늘 언니가 기차를 그려주었어요. 칙칙폭폭 기차를 타고 여행 갔어요.

"여행을? 어디로 갔는데?"

"언니랑, 엄마랑 그리고 아빠도 같이 놀이동산으로 갔어요."

작은아이는 천진난만하게 언니와 깔깔대며 종알댄다. 아이 눈에 비치는 세상의 전부는 언니였다.

"언니가 해줬어요. 언니가 주었어요. 언니가 준비했어요."

이렇게 엄마의 빈자리를 언니가 차곡차곡 메워주고 있었다.

이렇듯 작은아이는 언니를 따라서 예쁘게 커 갔다.

"언니는 작은엄마야, 내가 필요한 것은 뭐든지 다 해준다."

아이는 세 살 위인 또 다른 엄마인 언니를 통해 세상을 배워갔다.

겨우 세 살 위인 언니는 엄마 역할까지 하려고 얼마나 버거웠을까?

이젠 훌쩍 커서 성인이 된 두 아이에게 나는 물었다.

"엄마가 너희들 어렸을 때 늘 바빠서, 놀아 주지도 못했는데 너희들은 어땠어?"

"초등학교 때, 학교 행사가 있으면 다른 아이들 엄마들이 다 와서 참석하는데, 우리 엄마는 오지 못해서 슬프긴 했어, 엄마 기억나? 초등학교 6학년 때, 전교생 행사 때 내가 앞에서 전교생 음악을 지휘했었는데, 그때 엄마에게 자랑하고 싶어서 초대했었는데, 엄마가 오시지 않아서 많이 슬펐었는데…"

나는 또 한 번 마음으로 통곡한다.

'그랬구나! …미안하다, 정말 미안해…'

우리 엄마라서 너무 좋아!

"엄마! 난 엄마가 자랑스러워, 엄마가 우리 엄마라서 너무 좋아."

"엄마의 일하는 모습도 좋고 존경스러워요. 어릴 적에는 엄마는 왜 매일 일만 할까? 다른 엄마들은 학교도 잘 오고, 같이 놀아주기도 잘하는데, 엄마는 왜 매일 바쁠까? 생각도 했는데, 성장해서 보니까 엄마가 이해 돼요. 빈손으로 시작한 집안 이만큼 일으켜 세우시느라 힘을 다해 수고하신 것, 그래서 우리가 이만큼 넉넉하게 당당하게 자란 것, 그러면서도 엄마는 스스로의 성장을 위해 배움과 일을 놓치지 않고 계시지요. 나도 엄마처럼 살고 싶어요."

내 눈가에 방울방울 눈물이 맺힌다. 뜻밖에 전해주는 아이들의 말에 어찌할 줄 몰랐다. 아이들의 부족한 면이 보일 때는 늘 빚진 마음으로 미안했었다. 아이들이 전해준 '우리 엄마라서 너무 좋아'라는 그 한마디가 가슴을 울렁이게 한다. 사실 아이들과 함께한 오랜 세월 동안 안절부절못하며 아이들을 향해 미안했던 죄책감들이 나의 마음속 깊은 곳에 만년설처럼 얼어붙어 있다가 순간순간 비수가 되어 내 마음을 찌르곤 했었다. 그런데 아이들이 그런 내가 좋다고, 존경스럽다고 한다. 마음속 깊은 곳의 얼음덩어리가 사르르 녹아내려 온몸이 따뜻해지는 순간이다.

"엄마도 너희들의 엄마라서 너무 감사하다, 엄마에게 선물로 와준 너희들이 고마워."

나는 아이들로부터 앞으로 살아갈 날을 위해 세상에서 가장 값진 선물을 받았다.

'우리 엄마라서 너무 좋아'

'엄마가 존경스러워'

아이들이 준 선물은 내가 평생 마음에 담고 살아갈 가장 큰 위로와 희망이 되었다.

누리나래선교협회 이사, 빛과나눔장학협회 사무총장,
미얀마선교사, 가족상담사

워낭이

우리 강아지에겐 트라우마가 있다. 침대에서 발을 건드리면 깜짝깜짝 놀랐다. 백일 정도 되는 600g의 마루 색과 같은 갈색 푸들이었다. 푸들의 이름은 워낭이였다. 걸어갈 때마다 졸졸 쫓아다녀 나의 발에 걸려 종종 부딪혔다. 걸리기를 반복하며 따라다니다 문에 발이 찧어 놀랐다.

워낭이가 발이 찧인 이후로 발에 작은 충격만 닿아도 짖고 세상이 무너지는 듯 엄살을 피웠다.

애지중지 키운 강아지는 이젠 나의 보물이 되어 있었다. 끔찍이 귀여웠다. 내 아이들도 이렇게 이뻤을까 생각해 본다.

동물 알레르기가 있었던 나, 밖에 다니는 강아지를 만지기만 해도 알레르기 때문에 팔이 부풀어 오르곤 했다. 우리의 워낭이가 온 일주일 후부터는 감쪽같이 사라졌다. 하늘이 맺어준 인연 같았다.

사람과 개. 지구라는 별에서 가장 독특한 관계다. 개는 자신과 다른 인간이란 종족과 살아가는 유일한 포유동물이다. 자신의 종족을 버리고 인간과의 공생을 하는 특별한 동물이 개다. 개는 철저하게 인간에 기댄 동물이다. 워낭이는 인간과의 공존을 위해 나에게 왔다. 나와 개의 공존은 시작되었다. 공존관계인 워낭이는 나에게 희

228 내 인생의 위로

망 같은 존재였다.

워낭이의 발에 대한 트라우마로 워낭이와 침대에서 같이 자는 나에겐 고통이었다. 움직일 때마다 짖었다. 물었다. 몇 번 병원에 가서 꿰매기도 하고 파상풍 주사도 맞았다. 어느새 워낭이에 대한 집착이 생겼다. 내가 왜 이럴까, 싶어 강아지랑 떨어지려고도 했다.

주인에게 짖는 워낭이. 주인을 무는 워낭이. 그래도 헤어질 수 없었다.

함께한 날이 11년이다. 사람이라면 초등학교 4학년, 이제 없어서는 안 될 워낭이는 우리 가족이었다.

워낭이에게 위로도 받고, 위로도 주며 함께 한 시간들이 내겐 살면서 느끼는 소중한 또 하나의 감사였다. 집에 있을 땐 한 몸이 되어 같이 움직였다. 아이들 키울 때 발치에 치이듯 내 발 끝을 따라다니는 워낭이는 아이와 다를 게 하나도 없었다. 그림자처럼 따르는 이 아이에게 내가 위로를 받고 있었다.

사람 가족하고는 다른 느낌이었다.

분신처럼 따르는 워낭이를 한순간도 혼자 있게 내버려 두고 싶지가 않았다. 날이 지날수록 점점 내 안에 워낭이가 없으면 안 될 존재로 다가왔다. 물려도, 짖어도 이뻤고 또 이뻤다.

바빴던 나는 산책 시간이 많이 없어 한 번 산책을 할 때 룰루랄라 산책을 오래 하곤 했다. 산책을 하려 하면 온 동네 온 집안이 무너질 듯 춤추고 좋아했다. 점프를 문손잡이까지 펄쩍펄쩍 뛰곤 했다. 마치 높이뛰기 선수 같았다. 장대만 들지 않는 높이뛰기 선수.

사고가 났다. 워낭이의 일방적인 행동 때문이었다. 산보를 하던 중이었다. 무엇을 보았을까. 마치 오래 떨어져 지내다 만난 보고픈 연인을 만난 듯 펄쩍 뛰며 앞을 향하여 돌진했다. 순간, 잡고 있던 강아지 목줄이 그대로 워낭이 목에서 쑤욱 빠지고 말았다.

앞뒤 가리지 않은 채 달리기 시작했다. 강아지는 자동차와 자전거를 가리지 않고 무서운 속도로 달리기 시작했다. 자동차에 치일까 걱정이 되었다. 나도 같이 달렸다. 필사적으로 달렸다. 그렇게 워낭이를 쫓아 달리고 달렸다.

"강아지 속도쯤이야."

오산이었다. 무시하면 안 될 속도로 강아지는 달리고 있었다. 뛰고 또 뛰었다. 자동차들이 다니는 도로를 규칙과 교통법을 알 리 없는 워낭이는 일방적으로 달렸다. 나의 체력에 한계를 느끼는 순간 시멘트 바닥에 쭈욱 미끄러지고 말았다. 워낭이는 벌써 시야에서 사라졌다.

놀란 것은 다음이었다. 큰 사고였다. 넘어지면서 손가락은 뒤로 재껴졌다. 두 다리는 뒤로 꺾일 수 없는 각도로 하늘을 향해 십일자로 만세를 부르고 있었다. '내가 살아있는 걸까?', '이대로 정상적인 걸음은 걸을 수 있을까?' 오만 가지 생각이 오갔다. 내 몸이 비정상적인 상태였다.

고민하고 있을 때 더 큰 걱정이 나를 사로잡았다. 남편이었다. 강아지가 눈앞에 안 보이는 상황에서 나의 아픔보다는 나보다 더 끔찍한 애 아빠의 강아지 사랑이 떠올랐다. 달아난 워낭이에게 문제가 생길 경우 남편의 행동이 연상되었다. 두려움이 몰려왔다. 아마도 더 이상의 결혼생활은 없을 것이라는 생각이 들었다. 마지막이라고 생각했다.

큰일 났다. 정말 이젠 끝이라고 생각한 순간 강아지가 내 곁으로 스멀스멀 걸어오고 있었다. 다가왔다. 고마웠다. 다가온 워낭이의 표정은 세상 평화였다. 마치 아무 일도 없었다는 듯 천연덕스러웠다. 눈동자는 맑고 깨끗했다. 살짝 아주 살짝 왜 엄마가 '바닥에 누웠을까?' 하는 표정이었다.

"살았다."

안도의 한숨이 절로 났다. 모든 것이 안정으로 돌아왔다. 나의 마음에 평화가 왔다. 사고를 당한 내 몸보다 순간의 평화가 고마웠다. 고꾸라진 나의 몸과 팔다리는 피투성이가 되어 있었다. 아릿하고 팔과 다리에 피가 흘렀다. 손은 꺾이고 다리는 뒤틀렸다.

피를 보는 순간 눈물이 나기 시작했다. 모습은 가관이었다.

피범벅이 된 팔다리가 아팠다. 견딜 수 없을 만큼 괴로웠지만 워낭이가 두 눈 동그랗게 뜨고 곁에 있어 주는 것에 행복했다. 하지만 일어설 힘이 없었다. 너무 아파 강아지 줄을 잡을 힘도 없었다.

참담한 상황일 때 친구에게서 전화가 왔다. 희주였다. 목소리를 듣는 순간 통곡을 하고 울었다. 아픈 하소연을 바쁜 친구에게 하고 있었다.

"왜 그러냐?"

놀라서 물었다.

친구에게 강아지 때문에 넘어져서 너무 아파 운다고 했다. 강아지를 기르는 친구는 업무 중에 있었지만 만사를 제쳐놓고 단숨에 뛰어왔다.

시간은 한 십여 분 지난 것 같았다.

화물 트럭을 운전하는 친구였다.

새벽 4시부터 나와 종일 일하는 여자친구였다. 시간이 곧 돈이었고 나와 통화하는 시간조차도 황금 같은 시간이었다. 친구는 큰 트럭을 몰고 살고 있던 타운하우스로 왔다.

헐레벌떡 달려온 친구의 커다란 눈은 더더욱 커져 있었다. 개구리 왕눈이보다 더 커졌던 눈동자를 지금도 잊을 수 없다. 놀라서 파래진 얼굴로 내게 달려온 친구의 얼굴은 스머프 색처럼 파랗게 변해 있었다. 놀라서 말까지 더듬었다.

"괜찮아?"

연신 강아지와 나를 번갈아 보며 큰 눈으로 빨리 병원으로 가자고 했다.

경비아저씨가 워낭이를 봐주신다고 빨리 병원을 가라고 했다. 우왕좌왕하는 사이 강아지가 안절부절못하며 낑낑거렸다. 희주의 당황한 표정과 나를 걱정하는 모습이 마음에 다가왔다. 친구의 당혹스러운 표정, 여태 못 보았던 친구의 모습에서 진솔함이 묻어나왔다. 시간이 곧 돈인 친구가 모든 일을 접고 나의 사고를 수습하기 시작했다. 나를 일으켜 세워 안으려는 거인 같은 힘과 놀라서 흰 눈동자밖에 안 보이는 눈으로 사태를 수습했다. 희주는 고된 운전을 장

기간해서 본인의 다리도 불편한 친구였다.

　내 차에 나를 태웠다. 희주가 운전을 해서 병원까지 데려갔다. 엄마가 아이 다쳤을 때 치료하듯 꼼꼼히 보살피며 안정을 취하게 해주었다. 다행히 큰 사고는 아니었다. 따뜻한 친구의 모습이 아른거렸다.

　누군가 나를 위해 마음을 써준다는 것을 느낀 것은 아주 오랜만이었다. 아팠지만 사람을 얻었다. 강아지에게, 사람에게 충분히 복 받은 사람이었다. 친구와의 연대, 강아지와의 연대가 따뜻한 사고였다. 힘들고 놀란 사고였지만 감사한 사건이었다.

도서출판 '느티나무가 있는 풍경' 대표, 시인, 작가

위로의 진정성

소 정 현

단상(斷想) 하나! '우는 자들과 함께 울라'

"즐거워하는 자들과 함께 즐거워하고, 우는 자들과 함께 울라."

코로나19 사태에다 기상이변으로 속개된 폭우로 인한 막대한 수해, 오랜 경제난과 비정상적 정치적 이슈는 우리들의 삶을 더욱 힘겹게 만들고 있다. 얼마나 많은 사람들이 지금 이 순간에도 견디고 버티면서 살아가고 있는지 모르겠다.

어떤 작가가 '견디다'와 '버티다'의 차이를 이렇게 설명한다. '견디다'는 어느 기간 동안 아무리 힘들고 괴로워도 굴복하지 않고 살아남기 위한 어떤 방책을 강구한다는 것이고, '버티다'는 외부의 압력이나 고통에 대해 속수무책으로 마냥 시간이 지나가길 기다린다는 뜻이란다.

'견디든', '버티든' 위로는 사막의 오아시스요, 가뭄에 단비 격이다. '위로'는 따뜻한 말과 함께하는 행동으로 상대의 괴로움을 덜어주고 슬픔을 달래 주는 백약百藥이다. 위로는 타인의 고통과 불행을 함께 느끼고 이해하는 마음에서 비롯된다. 따라서 상대가 처한 상황에 적극 공감共感할 수 있는 능력을 필요로 한다. 결국 누군가와 정서나 감정을 공유하는 것이 위로의 첫출발인 셈이다.

역지사지易地思之는 당사자들 간에 서로의 처지, 입장을 바꾸어서 생각하는 것을 말한다. 이것의 목적이 상대방을 배려하고 이해함으로써 갈등을 줄이는 것이라고 한다면, 이러한 역지사지의 온당한 태도는 공감 능력의 또 다른 표현이다.

지금은 우리 모두에게 위로와 격려가 필요한 때다. 너무나 당연하고 평범하게 여겼던 일상에서 벗어나 급작스럽게 변화를 맞이한 우리의 삶은 유례없는 공포와 혼란 속에서 끝을 알 수 없는 미로의 세계를 향해 질주하고 있다. 21세기 현대 사회! 삶이 복잡하고 생존경쟁이 치열한 시대에서는 대립과 갈등 투성이기에 특히 가족 간에 무엇보다 격려와 칭찬, 위로의 말이 매우 중요하다.

그럼에도 누군가를 위로하고자 고민을 하는 것 자체는 상당히 에너지가 많이 들어가는 고된 작업이다. 상대방의 내면에 잠복하여 있는 감성적 부분을 치밀하게 수색작전을 펼쳐 불안과 고통을 경감시켜 주어야 하기 때문이다.

어떤 말이 진정성을 느끼게 할까? 우선 진심이어야 한다. '가짜', '거짓', '위선'이어선 절대 안 된다. 이것이 필요조건이다. 동시에 충분조건도 있다. 내 언행을 통해 상대를 도우려는 측은지심惻隱之心이 수반되어야 한다. 상대가 잘 모르는 걸 인지하게 하며, 즐겁게 해주든지, 상대에게 용기를 주며 상대를 위로하든지, 결국 무언가 분명 도움이 되는 지행합일知行合一 언행이어야 한다.

단상(斷想) 둘! '온 세상이 나의 적'

"나 자신에 대한 자신감을 잃으면 온 세상이 나의 적이 된다."

현대 사회의 물질적 풍요 속에서 우리 군상의 외형적 삶은 윤택해지고 있다. 또한 오늘날 현대인들은 정보통신 수단의 비약적 발전으로 인해 유례없는 상호 연결사회에 살고 있음에도 불구하고 불안과 고독 등 마음의 고통은 점점 늘어만 간다.

그리고 이러한 병리 현상의 우울한 그림자는 치열한 생존경쟁, 외모지상주의 등 현대 사회가 불러온 각종 병폐의 급속한 확산에 따라, 타인의 시선과 욕망에 의해 삶과 행동이 좌지우지된다.

이렇듯 우리 현대인들은 절대적 기준이 부재하는 사회에 함몰되어 있기에, 삶의 방향을 제시하는 궁극적 진리가 하염없이 사라진다. 이에 군상들은 매 순간마다 새로운 기준을 세워야 하는 박빙薄*의 위기 가운데 상시적으로 서게 된다. 시시각각 선택의 기로에 맞닥뜨리는 불안전한 인간은 결과의 무한책임으로 항상 좌불안석이다.

현기증 나는 사회변화 속에서 자아의 정체성을 상실하고 소외되는 개인으로서의 현대인이 갖게 되는 각종 사회병리 현상들은 또 하나의 사회불안 요소이다. 이러한 급변의 현대 사회가 불러온 각종 병폐와 배경에는 매스미디어Mass media 또한 주범 중의 하나이다.

각종 미디어 매체는 순기능적 역할 못지않게 역기능 역시 지대하다. 미디어가 뿜어대는 타인의 시선과 욕망에 의해 삶과 행동이 좌우되는 현상에 개인의 존재 의미가 급속도로 상실되기 때문이다.

이와 함께 글로벌 지구촌 우리네 삶이 거시적 또는 미시적 요건이든 공통적으로 직면하는 것이 바로 '타임 푸어Time poor', 즉 시간의 빈곤이다. '타임 푸어'는 우리 시대의 '최악의 빈곤 형태'이다. 산업사회가 발전하고 빈곤을 나타내는 척도가 물질에서 차츰 시간으로 바뀌고 있다. 이제 타임 푸어는 또 다른 사회적 계층 문제로 비화한다.

단상(斷想) 셋! '범사에 감사하라'

"항상 기뻐하라, 쉬지 말고 기도하라, 범사에 감사하라"

현대 자본주의 사회는 타인과 자유롭게 소통하며 폭이 넓은 문화 서비스를 체험할 자양분을 듬뿍 제공한 것처럼 보인다. 하지만 현대인은 감성을 비합리적인 것으로 여기며, 지성과 감성을 분리한 채 통합된 인격을 가꾸지 못한다.

매사에 감사하는 마음으로 사는 것이 행복에 이르는 길을 짧게 하는 해독제이다.

국내 대학병원 연구팀이 두 가지 상반된 감정을 느꼈을 때 심박수와 뇌의 변화를 측정해 보았다. 감사할 때의 심박수 평균은 안정적으로 차츰 감소하는 반면, 원망하면 심박수가 증가한다는 것이다.

우리는 동시에 지난 과거를 선별하여 청소하고, 미래의 불확실성을 치밀하게 준비하는 일에 신속하게 착수해야 한다. 너무 오래되어 곰팡이가 심하게 핀 부정적인 감정들을 과감히 폐기하자.

언제나 가장 소중한 것은 지금 우리들이 당연하다고 생각하는 것들에 있다. 없을 때 소중함을 깨닫고, 있을 때 당연함을 느낀다. 지금 할 수 있는 것부터 해보도록 하자. 우리들을 둘러싼 당연한 것들, 모두에게 지금 안부를 묻는다. 행복! 그 시작은 우리 모두가 감사하는 마음에 있다.

마지막으로 미국 일리노이대학교 연구팀의 한 사례를 소개한다. 스스로를 1인칭으로 칭하느냐 혹은 2인칭으로 두느냐에 따라서도 자신감에 어떤 차이가 벌어질까?

가령 "나는 할 수 있어"라고 말하는 것과 "너는 할 수 있어"라고 말하는 표현이 '서로 다른 효과를 일으키는가?'의 여부이다.

1인칭으로 격려하는 그룹, 2인칭으로 격려하는 그룹, 아무런 격려도 하지 않는 그룹으로 나뉘어 연구가 진행됐다. 연구팀은 2인칭으로 칭하는 혼잣말이 1인칭으로 칭하는 자기 대화보다 효과적이라는 점을 확인했다. 2인칭으로 스스로에게 말을 걸면 마치 '다른 사람으로부터 격려와 지지를 받는 것 같은 느낌'을 갖는다는 것이다.

우선적으로 자신에게 스스로 격려하고, 위로하고, 감사하는 마음부터 신속히 늘려보자.

모닝선데이 해피우먼 會長, 일요주간 編輯人,
아시아문화경제신문 編輯委員

윤동주의 시가 전해주는 위로

노승욱

    대학에서 강의를 하면서 매 학기 학생들에게 자기소개서를 쓰게 하고 있다. 예전에 학생들에게 자기소개서를 쓰게 하면 이력서를 작성하는 것처럼 쓰기도 했고, '자기 PR'에 열을 올리며 자화자찬의 글을 쓰는 경우도 많았다. 어떻게 하면 학생들이 천편일률적인 자기소개가 아닌, 자신만의 진솔한 글쓰기를 경험하게 할 수 있을까 고민했다. 그러면서 생각한 것이 윤동주尹東柱의 시였다.

    먼저 학생들에게 자화상 캐리커처caricature를 그리게 했다. 그리고 자신이 그린 캐리커처를 보면서 자화상 시를 써 보게 했다. 자화상 시의 사례로는 윤동주의 자화상 연작시를 읽게 했다. 그런 다음에 각자가 쓴 자화상 시를 낭송하며 발표하게 했다. 자신의 모습을 개성적인 자화상 시로 표현한 후에 쓴 자기소개서는 성찰적이면서도 창의적인 내용이 가득했다.

    팬데믹 시대에 학생들이 그린 자화상은 가슴을 찡하게 한다. 하얀 마스크를 쓴 모습을 자화상으로 그린 학생이 있었다. 그림 속의 학생은 승리의 브이ᵛ를 그리고 있었다. 그 자화상 그림은 '압박의 무언無言'이란 제목의 자화상 시를 탄생시켰다. 시 속의 화자는 언젠가 마스크 안에 삼킨 말들을 표출하겠다는 의지를 피력하고 있었다. 마스크를 벗어 던지는 날에 그 학생은 세상에 어떤 말들을 쏟아낼까. 연재물을 기다리는 독자라도 된 듯 궁금해진다.

사실 마스크를 쓴 얼굴의 자화상을 그린 학생에게 처음에는 위로를 건네고 싶은 마음이 들었다. 신입생임에도 캠퍼스 생활을 온전히 누리지 못하는 것이 안타까웠다. 그런데 제자의 자화상과 시를 통해 내 자신이 위로를 받는 느낌이 들었다. 사회적 거리두기로 인해 세상과 단절되어 지내면서 나 역시 억압과 스트레스에 시달렸던 것이다. 제자가 그렸던 자화상의 브이 포즈를 따라 해 보았는데 나도 모르게 빙그레 미소가 지어졌다.

위로를 주제로 쓴 『하늘과 바람과 별과 시』

윤동주는 연희전문학교의 졸업 기념으로 19편의 시를 수록한 자선시집 『하늘과 바람과 별과 시』의 출간을 계획했다. 그러나 「십자가」, 「슬픈 족속」, 「또 다른 고향」 등과 같은 작품들이 일제의 검열을 통과할 수 없을 것으로 본 스승 이양하의 권유를 받아들여 출판을 후일로 미루었다. 윤동주는 시집 세 부를 직접 자필로 쓰고 제본하여 스승인 이양하와 후배인 정병욱, 그리고 자신이 한 부씩 나누어 가졌다. 윤동주와 이양하가 갖고 있던 것은 분실됐지만, 정병욱이 고향집 마룻바닥 밑의 독에 숨겨 보관했던 시집은 광복 후에 유고시집으로 출간되었다.

그런데 1948년에 발간된 유고시집 『하늘과 바람과 별과 시』의 원래 제목이 '병원病院'임을 아는 사람은 그리 많지 않다. 윤동주는 처음에 자신의 시집 제목을 '병원'으로 지으려고 했는데, 그 이유는 당시 세상이 온통 환자 투성이라는 인식 때문이었다. 병원이란 앓는 사람을 고치는 곳이니, 이 시집이 아픈 사람에게 도움이 되었으면 좋겠다고 생각한 것이다. 결국 시집의 이름은 '하늘과 바람과 별과 시'로 변경됐지만, 윤동주가 민족을 위로하려는 마음으로 시를 창작했음을 알 수 있다. 그의 시 중에는 「병원」과 「위로」라는 시가 있는데, 이 두 시는 위로에 초점을 맞춘 윤동주 시의 주제 의식을 잘 보여주고 있다.

「병원病院」(1940.12.)은 시적 화자인 '나'가 아픔을 오래 참다 병원에 찾아가지만 의사가 나에게 병이 없다고 진단한다는 내용의 시이다. 그러나 그러한 병은 '나'뿐만 아니라 민족 전체에게 주어진 공동체적 시련의 증상이다. '나'가 병원에서 만난, 가슴을 앓고 있는 젊은 여자도 같은 증상을 겪고 있다. 그 여자에게는 "나비 한 마리도" 찾아오지 않는데, 여기에서 나비는 민족의 자유와 회복을 상징한다. 이 시에서 '나'는 여자가 누웠던 자리에 누워 보면서 자신과 그녀의 건강이 모두 회복되기를 바란다.

「위로慰勞」(1940.12.3.)는 「병원」과 상호 텍스트성을 이루는 시이다. 이 시에 등장하는 "무수한 고생 끝에 때를 잃고 병을 얻은" 사나이는 옥외 요양을 하며 투병 중이다. 그런데 거미 한 마리가 병원 뒤뜰 꽃밭 사이에 그물을 쳐 놓고 나비를 잡는다. 결국 「병원」에서 가슴을 앓는 여인에게 나비가 찾아가지 못한 이유는 거미의 그물에 걸렸기 때문이다. 시적 화자는 사나이에게 위로를 주기 위해서 나비를 옭아매고 있는 거미줄을 헝클어 버려야 한다고 생각한다. 이 두 시에서 병으로 고통받는 사람들은 우리 민족을, 거미는 일본 제국주의를 상징한다고 할 수 있다.

젊은 날에 참회록을 써야 했던 이유

윤동주의 시를 읽다 보면 「참회록懺悔錄」(1942.1.24.)이란 시에서 문득 멈춰서게 된다. 보통 참회록이라고 하면 윤리적으로 밑바닥을 경험한 사람이 쓸 수 있는 시로 여겨진다. 우리가 익히 아는 윤동주 시인은 누구인가. "죽는 날까지 하늘을 우르러 한점 부끄럼이 없기를, 잎새에 이는 바람에도 나는 괴로워했다"고 「서시序詩」(1941.11.20.)에서 고백했던 이가 아니었던가. 왜 만 24세의 윤동주는 그 젊은 나이에 참회록을 써야 했던 것일까.

2016년에 개봉됐던 영화 〈동주〉에서 관객들은 낯선 이름 하나를 듣게 된다. 바로 '히라누마 도쥬(平沼東柱)'라는 일본식 이름이다. 연희전문학교를 졸업하고 일본 유학길에 오르게 된 윤동주는 도항증명서를 발급받기 위해서 자신의 성을 일본식으로 바꾸어야 했다. 유학 수속에 필요한 서류를 발급받기 위해서 어쩔 수 없이 창씨(創氏)를 했던 것이다. 그러나 그는 1942년 1월 19일, 연희전문학교에 '히라누마 도쥬'라는 이름을 적은 서류를 제출하고 굴욕감과 부끄러움에 괴로워하다가 닷새 후인 1월 24일, 통렬한 속죄와 회한의 고백을 담은 「참회록」을 작성했다.

윤동주의 「참회록」은 과거의 부끄러운 잘못을 일회적으로 고백하는 시가 아니다. 그는 "내일이나 모레나 그 어느 즐거운 날에 나는 또 한 줄의 참회록을 써야 한다"라고 미래의 자신에게 다짐하고 있다. 그는 기독교 신앙과 민족정신이라는 거울에 자신의 모습을 비추어 보고 부끄러움을 찾아냈다. 그래서 "밤이면 밤마다 나의 거울을 손바닥으로 발바닥으로 닦아 보자"라고 다짐하며 자신의 참회가 일회성이 되어서는 안 됨을 스스로에게 각인시키고 있다.

일제 강점기에 이런저런 이유로 창씨개명을 했던 사람들이 한두 명은 아니었을 것이다. 그렇지만 윤동주는 다른 사람의 흠이 아닌 오직 자기 자신의 허물에 대해 민감하게 성찰하고자 했다. 그래서 그에게는 자신을 비추어 볼 매개체가 필요했다. 「자화상」에서의 '논가 외딴 우물'이나 「참회록」에서의 '파란 녹이 낀 구리거울', 「쉽게 쓰여진 시」에서의 '밤비 내리는 창窓' 등이 그가 자신과 대면하기 위해서 필요했던 매개체들이었다.

자신을 위안하는 악수를 건네다

고국에서 참회록을 쓴 후 일본 유학길에 오른 윤동주의 심경은 어떠했을까. 그가 남긴 마지막 시는 「쉽게 씌워진 시詩」(1942.6.3.)이다. 이 시에서 시인은 "인생은 살기 어렵다는데 시가 이렇게 쉽게 씌워지는 것은 부끄러운 일이다"라고 고백한다. 어떤 문학사가는 윤동주를 가리켜 부끄러움을 미학적으로 승화시킨 시인이었다고 평했다. 그의 시에 나타난 부끄러움은 우리에게 아름다움의 느낌과 함께 위로의 감정을 함께 전해 준다.

창씨를 하고 적국인 일본에서 유학 생활을 하던 윤동주는 시 쓰기를 통해 자신을 성찰하면서 부끄러움의 감정을 일구어 냈다. 그는 「참회록」의 고백을 잊지 않고 있었다. 그에게 시 쓰기는 참회를 이어가는 성찰의 과정이었기에 시는 결코 쉽게 쓰여져서는 안 되는 것이었다. 그렇지만 그는 「쉽게 씌워진 시」 마지막 연에서 "나는 나에게 적은 손을 내밀어 눈물과 위안慰安으로 잡는 최초의 악수"를 건넨다. 그는 진심 어린 회개와 성찰을 하고 있는 자기 자신에게 손을 내밀어 스스로를 위안한다.

마지막으로 쓴 시에서 자신을 위안하는 악수를 건넨 윤동주는 이 듬해 악명 높은 특수경찰에 의해 사상범으로 체포된다. 민족의식을 갖고 조선 독립의 야망을 실현시키려 했다는 죄목으로 징역 2년형을 선고받은 윤동주는 후쿠오카 형무소에서 생체 실험을 당하다가 무고하게 옥사했다. 조국 광복을 불과 6개월 앞둔 시점이었다.

그는 「십자가十字架」(1941.5.31.)란 시에서 십자가를 자청해서 지고 민족을 위해 희생하려는 의지를 나타낸 바 있다. "행복幸福한 예수 그리스도에게 / 처럼 / 십자가가 허락된다면"이란 시구에서 '처럼'이란 조사가 독립된 행으로 쓰여진 것은 절실한 의지가 강조된 표현이다. 예수 그리스도가 인류의 구원을 위한 속죄양이 된 것처럼, 윤동주는 민족의 구원을 위한 희생제물이 되고자 했던 것이다.

올해로 우리나라는 광복 77주년을 맞았다. 무명시인이었던 윤동주의 시는 지금 전 국민의 애송시가 됐다. 우리는 왜 윤동주의 시를 사랑하게 되었을까. 일차적으로는 그의 시에서 느껴지는 순수함과 아름다움의 서정성 때문일 것이다. 그렇지만 그의 시를 음미하다 보면 자신을 끊임없이 성찰하고자 했던 시인의 마음을 읽게 된다. 또한 시인이 나타낸 부끄러움의 감정에도 공감하게 된다. 그리고 민족을 위로하면서 자신도 위안하고자 했던 윤동주의 시에서 내 마음이 위로받고 있음을 발견하게 된다. 윤동주 서거 77주년에 그의 시가 전해주는 위로의 깊은 뜻을 다시 한번 되새겨 본다.

포스텍 인문사회학부 교수, 한국디지털문인협회 학술분과위원장
경북매일신문 칼럼니스트, 경북교통방송 '노승욱의 문화 읽기' 진행 패널

인생은 쉬임없는 도전의 연속

- 나의 롤모델 고 이학여사 -

문 영 숙

문화센터에서 시와 수필을 배운지 2년을 갓 넘겼을 때였다. 50을 코앞에 둔 나이에 숙명여자대학교 평생교육원 수필반에 등록을 했다. 굳이 여의도 KBS에서 청파동으로 장소를 옮긴 것은 대학에 대한 갈증 때문이었다. 그때까지 나는 중학과정을 공부한 고등공민학교 졸업이 내 학력의 전부였다.

비록 정규대학과정은 아니지만 평생교육원이라도 대학이라는 공간에서 공부를 할 수 있다는 것이 숙명여자대학교로 나를 이끌었다.

개강일에 서로 인사를 나누는 시간이었다. 대부분 20대 후반부터 40대 후반까지의 여자들이었는데 운전기사의 부축을 받으며 할머니 한 분이 지팡이를 짚은 채 강의실로 들어왔다. 처음엔 강의실을 잘못 찾아오신 분인 줄 알았다.

수강생들도 나도 호기심을 가득 품고 그 분을 살폈다. 돌아가며 인사를 나누는데 그 분 차례가 되었다.

"황진이가 되고 싶었던 이학입니다."

황진이라는 말에 나를 비롯한 수강생 모두 어리둥절했다. 서화담과의 애틋한 러브스토리의 주인공 황진이라니. 그 분의 외자 이름도 독특했다.

그 분이 다시 말을 이었다.

"저는 80을 코앞에 두고 있는 늙은이입니다. 이만큼 살아오면서 자수도 놓아보고 글씨도 써 봤습니다. 두 분야에서 대가 소리도 들었습니다. 이제 예술의 최고 경지라고 생각하는 문학을 하고 싶어서 찾아왔습니다. 잘 부탁드립니다."

나는 그제야 그 분이 가끔 매스컴에서 본 이학여사라는 걸 알아챘다. 이학여사는 서예의 대가이고, 한국 전통자수를 정립한 자수가로 고 진의종 국무총리의 부인이었다.

이학여사의 다음 말이 이어졌다.

"제가 예술의 최고를 문학으로 꼽는 이유는 이렇습니다. 자수는 수틀에 있는 그림대로 바늘로 한땀 한땀 수실을 꿰면 예쁜 자수작품이 됩니다. 또 서예는 스승에게 체본을 받아 그 체본대로 수없이 연습을 하다 보면 어느덧 자기 서체가 나옵니다. 그런데 문학은 그림도 없고 체본도 없고 오로지 머릿속에서 생각과 상상으로 탄생시키는 즉 무에서 유를 탄생시키는 예술이라서 저는 문학을 예술의 최고로 생각합니다."

그 분은 제11대 신사임당을 수상한 분이었다. 지금은 없어졌지만 대한 주부클럽연합회라는 단체에서 매년 시상하는 신사임당 상은 모든 여성들에게 흠모의 대상이었다. 신사임당을 수상하려면 적어도 세 가지의 예능을 갖추어야 했다.

그 후 나는 이학여사와 함께 숙명여자대학교 평생교육원에서 3

학기를 공부했고 이학여사는 일주일에 한편씩 자전적 수필을 발표했다. 나는 매주 수업이 있는 날마다 이학여사의 초고를 워드로 바꾸어주는 일을 했다. 이학여사는 원고지에 쓴 글을 수업 3~4일 전에 운전기사 편에 내게 보냈다. 나는 그 글을 워딩하면서 이학여사의 전생애를 들여다보는 기회가 되었고 이학여사와 한 발 더 가까워 질 수 있었다.

배움의 갈증에 허덕이는 나에게 이학여사는 삶이라는 끈을 놓기 전까지 쉬임없는 도전하는 것이 살아있는 증거라면서 나에게 도전정신을 몸으로 보여주었다.

그 무렵 나는 구중궁궐에 갇힌 기분으로 살 때라서 이학여사를 만나면 새장에 갇힌 새처럼 느껴지는 내 삶의 답답함을 토로하곤 했다. 그때마다 이학여사는 위트와 해학이 넘치는 선문답 같은 일화로 나를 위로하고 인생의 지혜를 가르쳐 주었다.

어느 날이었다. 수업이 끝나고 이학여사는 문우 몇 명을 데리고 북악산 팔각정에 오른 일이 있었다. 찻집 이름도 내 갈증에 대한 위로라도 하는듯 〈구름 위의 찻집〉이었다. 이학여사는 여행도 가지 못하고 자유롭게 외출도 하지 못하는 내 하소연을 잠자코 듣더니 선문답 같은 말로 나를 위로했다.

봄이 되면 한동안 보이지 않던 암탉이 대숲에서 알을 품다가 어느 날 병아리들을 이끌고 마당에 나타난다. 같은 날 태어난 병아리들 중에 다른 놈들보다 먹이도 빨리 주워먹고 뭐든지 눈에 띄게 잘 자라는 놈이 있다.

그렇게 보란 듯이 앞서가던 병아리는 어느 날 집에 손님이라도 오거나, 혹은 아픈 사람이 생겼을 때 약병아리가 되거나 손님상에 오르는 불행을 당하게 된다. 내공을 길러라. 너무 드러나지 않게 차근차근 누구도 함부로 할 수 없을 만큼 날개 힘을 길러라. 그런 다음에 주인에게 잡히려할 때 그동안 기른 내공을 발휘하여 지붕 위로 훌쩍 날아오를 수 있게 자신만의 날개를 키워라.

이학여사는 80회 생일에 자신이 쓴 수필로 출판기념회를 열었다. 책 제목은 『황진이가 되고 싶었던 여인』이었다. 나는 그 책이 나오기까지 워딩과 교정을 도와드렸다. 2004년 이학여사가 84세로 세상을 떠날 때까지 나는 막내딸처럼 그 분 곁에서 인생의 지혜를 배우고 위로를 받았다. 그 분이 돌아가시던 해 나는 늦깎이 대학생이 되어 국어국문학을 전공했고 그렇게도 주렸던 대학의 문턱을 4년 만에 졸업했다.

이학여사가 나와 함께 숙명여자대학교 수필반에 들어섰던 때 당시 78세였다. 하루가 다르게 평균수명이 늘어나는 지금으로 친다면 100세 이상이었을 것이다. 그 연세에도 생의 마지막까지 새로운 도전을 멈추지 않았던 이학여사. 대필로도 자서전을 썼을 환경이었지만 지나온 세월을 더듬어 자신이 직접 한편씩 발표한 수필로 멋진 출판기념회로 80회 생일을 맞던 모습이 아직도 생생하다.

나는 이학여사의 도전정신에 자극이 되어 뒤늦게 대학입학자격 검정고시에 통과했고 대학에 다니면서 이학여사의 자서전에 나오는 궁녀 이야기를 소재로 장편역사동화 『궁녀 학이』를 2007년에 출간했다. 그 책은 이학여사를 만나지 않았으면 쓸 수 없었던 책이다. 『궁녀 학이』는 50여 권이 넘는 내 책 중에 초등학교 고학년부터 중고생까지 가장 인기가 있는 책이 되어 지금도 꾸준히 중쇄로 이어지고 있다.

나에게 용기와 도전을 가르쳐 준 이학여사. 그분이 저세상으로 가신지 어느덧 20여 년이 가까워오고 있다. 이제는 나도 나를 지킬 수 있는 날개를 가졌을까. 내 의지대로 글을 쓰고 내 의지대로 내 삶을 조율하며 잊혀진 독립운동가 최재형 선생을 기리는 봉사에도 보람을 갖고 임하고 있다. 이제부터는 이학여사처럼 나도 누군가에게 용기와 도전을 일깨우는 삶을 살고 싶다.

동화작가, 수필가, 최재형기념사업회 이사장,
저서 : 『독립운동가 최재형』, 장편동화 『무덤 속 그림』 외 40여 권

잊을 수 없는 위로

　봉투를 받아든 순간의 떨림과 위로를 나는 잊지 못한다. 어느덧 40여 년 전이다. 나는 대학에 입학한 이후 현재 명예교수로 있기까지 모교에서만 오십 년 이상을 보냈다. 그동안 내게 위로를 준 선배가 몇 분 계시는데, 그중 학과 십 년 선배인 J박사님을 잊지 못한다.

　내가 공학박사 학위를 취득한 후 모교 신임교수요원 공개 채용에 응모하였으나 실패했다. 학과의 원로 교수 한 분이 나의 채용을 반대했는데, 내가 해외 유명 대학에서 박사 후^(Post-doc.) 연구 경험이 없다는 것이 이유였다. 이전에는 교수 채용에 박사 후 연구 경력이 요구된 적은 없었다.

　그 교수님은 석사 학위로 전임강사로 출발하여 정교수에 올랐고, 모교에서 논문 박사^(속칭 구제 박사)를 취득한 분이었다. 나는 박사학위 취득 전후로 학과의 전공과목 시간 강사로 이 년간 재직 중이었다. 일주일에 전임 시간인 세 과목 아홉 시간을 강의해도 수입은 용돈 수준이었다. 당시의 시간 강사 대우는 매우 박했다.

　다행히 일본 도쿄대학의 전공 분야 교수님과 친분이 있어 그 대학에서 박사 후 연구 유학을 승인받아 일 년간 체류 예정으로 출국 준비를 했다. 당시 큰 문제는 도쿄에서의 생활비였다. 대학연구실에서의 학비나 자리 사용료는 없으나 도쿄대학은 박사 후 연구자(객원 연구원 대우)에 대한 별도의 재정적 지원이 없었다. 나는 이미 어린 두 자녀가 있는 가장이었고 수입은 대학 강사료와 학원 강의 수입이 전부였다. 아내는 연구소의 위촉연구원으로서 월수입이 있었으나 임대아파트의 매월 임대료에 충당해야 했다.

지금 회고해 보아도 이 시기처럼 경제적으로 어렵고 난감한 시기는 없었던 것 같다. 당시의 일본 엔화 환율은 우리의 세 배였다. 적어도 일 년 정도 도쿄에 거주할 생활비를 준비해야 했으나 내 경제적 능력은 너무 미약했고, 가족이나 지인의 도움도 기대할 수 없었다.

나는 박사학위 취득 후 모 연구소의 연구 프로젝트에 연구원으로 참여하며 J 박사님과 함께 매달 연구수당을 받고 있었다. J 박사님은 내가 출국 전 본인의 그달 연구수당 봉투를 내게 주며 유학 생활에 보태라 했다.

내게 현금으로 도와준 유일한 분이었다. 경제적으로 매우 어려운 상황에서의 내 유학을 주변에서는 대부분 잘 다녀오라는 격려는 많았으나 경제적으로 도와줄 가족이나 지인이 없었음을 뼈저리게 느끼던 시기였다.

당시 J 박사님은 모교의 신참 조교수였다. 그는 나와 같은 학과에서 학사와 석사 학위를 마치고 독일에서 십여 년 유학 후 박사학위를 취득하고 귀국했다. 아마도 그 시기에 그의 나이는 사십 전후였으리라. 그 시기의 국립대학 조교수 봉급은 오십만 원 정도로 매우 적었다. 사립대학은 거의 두 배 수준이었다. 조교수의 경제적 상황을 내가 아는지라 그의 도움은 쉽지 않은 일이었다. 연구비의 매달 인건비가 십만 원이었던 것으로 기억하는데 사실 박봉 생활비에 상당한 도움이 되는 액수였다. 누구보다 나의 사정을 잘 아는 J 박사님은 이 한 달 연구수당을 내게 주었으니 그 고마움을 잊을 수가 없다. 당시의 내겐 큰 도움이자 위로였다.

나는 도쿄대학 연구실에 체류 중 모교의 신임 조교수로 채용되어 교수 생활을 시작하였다. 박사학위를 취득 후 거의 이 년 만이었다. 이미 어언 사십 년도 지난 어려운 시절이었으나 J 박사님의 도움을 잊은 적이 없다. 나는 교수 생활을 하는 동안 유학 가는 제자들과 또는 해외 학술회의에서 만난 후배나 제자들에게 내가 어려웠을 때 받은 위로를 그들에게 나눠주고자 적극 관심과 도움을 주어 왔다. 일본으로 유학 직전 나의 극히 어려웠던 환경과 주변의 재정적 도움이 절실하던 때의 경험을 잊지 못하기 때문이었다.

다가오는 추석 명절에는 잊지 않고 내게 큰 위로를 주신 J 선배님께 고마움의 선물을 보내야겠다.

수필가, 서울대학교 에너지자원공학과 명예교수, 《현대수필》 등단, 《여행문화》 부주간. 산문집 『내 인생의 푸른시절』 외 3권

제5부

한 줄, 한 줄에 담겨 있는 삶의 위로

저들을 누가 위로 할 것인가

이 채 윤

영숙이 아버지는 술을 마시면 우는 남자였다.

"오마니, 오마이, 보고 싶습네다."

우리 집이 영숙이네 옆집으로 이사 온 첫날, 영숙이 아버지가 그렇게 우는 바람에 우리 식구는 모두 깜짝 놀랐다. 그분은 18세 때 단신으로 피난 와서 가정을 이루고 살고 있었으나, 마음은 늘 북녘에 두고 온 부모형제에게 가 있었다.

"쯧쯧, 고향에 두고 온 가족이 보고 싶어서 저러는구만…"

이렇게 혀를 차는 아버지의 눈가에도 눈물이 맺혀 있었다. 아버지와 영숙이 아버지는 고향이 같았고 같이 피난을 내려온 처지였다.

며칠 후 깊은 밤, 아저씨의 울음은 길어졌고 동네가 떠나갈 듯했다. 아버지가 달래려고 영숙이네 집으로 건너갔다. 그런데 잠시 후, 울음은 잦아지는 것이 아니라 더욱 커져만 갔고, 대성통곡이 되어 들려왔다. 달래러 갔던 아버지마저 같이 울기 시작한 탓이었다. 아버지는 북녘땅에 5남매를 두고 온 때문이었다. 아버지는 북에 가족을 모두 두고 남녘에 내려와서 우리 3남매를 낳았다.

당시 초등학생이던 나는 두 어른의 울음의 의미를 제대로 알지 못했다. 1984년 이산가족찾기 때, 두 분은 KBS 방송국에 나가 목마르게 가족을 찾았으나, 부모형제, 부모자식 누구도 찾지 못했다. 아버지는 사촌 한 분을 찾았으나 그분은 이내 돌아가셨다.

세월은 흘러서, 그렇게 고향과 가족을 그리워하며 울음을 참지 못했던 두 분은 이제 세상에 없다. 돌이켜보면 6·25전쟁이 일어난 지 73년이나 되었다. 그동안 남·북한 체제는 변한 것이 거의 없다. 모든 분단국가가 통일되었는데도 우리는 아직도 서로에게 총부리를 겨누고 있다.

미국·중국·러시아·일본 세계 4강에 둘러싸인 지정학적 운명 때문이라지만, 1,000만 명이나 되는 이산가족이 상봉은커녕 살아 있는지 죽었는지 소식조차 모르고 세상을 뜨고 있으니 세계사 최대의 비극이다.

남·북한은 분단 기간 내내 체제 경쟁에 골몰해왔다. 북한은 3대 세습체제를 유지하며 지구상에서 가장 낙후된 국가로 추락했고, 남한은 세계 10위의 경제 강국, 선진사회로 들어서 있다. 해방 당시 북한에는 공업시설이 몰려 있어서 경제적·군사적으로 우위에 있었다. 남한은 북한의 전기마저 빌려 써야 하는 처지였다. 그런데 전쟁이 터지고 500만 명이나 되는 피난민이 북한을 떠나 남녘 땅에 정착했다.

지난 70여 년간 한반도 남쪽과 북쪽의 사람들이 사용할 수 있었던 기술은 똑같았다. 하지만 오늘날 남북한의 기술 격차, 삶의 격차는 지구상에서 가장 크다. 우리는 동일한 언어와 역사와 전통을 지닌 한민족이었으나 완전히 다른 사회를 건설한 것이다. 인공위성으로 찍은 한반도의 밤 풍경을 보면 그 격차가 확연히 드러난다. 남녘은 불야성을 이루고 있는 반면 북녘은 아예 캄캄하다.

문제는 북한이 세계 최빈국의 나락에 떨어져 있음에도 불구하고 핵무기로 세계를 위협하는 광신 집단이 되어 있다는 데 있다. 남한은 남한대로 불평등과 양극화로 몸살을 앓고 있다. 통일이 필요 없다고 주장하는 사람들도 많다. 조사에 따르면 초·중·고 학생 4명 중 한 명은 남북통일이 필요 없다고 생각하고, 북한을 포용이 아닌 경계 대상으로 인식하고 있다.

그런데 피난민의 자손인 나 같은 이들은 이런 현실을 정말 받아들이기 힘들다. 한 핏줄 한민족이니 통일은 당위니 하는 미사여구나 추상적인 말은 걷어치우자.

나의 경우, 아버지가 북한에 두고 온 5남매의 자식이 있다. 우리 같은 이들이 북에서 낳은 자식과 남에서 낳은 자식을 합치면 수백만 명에 이를 것이다. 그런데 남북한의 격차는 너무나 크다. 경제 규모 따위를 말하는 것이 아니다. 통계에 따르면 북한 청소년들의 키는 남한 아이들보다 10cm가 작고, 북한 사람이 수명은 남한 사람들보다 10년 이상 짧다. 이것이 아버지가 북에 두고 온 후손의 현실이다.

1930년대, 1940년대만 해도 북녘 사람들의 생활 수준, 교육 수준은 남녘보다 훨씬 높았다. 일제강점기를 지나 해방 공간에 이르러서도 우리나라를 움직이는 주류 지식인은 거의가 북녘 출신들이었다. 안중근을 비롯해서 정치지도자로는 안창호·김구·조만식·이승만·장준하, 문화인으로는 김소월·이광수·김동인·함석헌·김준엽·한경직·안병욱·김형석 등이 북녘 출신이었다. 그런데 같은 씨를 받고 태어난 후손들이 전혀 다른 인종으로 변해서 전혀 다른 삶을 살아가고 있으니 기가 찰 일 아닌가.

어느 날 나는 술자리에서 친구들에게 이런 농담을 했다.

"나는 황해도에 아버지가 들고 내려온 12만 평짜리 땅문서를 갖고 있어. 통일이 되면 나보기 힘들어질 거다."

"그 종이 쪼가리가 무슨 소용이 있다고 구라를 치냐?"

친구들은 독일이 통일되면서 동독지역의 토지 원소유권자를 인정해주고 특혜를 주어 동독 지역 개발에 나섰던 사실을 모르고 있었다. 물론 내 말은 '구라'였지만 실제로 12만 평짜리 땅문서를 갖고 있다면 '통일대박'을 꿈꾸지 않을 수 없을 것이다

우리 청소년들은 통일에 부정적인 이유로 '통일에 따르는 경제적 부담(19.8%)'을 첫손에 꼽았다. 그들이 나처럼 북한에 형제자매를 두고 있는 후손이라면 그런 생각을 하지 않을 것이다. 또 손에 '12만 평짜리 땅문서'를 손에 쥐고 있다면 더욱 그런 생각을 하지 못할 것이다. 더러는 어서 통일을 해서 북한 땅을 개발하자고 앞장서지 않았을까.

아버지가 두고 온 5남매와 그들의 자식들이 지금 북녘땅에서 살아가고 있다. 춥고 고달프게 사는 이들이 남이 아니라 나의 형제들이고 운명공동체인 나의 이웃이다. 그런데 우리가 왜 극대 극인 삶

을 살아가야 하는 것일까? 억눌려 신음하는 저들을 누가 위로할 것인가? 통일만 기다리다 가족 상봉도 못 하고 죽어간 내 아버지와 같은 수백만 원혼을 누가 달래줄 것인가?

한반도는 늘 위태롭다. 언제 무슨 일이 일어나서 우리가 신음하는 자가 될지 모른다. 그때 누가 우리를 위로할 것인가?

시인, 작가, 도서출판 작가교실 대표

전설의 떡볶이가 된 말 한마디

김두진

"전설의 떡볶이가 될 거예요."

그 한마디로 나는 오늘도 전설의 떡볶이를 만들고 있다.

2002년도는 월드컵 손님맞이를 한다고 구청에서는 관내 거리마다 청소며 조경에 신경 쓰던 때였다. 아울러 노점상 단속이 매우 심하였다. 당시 IMF로 실직한 남편과 나는 생활고를 극복하기 위해 어렵게 마련한 중고 포장마차에 나름 멋도 부리고 모양을 꾸몄다. 두 주먹 불끈 쥐고 떡볶이 장사를 새롭게 시작해보자 다짐하고 빚을 갚기 위해 애썼던, 겨우 서른셋 새댁이었다. 그러나 다짐과 달리 열정만으로 해결되는 건 하나도 없이 막막한 현실이었다.

명일동 Y쇼핑 앞자리에 포차 자리를 잡고 장사를 시작했지만, 구청 단속반이 수시로 와서 단속하는 바람에 이리저리 쫓겨 다니면서 장사를 해야 했다. 어느 날 구청 단속반이 천호동을 거쳐 암사동에서 명일동으로 와서 4톤 포차 2대와 1톤 용달 4대로 거리 상인들 포차를 견인해갔다. 건물주와 행인들은 그저 구경꾼일 뿐 아무도 막지 못했다. 당장 먹고 살길이 막막하여 스스로 정리하겠다고 사정했지만, 당장 성과를 내지 않으면 안 되는 날이라도 되는 듯 인정사정없이 몰아붙였다.

좌판에 앉아서 맛있게 먹고 있던 두어 팀이 거의 다 먹어갈 즈음이었다. 단속반이 들이닥치자, 몰래 먹다 들킨 도둑고양이처럼 슬금슬금 돈을 지불하고 손님이 하나둘 사라졌다. 한 판 잘 끓여진 판 위의 많은 양의 떡볶이를 버리기가 아까워 서성거리고 있을 때, 물끄러미 나를 바라보던 어린아이가 말했다.

"아줌마, 속상해서 어떡해요? 1인분 주세요."

그 아이가 바로 9살 종진이다.

종진이는 1주일에 서너 번은 포차에 들러서 떡볶이를 사 먹던 단골손님이었다. 마침 엄마와 함께 산책을 나왔다가 그 광경을 보고 걱정스러운 얼굴로 나를 바라보며 말한 것이다.

"음, 괜찮아. 그리고 오늘은 장사를 못하게 되었으니 공짜로 줄게."

그러면서 종이컵에 떡볶이를 담아 주었다. 그래도 종진이는 끝내 오백 원을 주고 갔다. 그러면서 하는 말이 "아줌마, 포장마차 찾아오면 전설 속 떡볶이집으로 남으실 거예요, 힘내세요."라고 말하였다. 이 말 한마디로 타들어 가던 속이 아닌 내 속이 진정되기 시작했다.

그때 단속 과장인지 반장인지 하는 남자가 "좌판 위의 젖은 음식은 포차에서 당장 내려놓으세요." 단호한 목소리로 말하기에 일부러 꾸물대니 오늘은 행사처럼 치러야 할 '일제단속기간'이라 인정사정 봐줄 수 없다고 말했다. 좌판 위 음식들을 하나씩 내려놓을 때 그 무거운 무게가 버거워 꾸물대니 단속요원이 거들어 주었다. 참으로 야속한 사람, 아니 그도 어쩔 수 없는 일이겠지만, 한바탕 태풍이 지나가고 나서 거리는 다시 조용해졌다. 포차를 뺏기면 찾아오기까지 최소한 한 달 이상은 걸렸고, '도로점거침입죄'로 벌금까지 물어야 했다.

포차에서 조리된 젖은 음식과 허접한 비품 몇 개, 조리하지 않은 남은 식자재는 땅바닥에 패대기쳐졌고 가스통과 의자, 파라솔 집기류를 4톤 차에 싣고 가버린 후 전쟁 아닌 전쟁이 끝난 것이다. 나에겐 자식과도 같은 포차의 뒷모습을 그저 바라보면서 땅바닥에 주저앉아 눈물만 쏟았다.

집에 돌아와서도 내내 종진이 말이 머릿속을 떠나지 않았다. 그리고 종진이가 말한 '전설의 떡볶이집' 약속을 숙제로 생각하면서 23년이란 시간을 오직 한 길만 걸으며 '진이네 떡볶이집'을 운영하다 보니 강동구에서는 꽤 유명한 맛집이 되었다.

지금 종진이는 그 당시 서른둘이던 나와 같은 나이가 되었다. 아직 미혼으로 우리 가게 단골 고객 1호이다. 서초동에 살면서도 강동구까지 부모님을 모시고 종종 찾아온다. 그런 종진이를 볼 때마다 "종진이 총각 덕분에 내가 힘을 얻고 열심히 일하고 있어요."라고 하면, "사장님 떡볶이는 대한민국, 아니 세계에서 가장 맛있어서 반드시 전설로 남을 거예요." 여전히 종진이가 더 나에게 힘을 실어주는 위로의 말을 해 준다. 덕분에 나는 보육원으로 군부대로, 재활원으로 여기저기 주말마다 무료 떡볶이 나눔 봉사를 실천하고 있다.

떡볶이를 맛있게 먹는 아이들의 초롱초롱한 눈빛이 예뻐서, 그리고 나라를 지키는 젊은 청년들에게 추억의 떡볶이 맛으로 기억되길 바라는 마음으로 봉사의 즐거움을 맛보는 행복한 삶이다.

진이네 떡볶이 대표
국제사이버대학 학술제 시 부문 장려상, 시산꽃 동아리 회원

죽어가는 고래를 춤추게 한 한마디

21세기가 막 시작된 2001년, 그 해 보스톤의 겨울은 유난히 추웠다. 12월 24일 오전 10시 로건 에어포트. 공항 경비가 무척이나 삼엄하다. 불과 3개월 전 이곳에서 이륙한 비행기 두 대가 뉴욕의 쌍둥이 빌딩을 무너뜨렸기 때문이다. 미 전역을 공포로 몰아넣었던 911테러가 시작된 곳이다.

공항 안에 감도는 싸한 공기를 느끼기도 잠깐, 아내와 아들의 전송을 받으며 나는 비행기 탑승구로 향했다. 성탄절 다음날 아침에 한국 내 본사 27층에서 회의가 있기 때문이다. 인천공항에 내려 집에 돌아오니 25일 밤 10시 35분. 결국 크리스마스를 태평양 상공에서 보낸 셈이다. 날짜 변경선 때문이다.

그로부터 1년은 내 생애 가장 힘겨운 한 해였다. 나는 회의 직후 호텔신라에 발령을 받아 일하게 되었다. 초일류 호텔로의 도약을 위한 그룹 내 혁신의 주역들이 드림팀으로 구성됐고, 나 또한 보스톤 MBA 유학 중 일원으로 차출되어 졸업일보다 한 달이나 앞서 귀국했던 것이다. 고참 부장 연수생 신분이었지만 상무 승진으로 귀임 발령이 났으니 회사의 각별한 배려에 감사할 일이었다.

하지만 인생길에는 항상 좋은 일만 기다리고 있는 것이 아니다.

사십이 넘은 나이로 젊은 미국 친구들과 MBA에서 경쟁하기는 결코 쉬운 일이 아니었다. 부실한 영어 덕분에 각종 리포트와 과중한 학업 부담으로 당시에 체력이 완전히 고갈됐었다.

하지만 귀국 후 기다리고 있는 상황은 훨씬 심각했다. 그간 밀린 호텔의 혁신업무들은 산더미와 같았고 매일 퇴근은 자정을 넘겼다. 이런 생활이 몇 달째 계속되자 몸이 완전히 번 아웃되어 버렸다. 새벽 한 시가 넘어 고속도로를 1차선으로 운전하다 깜빡해 눈을 떠보면 3차선을 달리기 일쑤였고, 어떤 날은 새벽 2시 반쯤 아파트 주차장에 도착했지만 집에 올라갈 기력이 없어 잠시 눈을 붙이고 보니 시계가 4시 반을 가리키고 있을 때도 있었다. 그런 생활로 5개월이 지나자 결국 몸이 완전히 망가져 버렸다. 아침에 침대에서 도저히 일어날 수 없는 상태가 된 것이다.

한편 아내와 아들은 낯선 유학 생활로 현지 적응에 힘들어했고 근 일 년 동안을 국내에서 홀로 지낸 어머니는 몸져누워 결국 병원 신세를 지기에 이르렀다. 폭주하는 업무, 고갈된 체력, 어머니 입원, 미국 현지에서 고군분투하는 아내와 아들. 가족 한 사람 한 사람이 모두 절박한 위기 속에 있었다. 총체적 난국이란 표현은 바로 이럴 때 쓰는 말이었다. 세상에는 사람이 위로조차 할 수 없는 절체절명의 상황이 있다는 걸 비로소 알게 되었다. "앞으로 가도 그가 아니 계시고 뒤로 가도 보이지 아니하며 그가 왼쪽에서 일하시나 내가 만날 수 없고 그가 오른쪽으로 돌이키시나 뵈올 수 없구나." 욥의 고백이 나의 고백처럼 느껴졌다.

나는 깊은 고민 끝에 퇴직을 결심했다. 회사로부터 막중한 임무를 부여받았으나 체력과 정신력의 고갈로 역할을 수행할 수 없으니 책임을 지는 것은 마땅한 일이다. 그간 몸을 날려 일한 20년의 직장 생활을 접는다는 것이 참으로 안타까운 일이지만 패전한 장수가 목숨을 구하는 것은 프로직장인의 수치라 생각했다.

퇴직 면담 시에 말씀하신 고위 선배 임원의 말씀이 이러하였다.

"신 상무, 지금 현실적으로 빠지기 어려운 상황인 줄 알고 있지요. 하지만 사람부터 살고 봐야 하니 원래 부서로 돌아가 몸부터 잘 추스르고 회복되면 더욱 열심히 일해 주세요."

죄스러움에 한없이 무거웠던 어두운 마음을 비추는 한 줄기 빛과 같은 위로의 말이었다.

"다시 기회를 주시니 깊은 배려에 감사드립니다. 빨리 회복해서 두 배로 일해 회사에 진 빚을 갚겠습니다."

회사는 고민 끝에 나를 이전 부서로 원복시켜 주었다. 정상 업무로 건강이 차츰 좋아지면서 몸을 온전히 챙길 수 있었다. 1년쯤 지나 건강이 거의 회복되어 종합검진에서 양호 판정을 받았다. 아내도 귀국했고 아들은 유학을 계속했으며 어머니도 퇴원하셨다. 그후 나는 큰 조직에서 최선을 다해 10년 동안 내가 맡은 분야를 세계 초일류로 만들기 위해 혼신의 성취를 이어가 마침내 최고의 위치에 오를 수 있었고, 이후 5년 이상을 더 근무했다. 회사업무 중에는 춤추는 고래처럼 세상 어느 누구보다 잘할 수 있는 일도 하나쯤은 있게 마련이니까.

인생을 살다 보면 누구나 뜻하지 않게 실수하기도 하고 예기치 않은 시련을 겪기도 한다. 맹자는 "하늘이 어떤 이에게 장차 큰 임무를 맡기려 할 때는 반드시 먼저 그 사람의 마음을 괴롭게 하고 몸을 수고롭게 하며 그가 하고자 하는 바를 어지럽힌다. 이유인즉 바로 사람의 마음을 흔들어대고 마구 두들겨서 인내와 근성을 길러주어 이제까지 해낼 수 없는 제아무리 큰 역할이라 할지라도 너끈히 해낼 수 있도록 만들기 위함이다"라고 하였다.

당시 회사의 격려는 내게 큰 위로가 되었고 조직의 따뜻한 배려로 나의 모든 것을 바쳐 조직의 미래와 발전에 기여할 수 있었다. 어떤 위로라 할지라도 위로하는 입장에서는 작은 배려에 불과할지 모르지만 위로받는 입장에서는 때로는 자신의 온 삶을 바꿀 정도의 영향력을 미친다. 그러한 위로야말로 받는 사람에게는 회생의 계기가 되고 주는 자에게는 축복의 선행이 된다.

위로는 사람의 마음과 마음을 하나로 졸라매는 끈끈한 배려의 끈이다.

위로는 사람을 살리는 향내 나는 꽃이며 평생 잊지 못할 진한 감동의 열매를 맺는 생명나무인 것이다.

KAIST 겸직교수, (전)삼성인력개발원 부원장

참된 위로는 배려와 용서에서 온다

김 종 회

배려와 관용은 어디에 있는가

갈색의 긴 머리에 실오라기 하나 걸치지 않은 아름다운 여성이, 붉은색 망토를 두른 백마를 타고 가는 그림이 있다. 1898년 영국의 화가 존 콜리어의 걸작인 '레이디 고디바'다. 얼핏 보면 고급한 춘화를 연상하게 하는 선정적인 작품이다. 그러나 이 그림에는 11세기 중엽 영국의 전설적인 귀부인 고디바에 관한 고결하고도 아름다운 이야기가 담겨 있다.

고디바는 당시 코벤트리 지역의 영주인 레오프릭 백작의 어린 아내였다. 칠십 노인인 백작은 전쟁 준비를 위해 농민들에게 가혹한 세금을 매겼고, 열여섯 꽃다운 나이의 아내는 백성을 사랑하는 마음으로 세금을 낮추어 달라고 간청했다.

매정하기 이를 데 없는 백작은 장난삼아 이렇게 말했다.

"당신의 농민 사랑이 진심이라면 그 사랑을 실천해 보여라. 만일 당신이 완전한 알몸으로 말을 타고 영지를 한 바퀴 돌면, 그리고 농민들이 한 사람도 예외 없이 예의를 지킨다면 세금 감면을 고려하겠다."

그런데 고디바는 정말 그렇게 했다. 영주 부인의 소문을 들은 농민들은 감동하여 집집마다 창문을 닫고 커튼을 내려, 어린 숙녀의 고귀한 희생에 경의를 표했다.

이 전설적인 사건이 일어난 시기에 고디바의 나이는 30대 초반이었다는 기록도 있다. 이야기의 곁가지로 톰 브라운이라는 양복점 직원이 커튼 사이로 그녀를 몰래 훔쳐보다가 눈이 멀었다고 한다.

'피핑 톰(peeping Tom, 훔쳐보는 톰)'이라는 표현은 이렇게 관음증의 상징어가 되었다. 결국 고디바는 세금 감면에 성공했고, 아내의 용기와 선행에 감화된 백작이 선정을 펴게 됐다는 후일담이 전한다. 오늘날에도 코벤트리 지역의 상징은 말을 탄 여인이고 그 모형의 동상도 서 있다. 고디바의 감동적인 일화는 지금까지 유럽 전역에서 그림, 조각, 문학작품, 장식품, 이벤트 행사 등에 널리 소재로 사용된다. 특히 1926년 벨기에의 한 초콜릿 회사가 자국의 문화적 전통에 이 일화를 결부하여, 고디바를 상품의 표제로 삼았다. 품격 있는 포장지와 우아한 문양의 조개껍질 디자인을 갖춘 고디바 초콜릿은 세계적인 명품이 되었다.

이 한 편의 드라마 같은 담론 속에는 힘없고 연약한 백성들에 대한 따뜻하고 눈물겨운 배려, 그리고 관용의 정신이 담겨 있다.

진정한 용서는 용서할 수 있는 것을 용서하는 것이 아니라 용서할 수 없는 것을 용서하는 것이라는 말이 있다. 배려 또한 그럴 터이다. 진정한 배려는 상대가 배려를 받았다는 사실조차 모르게 하는 것이 아닐까 싶다. 성경에서는 '구제할 때에 오른손의 하는 것을 왼손이 모르게(마6:3)' 하라고 가르친다. 중요한 것은 이러한 배려와 관용이 언젠가는 보응이 되어 자신이 위급할 때에 되돌아올 수 있다는 세상살이의 원리다. 바쁜 일상 속에서 앞만 바라보던 눈길을 멈추고 잠시 주변을 돌아보면, 이 쉽고도 어려운 일을 실천해야 할 대상이 너무도 많다.

이러한 대목과 관련하여 한국의 현실 정치를 한 번 돌아보지 않을 수 없다. 국민의 혈세를 받으면서 나랏일을 맡은 정치 세력의 무리 가운데, 정말 배려와 관용의 덕망을 보이는 인물은 눈을 씻고 찾으려 해도 잘 보이지 않는다. 정치인에게는 서로 다른 사상이 있을 수 있고 그 방향성도 다를 수 있다. 그러나 그 어떤 상황에서도 공인으로서의 금도襟度가 있고 지도자로서 지켜야 할 면색面色이 있다. 내 편의 이득이 아니라 공공의 과제, 정권적 목표가 아니라 국가적 책임을 감당하려는 실질적 언사와 행동이 증발한 지 오래다. 앞으로도 이 모양이면 정부와 국회, 각 정당의 수장은 모두 후세의 사필을 두려워해야 할 것이다. 한국 정치에 저 멀고도 오랜 시간 속의 고디바 이야기를 겹쳐 보는 이유다.

우리가 누구를 용서할 수 있을까

동양문화권, 특히 한문문화권에서 고전으로 일컬어지는 저술 가운데에는 중국의 4대 기서奇書를 빼어놓을 수 없다. 이른바 『삼국지연의』, 『수호지』, 『서유기』, 『금병매』가 그 제목들인데 이 중 『삼국지연의』에는 3천여 명의 인물이 등장하여 위·오·촉한 등 3국 시대의 파란만장한 사회상과 처세 철학을 수놓고 있다. 여기서 더 범위가 확장된 중국 역사가 『열국지』이다. 거기에 춘추전국시대의 제자백가와 걸출한 인품의 주인공들이 처처에 모래밭의 사금처럼 널려 있다. 『열국지』에 다음과 같은 일화가 있다. 춘추 5패의 한 사람인 초나라 장왕의 이야기다.

어느 날 장왕이 신하들을 데리고 밤중에 촛불을 휘황하게 밝힌 다음 연회를 베풀었다. 그 중도에 느닷없이 일진광풍이 불어 불을 모두 꺼버렸다. 온 주석이 어둠에 잠겼다. 그러자 신하 한 사람이 술기운으로 장왕이 총애하는 애첩의 입을 맞추었다. 그녀는 신하의 갓끈을 뜯어 쥐고서 어서 불을 밝혀 갓끈의 임자를 찾으라고, 자신의 지혜와 정절을 자랑했다. 장왕은 불을 밝히지 않았다. 대신에 모든 신하들로 하여금 스스로 갓끈을 뜯어버리게 했다. 취중의 사소한 실수로 치부하고, 색출할 수도 있는 범인을 즉석에서 사면한 셈이다.

많은 나날이 지난 다음 장왕이 전쟁터에서 적군에게 포위되어 죽을 고비에 이르렀다. 한 사람의 장수가 목숨을 내던져 장왕을 구출하고는 부상으로 숨지게 되었다. 장왕이 물었다. "그대는 어찌하여 그대의 생명으로 나를 구했는가?", "왕이시여, 제가 바로 옛날의 연회 때에 갓끈을 빼앗겼던 자입니다. 그 은혜를 이제야 갚습니다." 그리고 그는 죽었다. 남을 용납할 만한 도량을 금도^{襟度}라 부르는데, 역사는 장왕의 금도를 실증한 그날의 연회를, 끊을 '절', 갓끈 '영' 자를 써서 절영연회^{絶纓宴會}라 기록하고 있다.

하지만 우리는 대체로 남을 용서하는 일에 훈련되어 있지 못하다. 자신의 큰 잘못은 쉽게 용서하면서도 다른 사람의 작은 실수에 석연하지 못하는 경우가 많고 보면, 남의 눈의 티끌은 보면서 자기 눈의 들보를 보지 못한다는 성경의 비유가 뼈아픈 채찍이 아닐 수 없다. 거듭 말하지만 용서하기 어려운 사람, 용서할 수 없는 사람을 용서하는 것이 용서다. 그러나 이 땅에 함께 살아가는 갑남을녀甲男乙女들이 이 논리적인 용서의 방식을 체현하고 실천하기란 실로 만만한 것이 아니다. 참된 용서를 실천하기 어렵다는 사실은 개인에게나 공동체에게나 매한가지인 것 같다.

오늘날 한국 사회를 극명하게 두 동강으로 갈라놓고 있는 보수와 진보의 대립 또한 상대방 진영을 이해하거나 용서하려는 시도가 전혀 없기 때문에 발생한 비극이다. 보수에도 건전한 측면과 부정적인 측면이 있는가 하면, 진보 역시 그렇다. 한 나라가 하나의 공동체로서의 질서와 국량局量을 구현하기 위해서는, 보수와 진보의 건전한 경향이 서로를 용납하고 손을 맞잡을 수 있어야 한다. 특히 정치가 그만한 역량의 전개를 시도조차 하지 못한다면, 그것은 소나 말의 정치다.

포용의 미덕을 기대하기 어려운 상황으로 몰고 가는 정치 지도자나 집단은 후세의 사필을 두려워해야 한다. 민족이나 국가의 앞날은 안중에도 없고 정치적 정파적 이익만 앞세우는 행태에서, 무슨 공동체의 내일을 일구어 나갈 정치력을 기대할 수 있겠는가. 내 편이 아니더라도 그 말과 형편에 귀를 기울이고, 때로는 대승적으로 한 발 물러서서 아량과 용서를 베푸는 큰마음의 정치인은 눈을 씻고 찾아도 보이지 않는다. 이들에게서 '선한 정치란 백성들의 눈에서 눈물을 닦아주는 것'이란 상식을 기대할 수 있겠는가. 공동체를 운위하기에 앞서 우리 개인의 심정을 성찰해 보자. 우리가 과연 누군가를 용서할 수 있을까.

문학평론가, 한국디지털문인협회 회장
황순원문학촌 촌장, 저서 : 『문학과 전환기의 시대정신』 외 70여 권

천상의 아름다운 여인

이 성 은

선물

"딕 띠리릭 띡띡띡띡"

현관 도어가 열리면서 누군가 들어오는 소리가 들린다.

"낑낑 이잉 잉…"

"후훗 강아지 소리다~"

피식 웃음이 절로 나왔다. 그럼, 그렇지.

자기가 왔음을 알리는 그녀만의 사랑스런 표현 방식임을 아는 까닭이다.

그런데 오늘은 낑낑거리는 소리가 평소보다 더 진하고 앙증스럽다. 이런 날은 필경 다른 날과는 다른 특별한 뭔가가 있게 마련이다. 자기를 보아달라는 일종의 귀여운 알림 같은 거라고 할까?

마스크를 쓰고 양손에 비닐장갑을 낀 손 위에 다시 손소독제를 한 번 더 바른 후 부리나케 거실로 나갔다. 시온이가 신발을 벗지도 않은 채 자기를 봐달라는 듯 현관에 서 있다. 마치 엄마가 나오길 기다리고 있었다는 듯이.

양손 가득 쇼핑백을 들고 있는 딸의 눈빛에 어리광이 하나 가득이다.

"에궁~ 어서 와. 우리 강아지 오늘도 수고했어. 그렇지 않아도 세정이 이모 전화 받았어. 어머나, 세상에 이게 다 뭐야! 이렇게 많은 줄 엄만 몰랐지. 울 강아지 이거 들고 오느라 힘들었겠네?"

딸에게서 양손 가득한 쇼핑백을 받아 들었다.

어른이 들기에도 무거운 무게니 무거움에 익숙지 않는 시온이에게 버거웠겠다 싶었다.

"잉~ 엄마, 이거 가지고 오느라 힘들었잖아~ 알바 끝나고 화장실 갔다가 나오는데 글쎄 세정이 이모가 날 기다리고 있지 뭐야. 나 순간 깜짝 놀랐잖아."

"아니 이모가 널 본지 한참 됐는데 어떻게 너를 바로 알아봤어? 너도 이모인줄 단번에 알았구? 네가 먼저 인사한 거야?"

"아니, 나는 알았는데 쑥스러워서 바로 아는 척을 못했지 뭐야. 근데 세정이 이모가 나에게 바로, 너 시온이지? 하시더라궁…"

평소에 말이 없는 아이인데 의미있는 심부름을 멋지게 해낸 딸의 수다는 그날따라 끝이 없다.

큰일을 완수하고 돌아온 개선장군처럼 그녀는 다소 흥분된 모습으로 그날의 일들을 이모저모 상세하게 나에게 말해 주었다.

어찌 아니 그럴까. 딸이 들고 온 쇼핑백 안에는 과일이며 고기 등 온갖 것들이 위풍당당하게 그 자태를 드러내고 있었으니 보는 것만으로도 기분이 업되지 않을 수 없었으리라.

엄마인 나를 누구보다 잘 아는 자신이, 이모가 준비한 선물 보따리를 가지고 엄마에게 갔을 때 엄마의 마음이 얼마나 기쁨과 감동으로 충만할지 아는 까닭에 오늘 따라 이리도 들뜨고 흥분해 있는 거리라.

만남

내가 그녀를 만난 건 한여름의 뜨거운 햇살이 작렬하던 어느 해 여름, 일렁이는 열기를 피해 찾았던 아침녘의 아파트 앞 놀이터에서였다. 바깥세상의 묘미와 즐거움을 막 알기 시작한 아들이 검지 손가락을 들어 놀이터 쪽 창밖을 가리키며 "맘마 맘마 저이 저이…" 하며 밖에 데리고 나가달라고 말갛고 사랑스럽기 그지없는 눈길을 들어 나를 조르기 시작하던 즈음이었다.

도무지 거절할 수 없는 치명적인 사랑스러움에 못 이겨 아들을 유모차에 태우고 놀이터로 향했다.

놀이터에서 아장아장거리는 아들을 따스한 시선으로 한참을 물끄러미 쳐다보고 있던 한 여인이 나에게 말을 걸어왔다.

"안녕하세요, 아이가 몇 살이에요?"

"아 네, 안녕하세요. 저희 아이는 이제 막 첫돌 지났어요."

"그래요? 어머 저희 아이랑 동갑이네요. —처음 뵙는 분 같은데 여기 사슴아파트 사세요?"

"네~ 저희가 이곳으로 이사 온 지 얼마 안 됐어요. 아이가 여자아이라 그런지 너무 앙증스럽고 이쁘네요."

나의 말에 그녀가 환하게 웃었다.

유난히 무더웠던 어느 해 여름, 홀연히 그녀가 그렇게 내게로 왔다. 그렇게 우리는 아이들의 친구 엄마로 만났고 가는 세월과 함께 서로의 곁에 오래 머무르고픈 소중한 의미가 되어갔다.

그녀는 봄날의 갓 피어난 꽃처럼 아름다운 여인이었다.

세월이 갈수록 보석처럼 빛이 나는 친구였다. 더할 나위 없는 따뜻함과 섬세하고 고운 마음을 가지고 있었고, 세상 어디에서 그녀 같은 사람을 다시 만날 수 있을까 싶을 정도로 귀한 여인이었다.

누군가를 돕는다는 것은 시간을 내어주는 것이고 마음을 주는 것이라고 했다. 친구의 아픔과 고통을 절대 그냥 지나치는 법이 없으며 상대방의 불편함은 모두 자신이 먼저 나서서 감수해버리는 그녀의 희생과 헌신은 남달랐다.

설혹 어떠한 일로 자신의 마음에 생채기가 생길지라도 결코 그걸 드러내지 않고 상대를 탓하지 않는 그녀의 내면에는 언제나 아름다운 향기가 솔솔 풍겨나오고 있었다. 그녀는 우리들의 사랑하는 아이들 은재, 세정이, 영훈이에게 꼬마 삼총사라는 아름답고 멋진 추억을 만들어준 일등 공신이었다.

그녀로 인해 알게 된 은재엄마 미선이는 주님이 주신 또 다른 선물, 만남의 축복이었다.

이 땅의 삶을 살면서 나에게 예기치 않는 고난의 시기가 왔을 때가 있었다. 사나운 파도와 광풍이 휘몰아쳐 내 삶과 나의 모든 것을 몽땅 집어삼키려고 했던 시간들이 있었다. 상처투성이였고 초토화된 나의 내면을 나 스스로 감당할 수가 없어서 고슴도치처럼 날카로운 날을 세우고 모두를 밀어냈을 때가 있었다.

그 시간들을 따뜻한 눈길로 바라봐 주고 묵묵히 오래 기다려 준 친구가 있었다. 영애였다.

"괜찮아, 다 지나갈 거야. 시간이 지나면 다 좋아질 거야. 조금만 더 참고 기다리자. 내가 옆에 있어 줄게, 힘들 때는 가만히 있어도 괜찮아. 다 괜찮아질 거야…"

그녀의 온화한 눈빛이 희망을 잃고 무너져 내린 나의 등을 토닥토닥 두드리며 나에게 그렇게 말하고 있었다.

영애는 우리가 함께한 오랜 시간들을 통해서, 사랑은 희생과 헌신의 또 다른 이름임을 본인의 삶을 통해 나에게 몸소 보여준 고마운 여인이었다.

우정이라는 이름하에 이제는 끊으려야 끊을 수 없는 평생의 친구가 될 수 있었음은 그녀의 아름다운 배려와, 희생과, 사랑이 있었음을 친구인 미선이와 나는 모르지 않는다.

카톡방 우리의 닉네임처럼 우리 셋은 평생을 물을 찾아 함께 여행을 떠나는 목마른 사슴들이다.

사랑은 희생과 헌신의 또 다른 이름

코로나 확진 판정을 받았다. 코로나가 정점을 찍고 다소 누그러지다가 재유행처럼 다시 코로나 확진자들이 많아지던 시기였다. 지인들과 친구를 통해 코로나의 증상들을 미리 인지하고 있었던 터라 몸의 이상증상을 느끼고 자가진단키트를 통해 확진임을 알게 되었고 신속하게 대처할 수 있었다.

여러 가지 이유로 가족들이 나를 챙길 수 있는 여건이 안 돼서 수저를 포함한 모든 식기를 일회용으로 준비하고 스스로 식사를 챙겨야 했다. 잘 챙겨 먹어야 한다고 모두들 말을 했지만 평소에도 스스로 내 몸을 챙기는 스타일이 아니다 보니 부실한 식사와 직장생활로 인한 누적된 과로 때문에 몸과 정신이 야위어 가던 즈음이었다.

심한 몸살감기처럼 온몸이 아프고 기력이 쇠한 데다 종일 누워만 있다 보니 이런저런 생각에 괜한 서러움이 몰려오기 시작했다. 공교롭게도 나의 마음이 가장 궁핍했던 그날, 그녀가 딸의 손에 선물을 들려 보냈다. 세상 그 무엇과도 바꿀 수 없는 귀한 선물이었다.

가슴이 뭉클했다.

코끝이 시큰거리며 눈시울이 뜨거워졌다.

눈앞이 뿌예지며 눈앞의 물체들이 어른거리기 시작했다.

나를 위해 아끼지 아니하고 이것저것 넘치도록 준비해서 보낸 그녀의 마음이 내 가슴에 고스란히 전해져 왔다. 서민의 빠듯한 살림살이에 자신의 가족을 위해서도 쉽게 시장바구니에 넣지 못한 그 많은 것들을 그녀는 한 치의 망설임도 없이 준비했을 것이다.

'그래 너는 그런 아이였지. 사람들의 필요를 언제나 먼저 알아차리고 본인에게 있는 것까지 아낌없이 내어주면서 항상 남을 먼저 배려하는, 넌 그런 아이였어, 너는…'

어떻게 알았을까? 색깔도 예쁜 노란색 과일이 떡하니 시야에 들어왔다.

"와우~ 참외잖아! 이모가 어떻게 알았지? 엄마가 참외 좋아한다는 걸."

딸에게 내 감정을 들키기 싫어 내 목소리보다 한껏 한 옥타브 높여서 놀랍다는 듯 소리쳤다. 그런 나의 모습을 보며 시온이가 큭큭큭 거리며 웃고 있었다. 분명 '우리 엄마 왜 또 저리 오바하는 거지?'라고 생각했을 게 뻔하다. 자신의 엄마가 가끔 그렇다는 걸 아니까.

황홀한 향기를 풍기며 자신만의 품격을 자랑하는 붉그스레한 복숭아. 상큼함 즙이 곧이라도 배어 나올듯해 침이 절로 삼켜지는 햇사과와 한입 꼬옥 깨물고 싶은 달콤새콤한 자두, 그리고 단백질 보충을 위해 질 좋은 스테이크까지. 그녀는 종류별로 갖가지 과일과 고기들까지 최상의 것들로 준비해서 나에게 보내 주었다.

자신을 위해서 사용하는 모든 것을 아끼고 절약하면서 아파 누워 있는 친구를 위해 자신의 한 달 생활비를 아끼지 아니한 너를 어찌 천상의 아름다운 여인이라 부르지 않을 수 있으랴!

난 그날, 그 어느 날보다 마음의 배가 불러와서 먹지 않아도 도무지 배가 고프지가 않았다. 그리고 그 어느 날보다 나의 내면은 기쁨으로 충만해졌다.

그녀가 보내온 사랑으로 인해 내 가슴은 그 어느 날보다도 커다란 행복감으로 너울거렸다.

오랜 세월 변함없는 마음으로 나를 챙기고 위로했던 아이, 나의 이 진한 감동은 쇼핑백 가득한 먹거리들이 아닌 그 속에 담긴 너의 따뜻한 진심 때문이었어. 넌 주님이 나에게 보내주신 선물임이 분명하다고 가끔 생각하곤 했었어. 매서운 추운 겨울 끝의 따뜻하고 반가운 봄 햇살만큼이나 언제나 그렇게 넌 따뜻했지. 널 만나고 황무지 같았던 내 마음에도 봄이 왔었어.

봄은 네가 나에게 가져다준 선물이었어. 따스함으로 네가 나에게 주었던 그 시간들이 나에겐 이 땅을 살아가게 하는 힘이 됐었지. 누군가 옆에 있다는 것만으로도 위로일 때가 있어. 나에겐 너희들이 그래. 그리고 언제부터인가 너희들의 존재만으로도 난 마음이 풍성해지곤 했었어.

어느 한 날, 약속 없이 찾아가도 맛있는 밥 한 그릇과 따뜻한 차 한 잔 넉넉히 내어 주는 예쁜 나의 친구 미선이와 보는 것만으로도 마음이 훈훈해지는 너, 너희들이 나의 위로야!

목마른 사슴들로 하나 되어 오롯이 우리가 함께했던 시간들.

하늘의 별만큼이나 예쁘게 켜켜이 쌓인 우리들의 오랜 추억들.

그런 날에 너희들이 나의 위로가 되어 주었듯이, 앞으로 우리가 함께 손잡고 갈, 남은 나날들엔 내가 너희들의 인생을 품고 기도할게.

이제는 내가 너희들의 위로가 될게.

누리나래 이사, 나래학당 운영위원

철학자의 위로

오 태 동

　나의 남은 생애에 있어서 첫째가는 즐거움은 독서의 즐거움입니다. 인류의 동서양 고전, 옛 선조들이 남기신 지혜서들을 보다 보면 크나큰 인생의 위로를 얻습니다. 역사상 나에게 큰 위로를 주는 철학자를 들라면 몽테뉴와 보이티우스를 들겠습니다.

　500년 전에 살다 간 귀한 친구, 바로 16세기의 프랑스의 유명한 수필가 몽테뉴Montaigne가 첫째입니다. 그는 59세의 생애를 살며 우리에게 삶에 대한 주옥같은 성찰이 담긴 『수상록』을 남긴 철학자입니다. 고대의 현학적 철학에 반기를 들고 '철학이 도대체 우리의 삶에 도움이 되는 것이 무엇인가?'라는 비판적 질문을 던지며, 철학을 현실의 삶 아래로 끌어 내린 혁명적 사상가였습니다.

　프랑스 보르도의 유복한 집안에서 태어나 어릴 적부터 고전의 독서에 탐닉한 그는, 부친에게 물려받은 성채에 1,000여 권의 장서를 갖춘 서재를 갖추고 독서하고 사색하고 글을 쓰며 여생의 대부분을 보냈지요. 보르도 의회에서 13년 동안 고문으로 일한 그는 과감하게 38세 젊은 나이에 은퇴하여 여생을 책에 바치겠다는 일념으로 시골 고향집에 칩거했습니다. 그에게 독서와 사색은 크나큰 즐거움이자 위안이었지요.

그는 『수상록』 III권에서 다음과 같은 소회를 남겼습니다.

"은퇴 이후 독서가 나를 위로한다. 독서는 괴롭기 짝이 없는 게으름의 짓누름으로부터 나를 해방시켜 준다. 그리고 언제라도 지루한 사람들로부터 나를 지켜준다. 통증이 엄습할 때도 그 정도가 매우 심하거나 극단적이지만 않다면, 그 날카로운 예봉을 무디게 만든다. 침울한 생각으로부터 해방되려면, 그냥 책에 의지하면 된다."

아버지로부터 물려받은 그의 보르도성 원형 첨탑 서재 천장에는 그가 책을 통해 얻은 깨달음 57개의 경구가 나무 들보에 새겨져 있지요. 그중 하나가 이것입니다.

'가장 행복한 삶은 생각 없이 지내는 것이다.' -소포클레스

한평생 시골에 처박혀 부귀영화를 멀리하고 책을 사랑하고, 삶의 현실을 고뇌하며, 진실하고도 평범한 삶을 추구했던 그의 삶… 그는 너무나 인간적인 철학자이자 위대한 사상가이자 수필가였습니다. 그로부터 얻는 인생의 크나큰 위로는 힘들 때마다 내 마음을 치유합니다.

내 인생에 위로를 주는 또 한 분의 위대한 철학자는, 5~6세기를 살았던 로마의 마지막 철학자 보이티우스입니다. 동로마의 최고 집정관이었던 그는, 45세에 하루아침에 침략지배자 동고트 왕에 의해 국가에 대한 반역죄로 감옥에 갇힙니다. 최고의 영예로운 자리에서 밑바닥까지 추락하여 1년 후에 처절하게 사형되지요. 그는 감옥 투옥 후에 깊고도 처절한 사색을 통해 『철학의 위안』이란 위대

한 책을 후세에 남겼습니다.

하루아침에 인생의 나락으로 떨어진 그는, 부당하다는 억울함과 극도의 분노와 절망과 비통함으로 미칠 지경이었지요. 한동안 좌절의 멘탈 붕괴 상태에 빠졌던 그는, 철학이란 동반자를 만나서 철학과의 대화를 통해 자신이 처한 현실을 받아들이고 치유와 회복의 길로 서서히 나아갑니다. 죽기보다도 더 한 절망 상태를 이해하고 또 다른 자신, 철학과의 독백적 대화를 통해 슬픔과 비탄의 어둠을 걷고, 철학적 통찰과 해석을 통해 인생의 위대한 진리를 깨우치게 되는 것입니다.

정의와 불의, 선과 악, 필연과 우연, 흥함과 쇠함, 생과 사의 문제를 스스로 '철학 하기'를 통해 깨닫고 자기회복의 홀로서기를 감옥 속 어두운 방에서 이룹니다. 이 1년 남짓 시간 동안 극한 상황에서도 굴하지 않고 철학적 사색하기를 힘써 인생의 의미와 진리를 깨우치는 위대한 시간으로 만듭니다. 불운의 인생 파탄자가 승리의 철학자가 되는 위대한 인생 반전이었지요.

철학은 먼저 그의 눈에 낀, 덧없는 인생에 대한 허망한 딱지들을 걷어내기부터 시작합니다. 존귀, 부귀, 명예, 지위 등의 화려한 개딱지들부터 말예요. 감옥에서 날마다 울고 있는 그에게 철학이 묻습니다. "네 상처를 보여다오~!" 그는 항변합니다. "나는 왜 나의 덕에 대한 보상은 받지 못하고, 저지르지도 않은 무고한 죄로 이러한 고통을 받아야 합니까? 세상에 악인은 흥하고 정직한 선인은 왜 이리 고통을 받아야 합니까?"

철학은 그의 항변을 듣고 그가 '자기 망각'이란 병에 빠져 있다고 진단합니다. "너는 네 자신이 무엇인지를 알아내기를 잊었구나~!" 그리고 철학은 그에게 이성적으로 철학 하기를 주문하지요. 그가 느끼는 빼앗긴 상실과 추방과 단절, 그리고 패배했다고 느끼는 고통과 한탄과 눈물의 '실체 보기'와 실존적 '자기 발견'을 주문합니다. 운명, 포르투나Fortuna의 수레바퀴는 돈다는 것, 즉 그 가변성에 대한 '바로보기'를 주문합니다.

"네가 누린 모든 것은 본시 너의 것이 아니다. 그러므로 바뀌어 굴러떨어진 포르투나의 수레바퀴를 애통해하지 마라. 그것들은 한시적인 것들이니 그것을 잃었다고 애통해하지 말라! 그런 행복은 쉽게 등 돌릴 눈먼 행운들이었다. 이제 네 존재의 질문에 합당한 진정한 행복을 찾아라. 네가 '결코 빼앗기지 않을 선, 그 최고선'을 움켜쥐거라! 그것이 바로 너의 '참된 행복'일 터이니!"

그러나 보이티우스는 여전히 다시 항변합니다.

"세상 복락을 누리며 산다는 것은 인간에게는 의미가 있는 것입니다. 선인에게는 시련을 주며, 악인들에게는 바라는 바를 주는 신의 질서가 과연 바람직한 것입니까? 이 세상에 신의 선한 질서가 있기는 한 겁니까?"

신은 답합니다.

"나의 삶을 부귀나 명예에 고정시킨 자는 진정 자기 자신이 누구인지를 모르는 자, 인간의 고귀한 본성을 망각한 자들이니라. 그것은 바로 죄악이니라~!"

"이제 일어나 생의 완벽한 가치, 최고선을 찾아 나서라. 그리고 참된 행복자가 되라~! 그것은 창조주로부터 나오는 것이니. 스스로 자존하는 자존자로서 무소불위의 힘으로 강력하고, 흠 없이 성결하고, 고명하며 존귀한 지고지순 지상 최고의 가치를 찾아 참 행복을 누리거라!"

그는 다시 항변합니다.

"당신은 신의 섭리와 질서가 세상을 지배한다고 하는데, 왜 이 세상에서는 악이 흥하고 선이 짓밟히는 것입니까?"

철학은 답합니다.

"너는 잘못 알고 있는 것이다. 실은 그렇지 않다. 겉으로 보이는 현상에 대한 결말은 아직 나지 않았다. 행과 불행에 대한 섣부른 인간의 평가는 어리석고 경솔한 것이다. 악은 최고의 형벌이며, 선은 최고의 행복인 것, 선과 덕은 창조주의 섭리의 문으로 나아가는 본성으로, 그것이 없는 무지한 악인은 그에 이르지 못 할지니, 어찌 그들을 행복한 자라 하리요?"

그러나 보리티우스는 여전히 다시 항변합니다.

"세상 복락을 누리며 산다는 것은 인간에게는 의미가 있는 것입니다. 선인에게는 시련을 주며, 악인들에게는 바라는 바를 주는 신의 질서가 과연 바람직한 것입니까? 이 세상에 신의 선한 질서가 있기는 한 겁니까?"

철학은 이제 운명과 신적 섭리와의 관계를 설명합니다.

"운명처럼 보이는 무질서 안에 더 높은 신적 질서와 섭리가 깃들어 있다. 신의 초월적 초시공적 관점을 사유함으로 네 것으로 만들어야 한다. 신이 그려가고 있는 광대무변한 섭리의 작품을, 짧은 시간 스쳐 가는 인간으로서는 바라볼 수도 이해할 수도 없는 것, 신의 공의와 신실함과 인간에 대한 사랑을 믿으라! 신은 각 개개의 인간에게 그에 맞게 적절한 생을 베풀고 있다는 것을 잊지 말라! 모든 만물과 현상에는 불가해한 신의 섭리가 작용하고 있는 것이다. 그 섭리의 치리는 모든 인간에게 정당한 것이거나 유익한 것이다. 네가 할 일은 믿어 근신함으로 신의 성품으로 나아가는 것이다. 암울한 운명이 너를 집어삼키거나, 편한 운명이 너를 타락시키지 않도록 정신을 차려 모든 현상적 운명에 맞서 힘껏 싸우라~! 그대가 어떠한 운명을 일구어 나갈지는 그대의 손에 달려있는 것이다!"

보이티우스는 철학이 설명한 신의 섭리에 대해 수긍하며 다시 질문을 던집니다.

"만물이 신의 섭리와 훌륭한 질서 아래 포괄되어 있다면, 과연 우리가 일컫는 우연이란 것은 도대체 무엇입니까?, 그런 것이 세상에 있지 않습니까?"

철학은 답합니다.

"신의 섭리의 세계 안에서도 우연이란 있을 수 있다. 우연도 신의 섭리의 세계에 하나의 질서이다. 그러나 원인이 없는 우연은 있을 수 없다. 신이 부여한 질서 세계에 우연처럼 보이는 것도, 무에서 생겨나는 것은 없다."

보이티우스는 한 걸음 더 나아갑니다.

"그렇다면 이렇게 원인과 결과로 연결된 사슬 안에서 우리에게 스스로가 결정할 자유가 있을 수 있습니까? 혹 운명의 사슬은 인간 영혼의 움직임마저 결박하고 있는 것은 아닌가요?"

그는 인간으로서 중요한 질문인 신 앞에서의 자유의지 문제를 던진 것이다. 참고로 과거 신학자들은 신 앞에서의 인간의 자유의지 문제를 뜨겁게 논쟁했으며, 시대마다 다른 해석과 이론을 내놓았다. 이는 내가 가진 중요한 사유의 주제이기도 하다.

철학은 답합니다.

"인간에게는 당연히 자유가 존재한다. 이성과 의지를 가진 존재로 신께서 창조하셨음으로 스스로의 의지에 바탕을 둔 선택의 자유를 누리는 피조물로 창조되었다. 그 자유의 추구는 인간의 자율성을 보장하는 것이며, 그에는 책임과 보상과 처벌이 따르는 것이다. 단, 인간은 자신의 제한적 정신 능력을 신에게 투사하는 오류를 피하여야 한다. 이해 불가와 무질서처럼 보이는 현상적 해석으로 신적 섭리에 대해 오해하는 오류를 저지르지 말라! 신적 존재는 초시공적 초월에 속해 있으므로, 그에게는 모든 것이 현재로 주어진 것이기에, 어떠한 사건도 그에게 놀라운 것이란 있을 수 없다. 또한 신의 예지는 사물의 본성을 바꾸지 않으므로, 신의 전지전능은 인간의 선택과 결정과 행위의 자유를 해치지 않는다. 만물을 포괄하는 신적 관점에서 볼 때, 필연적인 사건으로 보이는 것 또한 그 자체로는 필연적이지 않을 수 있다는 것이다. 신으로부터 자유의지를 가진 인간은, 신으로부터 그 자유의 행사와 행위에 대해 '공정성에 대한 강력한 요구'와 '자유에 따른 책임과 보상과 처벌'의 조건을 함께 부여받고 있는 것이다."

이제 철학은 그가 할 말을 다 마치고, 보이티우스 또한 형장의 이슬로 사라져 갈 준비를 다 마칩니다. 그는 이 책 한 권을 남기고 얼마 후 형장의 이슬로 사라져갔습니다.

지금부터 1500년 전 이 위대한 마지막 로마의 철학자가 감옥에서의 사유를 통해 죽기 전에 마지막으로 남긴 『철학의 위안』이란 책에 대해 이리도 길게 써 내려간 것은, 그의 사유가 나의 사유와 무척이나 닮은꼴이고 저의 일상에 큰 위로를 주기 때문입니다. 인간의 행복과 불행의 원천, 신적 섭리와 운명의 관계 규명, 정의와 불의 그리고 선과 악의 현존과 부조리함에 대한 의문, 신 앞에서 인간의 소명과 삶이 추구해야 할 가치, 그리고 인간의 자유의지는 과연 어디까지인가? 등등의 사유 주제가 바로 그것입니다.

제가 이 책에서 그가 제시한 논리에 대해 전적으로 수긍하는 것은 아니지만, 1,500년이나 전인 옛날에, 죽음을 앞두고 이러한 인간 삶에 대한 본원적 성찰의 결과를 후손에 어렵사리 남기고 죽어 간, 그의 위대함 앞에 옷깃을 여미지 않을 수 없습니다. 고맙다 보이티우스여!

위로의 힘, 그 놀라운 반전, 그것은 바로 다시 일어설 용기랍니다. 살아갈 용기를 샘솟게 하는 마중물, 바로 '위로의 기적'이랍니다. 살아가며 부디 주변의 낙심하고 슬퍼하는 사람들에게 아낌없이 나의 '위로의 선물'을 살아생전에 최대한 선사하고 가십시다!

미래학자, 경영학 박사
AI Convergence Lab 대표, 숙명여대 초빙교수

최고의 위로는 '산책'이었다

권 영 하

    우리 가족은 부부와 아들 셋으로 구성되어 있다. 요새 가족구성으로 보면 꽤나 식구가 많다. "가지 많은 나무에 바람 잘 날 없다."는 속담처럼 꽤나 기쁜 일도 많지만, 종종 갑작스런 어려운 사건사고도 생기게 된다.

    큰 아들은 내가 연구교수로 미국에 있을 때 고등학생이었다. 비교적 공부를 잘하고 영어로 말하고 쓰는 능력도 뛰어나 미국 동부의 유명 기숙학교에 입학시키고 가족들은 돌아오고 큰 아들은 미국 유학생으로 생활하고 있었다. 멀리 타국에서 생활하는 아들을 일일이 챙기는 건 불가능했다. 가끔 전화로 안부를 묻고, 또는 학교에서 보내주는 일상적 편지가 아들과의 소통의 전부였다. 종종 내가 한국소식을 편지로 보내기도 했으나 일방적 전달에 불과했다.

    유학 2년째, 아들이 5월 말 한 학년을 마치고 여름방학을 가족과 함께 보내려고 한국으로 들어왔다. 지난 학기도 그랬듯이 아무일 없이 대화했고, 그냥 일상이었다. 미국에서의 학교 성적은 뛰어나지는 않았지만 비교적 좋은 점수를 유지하고 있었다. 새로운 미국 환경에 적응하고, 주변의 유능한 학생들과 함께 잘 어울리며 생활하는 게 무척이나 대견하였다. 당연히 문제없이 한 학기를 마무리 했으리라 생각하였다. 그런데 귀국 후 며칠이 지나 미국 고등학교로부터 편지 한 통이 등기로 보내졌다. 별 생각 없이 열어보았다.

앗! 지난 학기에 불성실하여 다음 학기부터는 학교에 나오지 말라는 하늘이 무너지는 통지였다. 마른하늘에 날벼락 같은 충격이었다. 퇴학 처분, 평생에 도저히 상상해본 일이 없는 일이 아들에게서 벌어졌으니 수습방안이 떠오르지 않았다. 한편으로 화도 났다. 등록금이 얼마인데. 일생에서 1년을 다시 학교를 다녀야 하고, 어느 학교로 전학을 가야 하는가? 본인은 어느 정도 짐작을 했을까? 왜 가족에게 이 엄청난 사실을 숨기려 했을까? 본인은 마음고생을 얼마나 했을까? 지금 나보다 엄청 더 힘들겠지? 여러 가지 복잡한 생각이 머리에 가득하였다.

다 떠나서 아들의 마음을 추스르는 위로가 필요하다고 느꼈다. 아직 성숙하지 않은 어린 아들이 마음으로 겪고 있는 고통을 달래주고, 자존심을 회복시키는 위로, 어떻게 해야 하나? 부모로서 어디부터 시작을 해야 할지 전혀 대안이 떠오르지 않았다. 갑자기 틱낫한 스님의 『화』라는 책이 생각났다. 꽤 오래전에 읽었지만 항상 마음에 간직하고 있는 말씀이 떠올랐다. "마음에서 일어나는 걱정이나 화를 안정화시키는 데는 산책이 최고의 '위로'이다."라는 구절이다.

"아들아, 힘들지?" "네가 낙제하고 학교를 떠나야 되는구나."

일단 차에 태우고 더 이상의 말을 하지 않고 운전을 시작하였다. 어디로 가야 하나? 나는 평소에 자주 갔던 여주 신륵사로 차를 몰았다. 가는 동안 아들과는 아무런 대화를 하지 않았다. 나는 생각했다. 이 상황에 위로를, 비난을, 칭찬을, 야단을, 무엇을 해야 하나? 무엇이 아들을 위해 필요한 것인가? 계속 나에게 묻고 있었다. 그래 아무 말 없이 일단 산책을 해 보기로 하였다.

신륵사는 신라 진평왕 때 원효대사가 창건한 유서 깊은 사찰이다. 우리나라의 사찰은 대부분 산속에 자리하고 있지만, 신륵사는 숲을 뒤로하고 남한강이 가깝게 내려다보이는 평원하고 조망이 좋은 강 언덕에 자리 잡고 있는 천년 고찰이다.

틱낫한 스님의 말씀을 생각하며 천천히 사찰을 지나 숲속 오솔길을 걷기 시작하였다. 수심이 가득하고 긴장된 모습으로 옆에서 걷고 있는 아들을 쳐다보니 가슴은 답답하고 머리에서는 걱정과 복잡한 생각, 안타까움이 가득하였다. 아들은 무슨 생각을 하고 있을까? 일단 둘은 조용히 걸으며 각자 무언가를 생각하는 시간을 가졌다.

숲은 5월의 싱그러움이 가득했지만, 새의 지저귀는 소리조차 소음으로 들리며 시끄럽게 느껴지기까지 하였다. 정신적으로 힘들면 자연의 소리도, 아름다움도 내 자신이 느낄 수 없다는 생각을 하였다.

숲길을 돌며 우리는 마음을 가다듬고 조용히 대화를 시작하였다. 위로에 앞서 일단 아들의 이야기를 듣기로 하였다. 처음 1년은 열심히 문화에 적응하고 공부도 했지만, 지난 학기에는 지치고 힘들어서 모든 걸 내려놓고 싶어 수업에 자주 들어가지 않았다고 한다.

그렇구나! 이 아이가 얼마나 힘들었을까? 무슨 위로를 해야 하나? 10대에 누구나 겪을 수 있는 어두운 터널을 지나고 있구나. 그래 어두움 뒤에는 밝은 내일도 있으니 걱정할 일은 아니라는 생각을 해보며 숲을 나와 사찰 경내에 들어섰다.

산책 후 내 마음은 가라앉았고 아들의 긴장감도 풀리는 듯했다. 경내 동남쪽 강을 내려다보며 자리하고 있는 신륵사 다층전탑에 다다랐다. 천년을 한 자리에 서있는 석탑은 나를 비웃는 듯, "애들 그렇게 크는 거지?" 위로해 주는 듯, "걱정은 무슨?" 말하는 것 같았다. 석탑이 날 위로해 주었다.

남한강을 내려다 볼 수 있는 절벽 위 아름다운 정자 신륵사 강월헌에 아들과 마주 앉았다. 조용한 산책이었지만 몸에는 약간의 땀이 나며 개운한 생각이 들었다. 강을 내려다보며 아들과 나는 힘든 생각을 벗어 버리고 희망찬 내일을 계획하였다. 정말 모든 것을 털어내고, 솔직하며, 진지한 대화였다. 아마도 이번 일은 아들에게 평생에 큰 약이 되리라 믿었다. 그 후 일은 잘 마무리되었고, 지금은 훌륭한 성인으로 성장하여 사회의 한 구성원으로 열심히 살아가고 있는 아들이 대견하다.

살아가며 예상하지 못한 어려운 일 앞에서 나는 산책을 한다. 힘든 순간에 화를 참고, 마음을 가다듬고, 생각을 정리하는 힘은 산책을 하며 얻을 수 있으니, 나에게 있어 '최고의 위로는 산책'이다.

경희대 기계공학과 명예교수

코로나탕의 위로

김 용 태

아들이 공무원 아파트에 입주하게 되었다. 전에 살던 사람이 워낙 거칠게 살아서 대수선이 필요한 상태였다. 나는 리모델링 전문업자에게 견적을 받겠다는 아들을 극구 말렸다. 내가 직접 집 수선을 해보고 싶었다.

무엇보다도 아들 부부의 신혼살림에 의미 있는 선물이 될 것이라고 나는 생각했다. 그런데 아들은 어이없다는 듯 웃었고, 며느리는 몹시 미안해하는 표정이었다. 물론 아내도 내 편이 아니었다. 기술자가 할 일을 함부로 덤벼든다고 시큰둥했다. 그래도 경험 삼아서 도전해보겠다는 의욕만 앞세우고 팔을 걷어붙이고 일을 벌이고 말았다.

하지만 생각보다 집수리는 너무 어렵고 힘들었다. 낡고 허름한 것들을 뜯어내고 보니까, 폐가의 내부 같았다. 막상 겁이 덜컥 났다. 내가 이걸 다시 해 낼 수 있을 것인지 조마조마해서 밤새 잠을 설쳤다. 옆에서 지켜보고 있던 아들도 뭔가 낌새를 차리고 리모델링 업체에서 견적을 받아오는 눈치였다. 아내는 내 얼굴을 빤히 바라보며 코웃음을 날리고, 며느리도 슬금슬금 내 눈빛을 피하는 눈치였다.

상황이 이쯤 되면서 아들 부부 얼굴 보는 데도 쑥스럽고 부끄러웠다. 그야말로 진퇴양난에 위기를 맞고 말았다. 나는 리모델링과 관련된 자료들을 찾아보고, 건축업을 하는 친구들을 찾아다니며 공부하기로 마음먹었다. 밤에는 공부하고, 아침에 일찍 건축 재료를 사 왔다. 그리고 본격적으로 집수리를 시작했다.

그런데 다른 일보다 타일 작업은 고도의 기술이 필요했다. 화장실의 타일과 시멘트를 사 오고, 벽지와 조명등까지 실어 왔다. 그리고 보름 동안 혼자 끙끙 앓아가며 집수리를 마쳤다. 긴장이 풀리면서 온몸이 아팠다. 그래도 내가 무언가에 도전해서 완성했다는 뿌듯함이 참 좋았다. 무엇보다도 집수리를 마치고 나서 누구보다 아들이 화들짝 놀라면서 좋아했다. 아내는 그저 피식 웃고 말았지만, 며느리 얼굴에는 햇살이 차올랐다.

집수리 기념을 핑계로 가족회식을 했다. 코로나가 조심스러워서 집에서 음식을 만들어 먹기로 했다. 며칠 동안 먼 거리를 오가면서 집수리에 매달린 몸이어서 많이 피곤한 상태였다. 그날 아들이 따라주는 술을 두어 잔 마셨는데, 금방 취기가 올라오고 온몸이 노곤해지는가 싶더니 급기야 감기 기운이 느껴졌다. 그런데 예감이 좋지 않았다. 잠깐 눈을 붙이다가 불현듯 일어나서 자가진단검사키트를 찾았다.

예감이 적중했다. 검사기 막대에서 붉은 두 선이 나를 조롱하듯 바라보고 있었다. 당장 죄인 같았다. 아니, 나 혼자만 외계인이 된 것 같았다. 그것도 3차 예방접종을 하고 채 한 달이 지나지 않은 시점이었다. 또 다른 위기를 맞게 된 것이다.

그때 아들이 옆에서 불쑥 한 마디 했다.

"에이, 코로나탕 같이 나눠 먹었네요."

왠지 코끝이 찡했다. 외출 금지 대기 명령이 떨어지고, 주말이라 늦은 시각에 약을 구할 수 있는 상황도 아니었다. 온몸에 열이 나고 가슴은 답답하게 조여오고, 한기가 느껴졌다. 밤새 혼자 끙끙 앓았다. 나 때문에 가족 모두가 코로나 검사를 했다. 가족 모두 검사 결과 양성판정이 나왔다. 그야말로 나 때문에 온 가족이 코로나 양성 환자가 되고 말았다.

그야말로 위기의 코로나 가족이 되었다. 우리는 서로 각자의 방에서 자기 방식대로 코로나바이러스와 싸웠다. 같은 지붕 아래서 서로 마주치지 않으려고 카톡을 주고받으며 살았다. 그런데 하필 선거일이 겹쳐 있었다. 다행히 코로나 확진자 지정일에 투표장을 다녀올 수 있었다. 아무튼 열흘이 지나도록 서로 얼굴 한 번 스쳐보지 못하고 살았다.

다행히 가족 모두 회복이 되어서 일상으로 돌아왔다. 그런데 나는 7개월이 지나도록 가슴이 답답하고 먹먹하다. 병원의 종합 검진 결과는 이상이 없는데 마음은 무언가 찜찜하다. 그런 내 마음을 아는지 모르는지 아들은 이따금 내게 한마디씩 한다.

"코로나탕은 절대 드시지 마세요."

아무튼 요즘 나는 '탕'자가 들어간 음식은 절대 먹지 않는다. 감자탕, 삼계탕, 매운탕, 새우탕은 간판도 외면한다. 하물며 '탕수육'

도 사양한다.

　'아차! 목욕탕은 어쩌지?'

한국예총 〈예술세계〉 시 부문 등단, 〈다시올문학〉 신인상 당선,
서대문 문인협회 회원, 아토포스 동인, 꽃산 동인으로 활동하고 있다.

한 줄, 한 줄에 담겨 있는 삶의 이야기

가 보 경

책 한 권이 만들어지기까지는 여러 사람들이 많은 단계들을 거쳐 만들어진다. 예전 회사에서 처음 책 만드는 일을 접하게 되었다. 디자인 교수님의 책을 만드는 일이었는데, 당시 인디자인조차 모르던 나는 하나씩 알아가며 같이 일하는 언니와 함께 '디자인 발전소'라는 책을 처음 만들게 되었다. 그 후로는 나도 '기획 발전소'라는 책에 공저자로 집필에도 참여할 수 있는 기회를 얻게 되었다.

책을 만드는 일은 많은 디자인 작업 중에서 나에게 특별함으로 다가왔다. 작가분들이 적게는 몇 달, 길게는 수년을 걸쳐 작성하신 원고를 처음 받을 때는 하나의 종이 뭉치같이 느껴졌었다. 그리고 '디자인을 예쁘게 해야지'라는 생각만으로 책을 하나 하나씩 만들게 되었다. 그렇게 회사에서 몇 권의 책을 만들고 나는 다른 일을 하게 되었다.

그러던 어느 날 코로나19가 세상을 덮치고 나는 아무것도 할 수 없는 상태가 되었다. 그러던 중 편집 디자인을 찾는 분을 만나게 되었고 대학교 보고서와 교육 교재를 만들며 다시 나의 편집 디자인의 일이 들어오게 되었다.

하루는 80이 훌쩍 넘으신 할아버지께서 연락이 왔다. 본인이 쓴 원고를 책으로 만들고 싶다는 연락이었다. 원고를 보내주신다고 해서 그때만 해도 다른 일과 별반 차이 없는 디자인 일이라고 생각했다. 원고가 도착했다. 보통의 원고는 워드를 한 번에 인쇄해서 철을 해오는 경우가 많은데 이번 원고는 달랐다. 한 챕터마다 정성스럽게 묶어서 호치키스로 묶어 놓았고, 작가님이 한 장 한 장 순서를 정해가며 페이지마다 메모해 둔 원고였다. 이 원고를 보며 그동안 내가 받은 원고와 다른 느낌이 들었다. 작가님과 처음 만나 뵙고 원고에 대한 이야기를 들었는데, 수년간 생각이 나는 대로 노트북을 켜서 조금씩 써 놓은 원고라고 하셨다. 길을 가다가도 생각이 나면 PC방을 찾아 원고를 쓰셨다는 이야기를 들으니 이 원고가 특별하게 생각되었다.

그동안 내가 받은 원고는 에세이보다는 교육적인 것, 교재 같은 느낌의 책이 많아 작업을 할 때 그저 디자인을 깔끔하고 멋지게 해야겠다는 마음으로 디자인을 하고 있었다. 그런데 이번 에세이 원고를 받고 읽어보는데, 그동안 작업했던 방식으로 다가가면 안 될 것 같은 느낌이 들었다. 작가분의 삶을 이해하고 느끼고 호흡하며 그것을 책이라는 디자인에 담아야 했다.

책에는 수많은 디자인 요소들이 들어간다. 폰트, 레이아웃, 이미지, 색감 등 고려해야 하는 사항들이 참 많다. 이 디자인적 요소들이 작가의 생각과 마음으로 표현해야 하는데 이 작업은 논리나 지식으로 작업할 수 없는 우뇌의 영역에서 해야 하는 작업이기에 나는 한참을 고민할 수밖에 없었다.

이 원고는 수개월이 걸렸다. 몇 주에 한 번씩 카페에서 만나 직접 어르신의 의견을 듣고 또 수정하고, 마지막 인쇄소에 넘기는 날 나는 기대 반, 걱정 반이었다. 항상 인쇄소에 마지막 최종 데이터를 넘기고 책이 실체를 갖추어 세상에 나오기까지 나는 항상 초조하게 기다린다. 과연 온라인으로 작업하던 책이 어떻게 나올까.

책이 완료가 돼서 인쇄소로 보러 갔다. 다행히 너무 잘 나왔고, 책을 작가님에게 발송하였다. 책을 받으신 작가님은 정말로 마음을 담아 일을 해주어 감사하다고 해주셨다. 본인의 수년간에 걸친 작업이 본인이 원하는 디자인에 얹어져서 책 한 권으로 나오니 그 얼마나 감동이 많으셨을까. 그 후 그분은 명절 때마다 고마웠다며 사과 한 상자를 집으로 보내주셨다. 실제로 나도 공저로 참여해서 몇 권의 책을 내게 되었는데 책들이 세상에 나와 서점에서 그 책을 직접 만났을 때는 나의 또 다른 자식 같았다.

오랜만에 디자인 작업을 시작했을 때는 심플하게, 트렌디 하게 만들고자 부단히도 노력했다. 아직 젊은 나이인지는 모르겠지만 나름 젊은 감각을 흉내 내 보려고도 했고, 내 자신이 '디자인을 잘했다'라는 말을 듣고 싶어서 노력했다고 생각해왔다. 그러나 이 책 이후에 실버 세대들의 에세이 원고를 부탁 받았을 때, 나는 디자인에 접근하는 방식이 전과 같이 작업하면 안 된다는 것을 깨닫게 되었다.

디지털 시대에 맞춰 컴퓨터를 배우고 그것으로 한 자, 한 자 독수리 타법으로 쳐가며 한 줄 한 줄 써 내려간 원고들을 만날 때마다 나는 그분이 이야기하고 싶은 느낌을 디자인에 담아내 보고자 많은 고민하기 시작했다. 감사하게도 요즘 나에게 에세이 책을 만들 수 있는 기회가 많아졌다. 그러면서 접하는 원고의 수도 늘어나면서 나는 디자인을 하기도 하지만 원고를 읽으며 내 삶을 돌아보는 기회이자 내 삶의 위로를 받는 때가 많다. 내가 원고들을 읽어 나갈 때마다 나도 40에 이르기까지 수많은 어려운 일과 힘든 감정들을 만났어야 했다. 그때마다 세상을 탓하기도 하였고 나를 탓하기도 했다.

그런데 이제 에세이집 원고 만나 원고를 읽어 나가며 그분들이 한평생 살아온 이야기들을 접하면서 그동안 내가 겪은 일들은 아무 것도 아니었구나, 그리고 이분들이 어떻게 삶을 헤쳐 나가셨는지, 힘든 일들을 어떻게 견디며 살아가셨는지를 알게 되면서 내 삶을 돌이켜보고 생각해보게 되었다. '노인 한 사람이 죽으면 도서관 하나가 불탄 것과 같다'는 아프리카 속담이 그저 생긴 게 아니라는 사실도 알게 되었다. 그동안 왜 나한테만 이런 일이 생기나 라는 부정적인 생각으로 가득 찼었으나. 이제는 많은 분들이 삶을 헤쳐 나가셨듯이 나도 할 수 있다는 자신감이 생기게 되었으니 일을 하며 얻은 깨달음은 한없이 크고 소중하다.

더구나 모든 사람의 인생은 다 같을 수도 없고 정답도 없음을 알게 되었다. 내가 느꼈던 내 삶의 무게는 내 스스로 만들어낸 무게였고, 힘든 일이 닥치지만, 이 또한 긴 삶에 있어서는 한 단편적인 부분이고 또 다른 새로운 일들은 무궁무진하게 일어날 수 있음을 원고를 읽어가며 느끼게 되었다.

내 마음을 그늘지게 하는 것도, 밝게 비추는 것도 결국에는 내 마음가짐에 달렸고, 방법을 모를 때 나에게 방법과 길을 알려준 것도 지금 나에게 주어진 책 디자인하는 일이다. 앞으로 내가 얼마만큼 이나 디자인 일을 할 수 있을지는 모르겠다. 그러나 주어진 시간 내에서는 멋진 한평생의 삶의 이야기를 담은 소중한 이야기를 세상에 보여질 수 있게 만들어주는 일에 최선을 다해보고자 한다. 그리고 언젠가 나도 내 삶을 돌이켜볼 수 있는 책 한 권을 낼 수 있는 날이 오기를 기다린다.

디자인 프리랜서, 예술강사, '가볼쌤' 유튜버

특별기고

YOU MAKE STRAY KIDS STAY

띤 띠리 한 (미얀마)

이 세상에서 내가 완전 빠져버리게 된 사람이 8명이 있다는 게 아직도 믿어지지 않는다. 언제, 어떻게 뭐가 되었는지 잘 모르겠지만, 이 8명으로 인하여 내 삶은 행복감으로 가득 차 있다. 한 번도 만난 적도 없고 내가 이 세상에서 있는지도 모르는 사람들을 좋아하는 게 진짜 신기한 일이다. 그 사람들의 음악과 춤은 나를 항상 위로해 주는 좋은 친구가 되었다. 그게 바로 '스트레이 키즈'라는 케이팝 보이그룹이다. 그들을 좋아한 지 몇 개월 정도밖에 안 되는 데도 내 인생에서 처음이자 마지막 제일 사랑하는 그룹으로 남게 될 것 같다.

사람들이 "왜 좋아하냐?"라고 물어보면 그 이유는 아무리 생각해 봐도 정확한 답이 나오지 않았다. 그냥 '스트레이 키즈'라서 존재를 좋아하는 것이라는 대답했다.

그때 내 친구들이

"그럼 너 최애 멤버는 없어?"

"어? 최애…? 있지!!"

"황현진이다."

현진이는 나의 최애이자 이상형이다. 지금까지 좋아했던 연예인 중에 이상형까지 맞는 연예인은 현진이 하나다. 우선 내 이상형을 말해보자면 생각과 성격은 나와 잘 맞고, 춤 잘 추고 노래도 잘 부르고, 키 크고 섹시하게 잘생긴 사람이다.

그런데 어떻게 내 이상형 남자로 하나도 틀림없이 맞는 사람을…. 그것도 내 최애 멤버로! 그 외에도 두 번째로 좋아하는 멤버를 선택하라 하면 선택할 수가 없다. 왜냐하면 나머지 멤버 7명 다 좋기 때문이다.

스키즈를 좋아하는 이유 하나가 있다. 바로 스키즈의 제일 나이 많은 리더 '방찬'이다. 찬이 오빠는 부모님처럼 희생정신이 큰 사람이다. 멤버를 위해서라면 무조건 다 해주는 리더다. 이 때문에 맨날 사랑하고 자랑스럽고 감사하는 마음으로 지내고 있다.

뿐만 아니라 스키즈라고 하면 놓칠 수 없는 자랑 하나가 또 있다. 특별하게 본인들이 만들고 싶은 음악의 가사를 직접 스스로 써서 제작하는 멤버 3명인 '방찬', '서창빈'과 '한'이는 "3RACHA"라는 그룹으로 스키즈 데뷔 전에 이미 데뷔하면서 활동하였다. 스키즈의 모두 노래들도 우리 "3RACHA"가 담당하고 있다. 이 이름을 비롯해서 '리노', '현진'과 '이필릭'은 DANCE RACHA이며 '승' 하고 '아이'은 OICE RACHA로 담당하고 있다. 게다가 나머지 멤버들도 직접 가사를 쓰며 제작하고 있다. 이렇게 자신이 만들어내고 싶은 음악을 머리부터 발끝까지 스스로 하는 케이팝 그룹이 케이팝 세계에서 처음이므로 어떻게 자랑하지 않을 수 있는가?

매일 밤마다 스키즈 노래를 안 들으면 잘 수 없을 지경이다. 나와 잘 맞는 이유는 공부하는 데 지치거나 스트레스받을 때 '잘할 수 있어'라는 노래, 기분이 좋을 때 'HEEZE', '소리꾼', 'MANIAC' 같은 힙합 노래, 여행을 떠날 때 'TIME OUT', '말할 수 없는 비밀', 'THE VIEW'라는 노래들. 이렇게 내 기분에 따라 힘을 주는 노래들을 만들어내는 스키즈는 내 친구다.

나처럼 애이불비 사람이 노래로만 위로를 받은 데는 스키즈의 슬픈 노래가 최고이다. 화면으로만 노래하는 모습을 보고 가사를 자세하게 들으면서 울컥하는 날들이 많았다. 슬플 때 위로해 주고 웃게 해 주는 것은 우리 스키즈뿐이다.

또 의미 있고 귀중한 이름 하나는 우리 스키즈가 직접 지어준 우리의 이름 '스테이STAY'이다. STRAY KID라는 영어 이름 'STRAY' 중에서 'R'을 빼서 'STAY'라고 만들게 된 것이다. 왠지 '스테이'라는 이름을 너무 좋아한다. 항상 스트레이 키즈와 스테이가 함께 있다는 느낌이 든다.

마지막으로 스키즈의 슬로건을 외치면서 나의 긴 이야기를 여기에서 마치겠다.

"STRAY KIDS EVERYWHERE ALL AROUND THE WORLD"

"YOU MAKE STRAY KIDS STAY"

괜찮아질 거야

카잉 (미얀마)

바쁘고 지친 세상 사람들은 살아가기 위해 힘들어도 입술을 깨물고 하루하루 버티며 시간을 보내고 있다. 그런 방법으로 내가 좋아하는 여러 가지를 이용하며 힐링을 한다. 술 좋아하는 사람은 술을 마시며 스트레스를 풀고, 운동 좋아하는 사람은 운동을 하면서 힐링을 하여 자신을 위해 시간을 낸다. 나도 마찬가지 상황에서 내가 좋아하는 아이돌 그룹 '트레저'를 보고 어깨에 있던 부담감을 내려놓고 큰 위로를 받는다.

나는 외동딸로 태어났고 어렸을 때부터 방에서만 있는 것을 좋아하며 친구들이랑 놀 시간보다 혼자 있는 걸 더 즐겼다. 그 버릇에 길들여져 대학 때도 외출하는 것보다 방에서 아이돌을 보며 즐기는 걸 무척 좋아했다. 그중에서 제일 빠져 있는 그룹이 바로 '트레저'이다. 트레저를 내가 두 번째 가족같이 생각하는 이유가 있다.

나는 폐가 안 좋아서 치료를 계속 받아야 된다. 가장 최근에도 8개월 정도 입원했다. 그때도 치료를 받다가 하루하루가 지옥에 있는 것처럼 아프고 힘들어서 울면서 견뎠다. 더 이상 살고 싶지 않았다. 이런 생각들이 머릿속에 항상 잠재되어 다 포기하고 세상 떠날 생각까지 했다. 그때 유튜버에서 우연히 트레저를 찾게 되었다. 처음엔 그냥 아이돌 노래라고 듣다가 '괜찮아질 거야' 노래를 듣고 나서 다시 살아야겠다는 희망을 얻게 되었다.

"요즘은 나… 잠을 못 자요. 깊은 한숨이 늘어가고 밥도 먹지 못해요. 아무도 날 알아주지 않아. 이 세상이 나쁜 걸까요. 내가 부족한가요. 날개가 없어도 어디든 갈 수 있어요. 어두운 밤이 지나면 밝은 내일이 오겠죠. 가진 게 없어도 뭐든지 할 수 있어요. 시간이 흘러도 그대 곁에 있어요. 무릎 꿇지는 마. 너에게 외치는 말, 작은 희망을 노래 속에 담아서 절대 잊지는 마. 너와 함께라면 난 말로 표현할 수 없는 그 아픔도 괜찮아질 거야"

이 노래의 가사는 나에게 두 번째 인생을 찾게 하였다. 죽을 뻔한 나에게 이런 가사에서 희망을 얻게 된 것에 너무도 감사하다. 그때부터 나는 트레저에게 빠져들었고, 두 번째 인생을 위해 공부와 건강을 위해 노력했고 다시 살아야 할 이유와 희망을 얻게 되었다.

비록 트레저는 아이돌에 불과하지만 내 인생에 부모님 다음으로 가장 중요한 존재로서 나를 위로해 주고 내 삶을 일으켜 준 그룹이다.

춤, 나의 위로

우진이 (미얀마)

나는 혼자 시간을 보내는 것이 무척 지루하다. 그래서 대부분 친구와 함께할 수 있는 춤추기, 여행 가기, 컴퓨터 게임하기 등 다양한 취미를 갖고 있다. 그중 가장 좋아하는 것이 바로 춤추는 것이다.

좋아하는 음악으로 사람들과 서로 소통할 수 있다고 하면 춤도 마찬가지다. 춤은 나의 즐거움을 위한 활동뿐만 아니라 내가 힘들고 외로울 때, 혼자가 아닌 다른 사람과 함께 즐기는 오락이 춤이라고 생각한다.

나는 대학교 3학년 때부터 춤을 추기 시작하였다. 그때 학교에서는 학생들을 위한 동호회가 처음으로 생겼다. 음악, 예술, 춤 등 다양한 동호회 종류가 몇 개 있었는데 어떤 동호회에 가입해야 할지 결정할 수가 없었다. 그렇게 고민하다가 어느 날, 춤을 좋아하는 같은 반 친구가 나에게 댄스 동호회에 같이 가입하자고 했다. 춤을 한 번도 배워 본 적이 없는 사람이라서 처음에 망설이고 있었다. 그래도 친구와 함께 즐길 수 있다고만 생각해서 댄스 동호회에 가입하여 춤을 추기 시작하게 되었다.

춤 수업을 처음으로 접해 보니 기분이 상쾌하고 재미있었다. 온종일 강의실에서 공부만 하다 보면 머리가 복잡해지고 스트레스를 많이 받는다. 그러나 저녁에 댄스 동호회에 가서 회원 친구들과 춤을 10분 정도만 추면 스트레스가 다 풀렸다. 왜냐하면 연습실에서 춤을 추면서 취미가 같은 친구와 함께 이야기도 할 수 있기 때문이다. 그래서 나에게 춤은 위로가 되는 가장 좋은 운동이며, 혼자서 힘든 시간을 해결할 수 있는 특효약이라 생각한다.

1년 동안 열심히 춤 연습을 했다가 한 댄스 그룹에 데뷔했다. "다이너스티-에이스"라는 그룹의 리더로서 대학 신입생 환영회, 체육대회 등에서 활동도 많이 했고 많은 사람의 응원도 받았다. 요즘은 국가정책 사정으로 인해서 댄스 멤버들과 자주 못 만나게 되었고, 춤을 추지 못하게 되었다. 그러나 춤에 대한 열정이 없어졌다는 뜻은 아니다.

최근에 한국에서 많은 사람이 관심 가진 "스트릿 우먼 파이터"라는 댄스 프로그램을 보고 나서 댄스에 대한 열정을 버려서는 안 된다는 생각이 들었다. 그리고 내가 가장 좋아하는 한국인 안무가가 한 사람 있는데 그분이 바로 '리아킴'이다. 리아킴은 한국 강남에 위치한 "원밀리언-댄스 스튜디오"의 댄서, 안무가이다. 그분은 한국의 대표적인 안무가 중 하나이고 많은 아이돌을 위한 신선한 안무를 많이 짰다. 나는 내년에 한국으로 유학 갈 예정인데 만약 한국에 도착한다면 내가 원래부터 이루고 싶던 리아킴과 같은 안무가가 되기 위해 노력할 것이다.

결론적으로 춤은 마음을 편안하게 하도록 하는 것뿐만 아니라 힘들고 지쳐 있을 때 위로가 되고, 건강에도 좋은 운동이다. 춤을 취미로 시작하게 되었는데 지금은 춤에 대해 관심을 많이 가지고 있으니, 다양한 종류의 댄스 프로그램에 참여하여 좋은 안무가가 되도록 노력할 예정이다.

춤은 나를 위한 가장 위로가 되면서 나의 꿈을 만들어주는 일거양득의 소중한 친구이다.